전통과 수용

석학人文강좌 **11**

전통과 수용 – 한국 고전문학과 해외교류

2010년 6월 30일   초판 1쇄 발행

지은이   이혜순
펴낸이   한철희
펴낸곳   돌베개
책임편집   박수민 · 이경아
편집   조성웅 · 소은주 · 좌세훈 · 권영민 · 김태권 · 김혜영
디자인   이은정 · 박정영
디자인기획   민진기디자인

등록   1979년 8월 25일 제406-2003-018호
주소   (413-756) 경기도 파주시 교하읍 문발리 파주출판도시 532-4
전화   (031) 955-5020
팩스   (031) 955-5050
홈페이지   www.dolbegae.com
전자우편   book@dolbegae.co.kr

ⓒ이혜순, 2010

ISBN 978-89-7199-395-8 94810
ISBN 978-89-7199-331-6 (세트)

이 저서는 '한국연구재단 석학과 함께하는 인문강좌'의 지원을 받아 출판된 책입니다.

석학人文강좌 11

전통과 수용

한국 고전문학과 해외교류

이혜순 지음

돌베개

책머리에

　본서는 한 나라의 문학이 독자적으로 생성되기보다는 전통과 해외 영향의 교직 속에 이루어졌다는 관점에서 해외체험을 중심으로 한국 고전문학을 살펴본 것이다. 해외란 우리나라 사람들이 밖으로 나가 견문한 외국을 말하지만, 우리나라에 들어온 외국인이나 서적 또는 소문이 국내의 '해외'가 될 수도 있다.

　필자는 대학에서 한국 고전문학을 전공하면서 우리나라 문학사의 형성과 전개가 어떻게 이루어졌는지, 특히 한문을 공유한 한문화권 국가들의 문학과 어떤 관계를 맺고 있는지에 대한 관심이 컸다. 한문학 작품들은 말할 것도 없고 우리 고유문자로 이루어진 고전문학 작품들에서도 마찬가지로 풍성하게 나타나고 있는 수다한 중국문학적 요인들을 어떻게 받아들여야 할지에 대해 많은 고민을 했었다. 그 요인들은 단순히 표현이나 표기의 문제가 아니라 작품의 본질에까지 어느 정도 영향을 미쳤을 것으로 생각되었다.

　그러나 대만에서 수학하는 동안 비록 대륙과는 다르기는 하나 '중국'

을 경험하면서, 그리고 동아시아 문학의 영역을 중국 일변도로부터 조선통신사 문학을 통해 일본으로 확대시키면서, 오히려 우리 문학이 갖고 있는 고유한 특성들을 보다 선명하게 바라볼 수 있어 놀라웠다. 이것은 표현이 본질에 영향력을 행사하지 못했음을 의미한다기보다는 한문이 어느 한 국가에 그 소유권을 귀속시킬 수 없는, 바로 동아시아 한문화권의 공동 문자였기 때문이었을 것이다. 무엇보다 한·중·일 세 나라가 내세우는 고유한 특성이란 대부분 상호교류의 소산들을 자기화한 것이 많다는 점도 발견했다. 더 나아가 해외체험은 '수용하는' 주체이면서 동시에 '수용되는' 대상이 된다는 점에서, 해외에 남겨진 수많은 주옥같은 우리나라 문학 작품과 작가들의 역할을 주목해야 한다는 점을 재인식하게 되었다.

  그동안 필자가 수행한 연구들은 이러한 관심과 자각의 궤적을 보여주거니와, 2008~2009년도 한국연구재단, 당시 학술진흥재단이 주관하는 '석학과 함께 하는 인문강좌'에 참여하게 되었을 때 '전통과 수용'

이라는 주제를 선택하게 된 것도 한국 고전문학의 전반을 개관하면서 필자가 평생 동안 지녔던 학문적 관심과 성과들을 기반으로 그 이론적 틀을 형성하기 위한 반성적 고찰의 기회로 삼고 싶어서였다. 강의 자체는 항목에 따라 범위를 좁혀 특정 작가나 작품을 중심으로 수용 양상과 특성을 보여주는 방식으로 구성했으나, 그 주제가 한국 고전문학의 전 시기에 걸친 다양한 갈래를 대상으로 하면서 공간적으로 한국을 넘어 일본과 중국을 포함하여 상당히 광범위했다는 점에서 아마도 일반 청중들이 수강하는 데에 어려움이 있었을까 염려된다.

본서는 강좌의 내용에 약간의 수정보완을 거쳐 이루어졌다. 1장과 6장은 종합토론을 거치면서 필요하다고 생각되어 새로 썼고, 2장에서는 강의록에 포함된 신라, 고려, 조선 후기 외에 조선 전기 사행의 의의를 보충할 필요가 있어 첨가했다. 이러한 보완은 사회자와 토론자로 참여해주신 안대회, 손승철, 이종묵, 최관 교수님께서 새로운 시각과 자료에 도움을 주신 덕분으로, 다시 한번 진심으로 감사드린다. 인문강좌가 끝난 후 곧이어 서울대 대학원 한국 한문학론을 강의하면서 한 학기 동안 수강한 공강일, 김진규, 김민영, 박영민, 유인선, 이준영, 정솔미, 채송화 동학의 정밀한 검토와 토론을 거치게 된 것은 큰 행운이었다.

덧붙여 본서는 중국과 일본에서 소중한 자료들을 계속 찾아내고 계신 박현규 교수를 위시하여 많은 연구자들의 수고가 있었기에 가능했음도 기억하고자 한다. 인문강좌는 필자가 담당하기에는 벅찬 자리였으나 대부분 비전공자이신 일반 청중들과 함께 우리 문학을 성찰하는 기쁨이 어떠한가를 알게 해주었다. 이 강좌를 기획한 한국연구재단과 본서의 편집을 맡은 돌베개 편집부에도 고마운 마음을 표한다.

2010년 6월

이혜순

차례

1장

—

수용의 의미와 한국 문학사의 전개

1. 전통과 수용

해외교류에 의한 수용이란 일반적으로 외국 문물·사람과의 접촉이나 교류를 통해 자국의 것과는 다른 새로운 것을 받아들이는 것을 가리킨다. 따라서 수용에는 언제나 접촉이나 교류가 전제되지만, 접촉이 바로 수용을, 수용이 바로 영향을 의미하지는 않는다. 일반적으로 다른 나라의 어떤 것을 접촉하고 이를 무의식적으로 또는 의도적으로 가져오는 것을 '수용'이라 한다. 그러나 수용이 반드시 그 나라에 영향을 끼치거나 받아들인 사람에게 어떤 변화를 일으키는 것은 아니다. '영향'은 어떤 것과의 접촉이 없었더라면 존재할 수 없는 어떤 요인이나 양상을 가리키므로, 이러한 의미에서 수용은 영향의 전前단계로 볼 수 있으나 영향을 포함하여 좀 더 넓은 의미에서 사용되기도 한다. 본서의 주제인 '수용' 역시 이러한 맥락에서 고찰된다.

전통이란 오랫동안 내려온 그 나라 혹은 민족 고유의 문화유산이나 특성을 말한다. 그러나 전통 역시 시대에 따라 변화한다. 전통 스스로 변화를 일으키기도 하고, 이질적인 것과 연합하면서 새로운 모습으로 형성되기도 한다. 문학사에서 보여주는 변화가 전통 내부로부터 온 것인지 외부에서 들어온 것인지는 언제나 논쟁의 대상이 되어 왔다. 예를 들어 고려 무신란기에 등장한 가전문학, 시화, 그리고 고려 말쯤 생성된 것으로 보이는 시조와 가사, 조선조 중기에 출현하기 시작한 고소설이나 근대문학 등의 형성 요인에 관해서도 항상 양측의 주장이 대립하여 왔다. 자생성이 반드시 우리 문학의 우수성을 말해주는 것은 아니고 수용이 반드시 열등함을 의미하는 것은 아니지만, 특히 역사적으로 긴장관계에 있었던 나라 사이에서는 민족적 자존심이 걸려 있는 문제이기도 했다.

그럼에도 동일한 한자문화권에 속해 있었던 동아시아 문학에서 한·중·일 삼국이 각각 자신의 고유한 문학적 특질을 주장하고 타자를 배제하는 문학연구가 가능한지에 대해서는 재고해 볼 필요가 있다. 한·중·일 삼국 간에 도래인, 귀화인, 망명자, 이주자, 침략자, 사신, 유학생 등으로 명칭되는, 수많은 그리고 빈번한 인적교류가 있었거니와, 따라서 이미 삼국이 각각 고유한 전통으로 간주하고 있는 것도 사실은 상호문화적 유입이 만들어낸 결과일 수 있기 때문이다. 그러나 본서는 우리 문학사에서 누가 또는 어떤 작품이 무엇을 수용했는지를 밝히기 위한 것이 아니라 몇 가지 구체적인 사례들을 통해 수용의 유형, 수용양상과 의미를 포함하여 그 이론화 작업을 시도하는 것을 목적으로 한다.

말할 것도 없이 수용이 전통을 밀어낼 수도 있고, 전통이 수용을 밀어내거나, 수용이 전통과 갈등을 일으키지 않는 형태로 조금씩 변모되면서 또 다른 전통의 일부를 이루기도 한다. 접촉이나 견문에 의한 수용이 처음에 큰 의미를 갖지는 못했더라도 이것이 한 알의 밀알처럼 후에 어떤 변화의 동력이 될 수 있다는 점에서 중요성을 갖는다. 수용의 대상은 의식일 수도 있고 사상 또는 문학 형식일 수도 있으며 단순한 서적의 전래일 수도 있으나, 접촉했을 때의 사실과 수용자가 보여주는 사실 사이에는 보통 거리가 있기 마련이다. 일반적으로 수용은 접촉한 사실을 '반영'reflect하는 것이 아니라 '굴절'refract시키는 것으로 간주된다. 이것이 수용된 이질적인 것들을 전통과 융합하게 하는 요인이다. 수용된 것은 다시 이론이나 창작에 굴절되거나 변용되어 나타날 수도 있고, 재생산 또는 재창조될 수도 있거니와, 다른 것을 받아들여 자기화하는 것만큼 독창적인 것은 없다는 인식이 수용연구의 전제가 된다.

현대는 다문화시대이다. 다양한 문화들이 우리 전통을 둘러싸고 침투하면서 끊임없는 혁신과 보강을 강요한다. 이 시점에서 요구되는 가장 이상적인 창조적 수용을 위해서 먼저 과거 한국 문학사의 전개에서 보여준 수용의 특성이나 양상을 재검토하는 것이 필요할 것이다. 수용의 형태가 각 나라마다 다른 것은 그 나라 전통의 특성과 역할 때문으로, 이러한 의미에서 수용연구는 자국문화와 문학의 정체성을 올바르게 인식하는 길이 될 수 있다.

2. 수용의 주체와 양상

한 나라의 문학은 독자적으로 형성되거나 전개되는 것이 아니라 전통과 해외 영향의 교직 속에 이루어진다는 전제 위에 본서는 한국 고전문학의 형성과 전개에서 보여준 수용의 주체들과 유형, 전통과 수용의 만남에서 드러난 성찰·갈등·비판, 그리고 이러한 과정을 통해 나타난 새 지평의 모색이나 재창조 양상 등을 총체적으로 살펴보고자 한다. 덧붙여 해외교류가 단지 일방적인 수용으로 끝났는지 아니면 '상호'교류의 가능성이 있었는지에 대해서도 관심을 가질 것이다. 우리의 고전문학이 주변문학·문화와의 교류에서 그 특성들을 적절하게 섭취하여 스스로를 키우면서 이룩한 놀라운 성취와, 때로 무분별하거나 과도한 편식과 쏠림을 통해 드러낸 한계와 문제점들, 그리고 외국에 남겨놓은 자원과 그것이 갖는 의미에 대한 고찰은, 한편으로는 경제대국들의 대중문화가 무차별하게 침투하여 '세계화'하고 있고, 다른 한편 우리 문화 역시 부분적이기는 하나 점차 국제적인 주목을 받고 있는 이 시대를 조명하는 거울이 될 수 있을 것이라 기대된다.

수용 주체는 크게 사람과 서적으로 대별될 수 있다. 먼저 인적교류에 의한 수용양상이다. 인적교류는 우리나라에서 외국으로 나간 사람들과 외국에서 우리나라로 들어온 사람으로 나뉜다.

전자에는 우리나라에서 밖으로 나간 유학생과 사신들이 중심이 된다. 한국 문학사는 의외로 해외에 다녀온 이들이 큰 비중을 차지한다. 과거 해외교류는 일본과 중국이 대상이고 이를 수행한 사람들은 주로 유학생과 사신들로, 그들의 신분이나 처한 환경 또는 개별 성향에 따라 견문과 성찰의 방향이 다르게 나타난다. 그러나 해외체험은 체험자 개인의 테두리 안에서 그 정서나 의식에 작용할 뿐만 아니라, 자주 그의 공적 자아에 영향을 미친다. 이 경우 체험의 초점이 외국에 가서 확인하게 된 우리의 문학적·학술적 위상과 수준에 있거나, 이국 문사들과의 교류를 통해 형성된 민족과 국가에 대한 새로운 의식과 자각, 그리고 이를 기반으로 한 지나간 역사에 대한 재평가와 그 문학적 형상화에 주어지기도 한다. 다른 한편 해외체험은 상대국의 편견과 도전에 부닥치는 계기가 된다는 점도 무시할 수 없다. 시대와 대상에 따라 다르기는 하지만 조선·중국·일본은 모두 자국 중심의 화이론적 세계관을 갖고 있었고, 그에 상응하는 문화적 우월의식을 갖고 있었다. 이것이 상대국의 현실에 대한 성찰의 한계를 드러내면서 새로운 문학적 전통의 형성에 부정적 기여를 할 수도 있다.

후자에는 귀화인과 외국 사신들이 포함된다. 국외에서 국내로 들어온 사람들은 안에 있는 사람들에게 나라를 떠나지 않고도 체험할 수 있는 '외국'의 역할을 한다. 주변국에서 왕조가 교체될 때 정치적 또는 경제적 이유로 망명해 온 이주민들, 전쟁 포로와 표류민들, 다양한 이유로 귀화한 이들과 외국에서 온 입국 사신들 모두 여기에 속한다. 문학사적 측면에서 볼 때 그중에서도 특히 우리 측의 요구에 의해 귀화한 문사들을 주목할 만하다. 이러한 귀화인의 등장은 문단을 끌고갈 주도적 문사가 부재할 때 나타나기 때문이다. 귀화인 중 과거시험을 주관하거나 외교문서를 작성한 이들은 그가 가지고 들어온 본래 자기 나라의 문풍을 전이함으로써 영향을 끼칠뿐더러 그 영향의 파급력이 상당하다는 것과, 이에 비례해서 국내인들의 자각과 반발이 크게 일어나면서 적대적 인물로 형상화되기도 한다는 특성을 가진다.

반면 외국에서 우리나라에 들어온 사신들은 그들의 이국 체험을 자국에 전파한다는 점에서 귀화인과 다르다. 주로 외교적 임무를 수행하기 위해 온 사신들은 사행의 왕복 노정 중 그동안 국내 문사에 의해 시적 주제가 되지 못했던 지역들을 시로 읊어 인문지리적 자료를 축적해 놓았고, 귀국 후 사행록을 써서 자신들의 체험과 우리나라에 대한 그들의 생각과 관점을 기록해 놓음으로써 그 기록을 통해 자국에 우리나라의 이미지를 형성하고 전파하는 데 중요한 역할을 담당했다. 따라서 사신들의 개인적인 인품, 학문적 수준과 편견에 좌우되기는 하지만 이와 함께 그들이 교류한 국내 문사들의 자세나 문재가 그들의 기록에 큰 작용을 한다는 점에서 시 짓기를 중요한 치국의 도로 간주하기도 했다. 그밖에 전쟁을 수행하기 위해 우리나라에 원군으로 온 장수들의 활동 역시 주목해야 한다. 그들은 자신들의 학문적 배경이나 종교를 가져왔고, 이것은 국내인들이 좋든 싫든

체험해야 했던 '외국'이었다.

다음으로 서적의 교류에 의한 수용양상에 관한 것이다. 서적은 우리나라에서 밖으로 나간 사람들이 구매하거나 선물로 받아온 것들이 대부분이지만 외국인들이 우리나라에 들어오면서 가지고 온 서적들도 있다. 고전문학 작가들은 새로운 서적에 대한 관심이 지극하여 시대에 따른 다양한 독서문화를 형성했다. 어느 시기나 마찬가지겠지만 고전문학 시대에도 외국에서 들어온 특정 작품이나 특정 작가의 작품에 경도되어 편식하거나 때로 범사회적 쏠림 현상이 생기기도 한다. 전통에 없었던 새로운 문학 갈래나 사상의 출현은 서적의 수용을 통해 이루어지는 경우가 대부분이다. 대상과 그 특성에 따라 차이가 있지만 이들은 그대로 수용되기보다는 형식이나 내용의 변형을 통해 재생산 내지는 재창조되고, 그 변형이 나라에 따라 다르게 나타난다는 점에서 서적의 수용 역시 전통의 영향을 크게 받는 것으로 보인다.

조선조에 수용된 중국 서적 중 가장 많이 번역된 것은 중국의 통속소설이다. 국가가 주도한 특정 서적의 번역 외에 이러한 통속소설의 한글 번역은 그만큼 일반인들의 수요가 컸음을 말해준다. 과거에 번역은 원전에 가깝게 재현하기보다는 당대 전통에 조화될 수 있도록 내용과 틀을 조종하는 것이 일차적인 목표였던 것으로 보인다. 따라서 번역할 때 어느 것이 조종 대상이었는지, 아니면 오히려 조종을 피해 남겨진 원전의 내용이 도리어 전통과 갈등을 일으키거나 전통에 새로운 바람을 일으키는 요인이 되었는지도 관심의 대상이다.

위에서 언급한 것이 사람과 서적을 통해 우리나라에 들어와 이루어진 교류라면 이제 말하고자 하는 것은 외국으로 들어가거나 그곳에 남겨진 우리의 문학·문화 자원들의 존재와 역할에 관한 것이다. 과거 한국 문학사는 주로 우리가 받아들인 것에 초점을 맞추었지만 한자를 공유하던 한문화권에서는 수수관계에 기반한 상호교류가 당연한 것이어서 이제는 우리가 '수용한' 것뿐만 아니라 우리로부터 '수용된' 것에 대한 관심의 방향전환과 그에 대한 적극적인 천착이 요구된다. 우리가 외국에 준 문학·문화 자원의 영향은 '수용한' 경우와 마찬가지로 인적교류와 서적교류의 양 방면에서 접근할 수 있을 것이다. 인적교류 양상은 외국으로 나간 우리 유학생, 사신, 포로들이 그곳에 남긴 시문에 대한 고찰에서 시작될 수 있으나, 절의의 인물, 뛰어난 학자, 장군, 문사들의 명성 역시 동아시아 문학·문화 교류에서 소홀히 할 수 없는 요인들이다.

해외에 남아 있는 서적 중에는 한·중, 한·일 문사 간 창수와 필담을 통한 교류 기록이 고찰 대상이다. 특히 필담에서 다루는 주제들은 각국의 역사, 문화자원, 시대정신, 민족의식과 연결되면서 수용의 쌍방성을 확인할 수 있는 중요한 자료들이다. 반면 외국에서 들어온 사신들이 귀국하면서 가져간 우리 문사들의 작품이나 문집들이 널리 읽혀 그곳에서 수용된 경우가 허다하다. 이와 같이 서적교류는 어느 정도 인적교류에 기반하고 있지만, 시대와 교류국의 상황에 따라 상업적 수단이나 전리품의 형태로 옮겨간 것들이 많은 부분을 차지하기도 한다. 일본의 경우 임진·정유 왜란 시 많은 도서를 약탈해 갔고, 이후 역관들과 결탁한 일인들이 지속적으로 조선의 서적들을 밀매한 것으로 알려졌다.

이로 보면 한·중·일 삼국 간에 이루어진 수용은 결국 한 나라의 문제로 귀속시켜 그 나라 문학사 내에서 해결할 수 없는 것이다. 따라서 본서에서 다루는 수용은 동아시아 문학·문화 교류와 동일시될 수 있다.

3. 자료에 대한 동아시아적 접근 : 『고금주』와 왕인

 한국 문학사에는 시대에 따라 또는 작가에 따라 한국과 중국, 한국
과 일본을 중심으로 교류가 형성되면서 세 나라의 통합적 관점에서
접근해야 하는 문헌들이 적지 않아 보인다. 그것은 상호교류 중 문학
을 포함한 다양한 문화적 자료가 다른 나라에 보존된 예가 허다하기
때문이다. 신라 문사들의 작품이나 시구가 중국의 『전당시』全唐詩와
일본의 『천재가구』千載佳句에 실려있는 것이 그 한 예이다.

 특히 조선조 후기 일본에 사행했던 조선통신사들 중에는 국내에
서는 전혀 그 작품을 발견할 수 없으나 일본에서 문사들과 주고받은
필담과 시는 남아 있는 문인들이 있다. 1711년 제8차 사행 시의 제술
관 이현李礥이 그 예이거니와, 그는 특히 당시 일본 문사들에게 역대
사신 중 시를 가장 잘한다고 일치된 평가를 받은 문사이다. 현재 문
학사에서 그가 전혀 다루어지지 않은 것은 그의 작품이 국내에는 한
편도 전해지지 않고 있기 때문인데, 따라서 일본에 남아 있는 작품들
이 그의 작품세계를 알 수 있는 유일한 자료들이다. 박지원은 「우상
전」虞裳傳에서, 뛰어난 문재의 소유자로 죽기 전 자신의 시문을 불태
워 현존하는 작품이 많지 않은 이언진李彦瑱이 1763년 제11차 일본

사행 시 역관으로 1천여 수의 시를 남겼다고 기록했다. 근래 이언진과 일본 문사 유유한劉維翰과의 필담집인 『동사여담』東槎餘談이 발견되어 그가 왕세정을 추종했다는 구절이 새롭게 주목을 받고 있거니와, 일인들에게 준 시들도 곧 발견되기를 기대한다.

따라서 한·중·일 삼국이 자국 문학사를 온전히 기술하기 위해서는 이러한 자료 확인 작업이 우선적으로 이루어져야 할 것이다. 그동안 수용의 문제는 주로 한·중 문학 간, 고소설, 전, 한시, 문풍 등에서 주로 작품과 작품 사이의 유사성을 근거로 거론되어 왔다. 그러나 최근 특히 중국에서 새로이 발굴된 자료들은 우리 문사들이 중국, 그 중에서도 명나라나 청나라에 가서 서적을 구매하고 중국 문사를 만나 필담하거나 논쟁한 것, 중국문헌에 수록된 조선 문사의 작품들과 우리 문사들의 문집 간행, 중국 문사들의 조선문학에 대한 해박한 지식 등을 보여준다. 일본의 경우 주로 통신사들이 사행하여 다양한 계층의 일인들과 만나 시를 창수하고 필담을 나눈 기록들이 계속 발견되고 있다. 그동안 문사들의 시문 교류가 주로 관심을 받았지만 의관들 간의 필담도 주목할 만한 것이 많다.

이러한 자료들은 특히 임진란 이후 조선후기의 문학사를 재검토해야 할 정도로 국제적 의미를 보여주거니와, 단지 한국 문학사뿐만 아니라 명말 이후 청대 문학사, 일본의 강호江戶 문학사도 마찬가지이다. 중국은 본래 다른 나라에서 수용된 것도 일단 그 전통 안으로 들어온 것은 자기나라의 것으로 보는 관점에서 자국 문학사를 이해했다. 그러나 현대문학에서 그들이 서구문학의 영향을 무시하지 못하는 것처럼 적어도 고전문학사에서 그들에게 유입되어 새로운 자극이 되었을 동아시아 문학 교류의 의미를 새롭게 그리고 적극적으로 고찰해야 할 것이다. 일본의 경우도 마찬가지로 최근에 발견되는 조선통신사들과 관련된 문헌들에는 17세기 이후 일본 한문학의 수준이 변모되고 발전되는 모습이 나타나면서 양국 문학사를 좀 더 긴밀한 관련 하에 접근해야 한다는 점을 보여준다.

이러한 점에서 동아시아 문학 교류와 동일한 의미로서의 수용연구에서 가장 절실한 당면과제는 동아시아 공동의 자료 찾기와 이에 대한 삼국 간의 통합적 접근이다. 이 점을 최표崔豹의 『고금주』古今注를 중심으로 살펴보기로 한다. 잘 알려진 대로 최표의 『고금주』는 우리나라 최초의 노래로 알려진 「공후인」 또는 「공무도하가」의 성립 배경에서 중요한 역할을 한 '조선 진졸' 곽리자고를 기록해 놓은 문헌이다. 그간 우리나라에는 전혀 알려져 있지 않았던 노래를 한치윤韓致奫이 『해동역사』에서 우리 작품 중 하나로 발굴해 내면서, 이를 수록한 『고금주』 역시 우리들에게 친숙한 문헌이 되었다.

「공후인」은 중국인의 저서에 실림으로써 이 작품은 하나의 중국적 문학 전통을 수립했다. 그것은 중국의 문사들이 이 작품의 저작 배경이 보여주는 작가의 국적에 주목하지 않고 단지 최표의 『고금주』에 수록되어 있다는 사실만을 중시했기 때문이다. 중국인들이 편찬한 『악부시집』樂府詩集, 『고악부』古樂府, 『고시기』古詩紀와 함께 각 왕조별 또는 역대 시선집 등에는 거의 빠짐없이 「공후인」의 유래와 이를 기반으로 한 후대 시인의 의고악부시 「공무도하가」를 수록했다. 「공무도하가」를 지은 시인들로는 당나라의 이백李白, 이하李賀, 왕건王建, 원진元稹, 송나라의 육유陸游, 원나라의 양유정楊維禎, 명나라의 이몽양李夢陽, 왕세정王世貞 등과 그밖에 수많은 문사들의 작품이 남아 있어 「공무도하가」 주제사를 만들어간 것이다. 우리나라 문사들 중에도 성현成俔, 신흠申欽처럼 「공무도하가」 의고악부시를 지은 이들이 있지만, 이는 오히려 이백 같은 중국시인들의 의고악부시를 기반으로 하고 있어서 우리 것을 역수입하는 양태를 보여준다.

현재 최표의 『고금주』는 마호馬縞의 『중화고금주』中華古今注가 부록되어 함께 전해지고 있다. 오대 사람인 마호는 최표의 책이 위나라 문제 시대인 황초黃初(220~226)에 이르러 이미 알려지지 않게 되었기 때문에 주를 첨가하고 뜻을 해석해서 『중화고금주』 세 편을 편찬했다고 했다. 그러나 사고전서 편찬자들은 양자 간의 차이가 별로 없어서 주를 첨가하고 의리를 해석하는 일은 전혀 없으나 후대의 총서들은 최표의 책만을 인용하거나(『태평어람』) 마호의 책만을 인용하고 있다(『문헌통고』)고 밝혔다. 최표의 생애에 대해서 유효표劉孝標는 『세설신어』世說新語의 주에서, 최표의 자는 정능正能으로 진나라 혜제 시 태부를 지냈다고 했다. 마호는 최표의 자가 정웅正熊으로 정웅과 정능이 글자가 비슷해 유효표가 오인한 것으로 보았다. 마호가 『중화고금주』 서에서 황초에 이미 이 책이 찾기 어렵게 되었다 했으므로 그는 최표를 위나라 사람으로 본 것이다. 현재 서목 중에는 위나라 최표로 표기한 것도 있지만 일반적으로는 진나라 사람으로 간주되고 있다.

또한 『영락대전』에 수록된 소악蘇鶚의 「소씨연의」蘇氏演義가 이 두

책과 절반 이상이 유사한데, 사고전서 편찬자들은 최표의 책이 오래 망일되고 마호의 책이 늦게 나왔으므로 후인들이 위나라 이전의 일들은 거짓으로 최표의 『고금주』에 귀속시키려 했음을 알 수 있다고 했다. 소악은 당 광계(885~887) 연간의 진사이고, 마호는 후량과 후당에 걸쳐 등과, 벼슬한 사람이어서 마호의 책 역시 표절이라는 주장이다. 소악이 마호보다 조금 앞서 살았으므로 마호의 『중화고금주』가 그 신뢰도를 잃게 되는 것은 사실이나, 『소씨연의』와 『고금주』의 관계는 여전히 문제로 남는다. 『고금주』, 『소씨연의』, 『중화고금주』의 관계를 「공무도하가」를 중심으로 살펴보면, 약간의 표현상의 차이에서 『소씨연의』는 일부는 『고금주』와, 일부는 『중화고금주』와 동일하다. 이것은 아마도 『중화고금주』가 『고금주』뿐만 아니라 『소씨연의』도 참고했다는 의미일 것이다. 그러나 무엇보다 「공무도하가」가 소악보다 훨씬 이전에 살았던 이백(701~762), 이하(790~816) 등과 같은 작가에 의해 의고되고 있었다는 점에서 『고금주』의 존재 자체에 대해서는 의심할 바 없을 듯하다. 단지 마호의 『중화고금주』가 갖고 있는 문제점을 고려할 때 편자 마호가 최표를 위나라 사람으로 보고 진 혜제 때 인물이 아니라고 한 주장 역시 의문의 여지가 있다. 위나라 조식의 「공후인」은 '공무도하' 公無渡河의 구절이 들어가 있지 않을 뿐더러 시의 역시 「공무도하가」와는 무관한 것이다.

「공무도하가」가 한·중 양국과 관련이 있는 반면 백제의 학자 왕인王仁의 문제는 한·중·일 삼국에 연관되어 있어 최표의 『고금주』는 고전문학 시기 삼국이 어떻게 서로 얽혀 있는지를 살피는 데 하나의 본보기가 될 수 있다. 다음은 왕인에 관한 송하견림松下見林의 『이칭일본전』異稱日本傳(1687)의 기록이다.

백제에서 왕인이 와서 유풍을 크게 천양하였다. 왕인의 선조는 한인漢人이니, 최표의 《고금주》에 이른바 천승의 왕인이라 일컬은 자일까. (……) 응신천황應神天皇의 아들인 토도아랑자菟道雅郎子가 일찍이 왕인을 스승으로 삼아 학문을 배웠다. 그 뒤에 형인 대초료존大鷦鷯尊에게 선양하여 형제 간에 백이와 숙제 같은 행실이 있었다. 토도아랑자가 죽자 대초료존이 슬퍼하여 마지 않으니, 왕인이 화가를 지어 바치면서 즉위하기를 권하였다. 이에 대초료존이 즉위하였으니, 이는 본조의 미사이다. 이는 반드시 왕인이 교도를 잘하여 그렇게 하게 한 것인바, 역시 백제에 인물다운 인물이 있음을 알 수가 있다. 그런데도 삼한 사람들은 이에 대해 전혀 모르고 있는바, 어찌 자기 나라의 안 좋은 것을 미워하여 기록하지 않은 것뿐이겠는가. 비록 미사가 있더라도 알지 못하는 것이 이와 같다.[1]

『이칭일본전』은 일본에 관한 한·중·일 삼국의 기록을 모아 놓은 것으로 인용문 아래 편자의 견해를 첨부해 놓고 있다. 송하견림은 『동국통감』이 근세의 조그마한 일들을 번잡하게 적느라 상세의 큰 일들을 빠트렸다고 한탄한 글 다음에 왕인에 대한 위의 내용을 기술했다. 삼한인들은 과거 좋지 않은 역사적 사실들을 미워하여 기록하지 않다가 이러한 아름다운 일도 알지 못한다는 비웃음이다.

관심이 가는 것은 왕인을 『고금주』에 기재된 「맥상상」陌上桑의 여

주인공 나부의 남편 왕인과 동일인일지도 모른다는 추측으로, 이러한 견해는 그동안 일본 사서에서 기술된 왕인의 자료에 대한 변모와 상관 있을 것으로 보인다. 왕인은 일본의 가장 오래된 사서인 『고사기』古事記(712)와 그보다 약간 뒤에 나온 『일본서기』日本書紀(720) 모두에 기재되어 있고, 그가 백제인이라는 기록에도 차이가 없다. 단지 『고사기』에는 왕인이 가져간 서적의 이름이 명시되고, 반면 『일본서기』에는 서적 이름은 빠졌으나 왕인을 초청하기 위해 보낸 사절 이름, 왕인의 일본 도착 시기와 그의 태자 교육에 관한 것이 기록되어 있다.

그러나 이들보다 70~80여 년 뒤에 나온 『속일본기』에는 왕인의 가계가 기록되어 있다.

> 최제 등이 말하기를 왕인은 한나라 고제의 후예로 난이라 부릅니다. 난의 후손에 왕구가 옮겨다니다가 백제에 이르렀습니다. 백제의 구소왕 때에 사신을 파견하여 문인을 부르니 구소왕은 즉시 왕구의 손자 왕인을 보냈습니다. 이가 곧 문, 무생의 조상입니다.
>
> 『속일본기』 환무천황 연력 10년 4월조

왕인의 가계가 한나라 고제에 연결된 것은 『속일본기』의 이 기사부터인데, 여기서 이를 처음으로 말한 사람이 왕인의 후손으로 문서를 담당했던 백제계의 최제最弟라는 사람이다. 그가 사성賜姓을 청하면서 왕인의 가계를 언급한 것은 연력延曆 10년(791)이고, 왕인이 일본에 온 것으로 되어 있는 응신천황 16년은 서기 284년으로 500여 년이 경과되었던 시기이다. 왕인 당대에도 언급이 없었던 것이 500여 년 후 그의 후손들이 그동안 내려온 어떤 계보에 근거해서 이를 말했다기보다는 자신들을 한고제의 후예로 포장하는 것이 유리하다는 점에서 조작했을 가능성이 커 보인다. 이 점은 『속일본기』의 연력 9년 7월조의 기사를 보면 어느 정도 드러난다. 응신천황이 황전별荒田別을 백제에 보내 학문이 있는 사람을 초빙할 때 온 사람이 왕인이라는 『일본서기』의 기록과는 달리, 『속일본기』에서는 황전별을 따라 백제로부터 온 사람이 귀수왕貴須王 손자 진손왕辰孫王이라 했다. 또한 응신천황이 그를 황태자의 스승으로 삼았으며 "이에 비로소 서적이 전해지고 유풍이 크게 일어났다. 문교가 발흥한 것은 진실로 이에 있다"라고 하여 진손왕과 왕인이 동일인일 가능성을 보여준다.[2] 왕인이 한 고조의 후예가 아니고 백제의 왕손이었다는 견해는 『대일본사』(권230)에서도 이어진다.

그러나 왕인이 새롭게 재인식된 것은 17세기 말 18세기 초로 생각된다. 이때가 자국문화에 대한 일본 지식인들의 의식이 차츰 강화되기 시작한 때일 것으로, 조선통신사들에 대한 일부 인사들의 비판이 엿보이는 것도 바로 이 시기였다. 이를 보여주는 서적의 하나가 『이칭일본전』(1687)이다. 송하견림이 백제의 왕인을 최표『고금주』에 기재된 왕인과 연결시킨 근거는 아마도 전술한 『속일본기』의 한고조의 후예라는 기사와 「맥상상」의 왕인이 '천승'이라는 점 때문일 것이다. 그러나 송하견림은 왕인을 『고금주』의 왕인으로 추측함으로써『속일본기』에 기록된 왕인의 가계를 불신하는 모순을 보여준다.
『고금주』의 내용은 다음과 같다.

「맥상상」은 진씨 여자가 지은 것이다. 진씨는 한단인으로 여인의 이름은
나부이며 고을 천승인 왕인의 처이다. 왕인은 나중에 조왕의 집사가 되
었다. 나부가 길가에 나가 뽕잎을 따고 있을 때 조왕이 누대에 올라 그녀
를 보고 기뻐하며 술을 권하면서 취하려고 했다. 나부는 쟁을 능숙하게 타
며 맥상상이라는 노래를 지어 자신의 뜻을 밝히자 조왕이 이에 멈추었다.

『속일본기』에서는 왕인의 가족이 할아버지 때에 옮겨다니다가 백
제에 왔다고 했으므로, 왕인의 출생지가 백제였는지는 확실하지 않
으나 그가 학문을 연마하여 이름을 날린 곳은 백제였음은 의문의 여
지가 없다. 따라서 그는 조왕의 집사가 될 수가 없을뿐더러, 더욱
이 천승을 제후로 본다면 그가 후에 조왕의 집사가 되었다는 것은 맞
지 않는다. 이미 지적되어 온 대로 천승의 부인이 노동을 한다는 것
도 문제가 된다. 연구자들은 「맥상상」의 가사로 알려진 「염가라부
행」艷歌羅敷行에 나오는 사군이라는 명칭과 라부의 머리 모양 등에서
이것이 후한 대에 이루어진 것으로 본다. 「맥상상」에서 라부가 자기
남편을 과시하면서 말한 시중랑이라는 직위 역시 한나라 때의 관직
이다. 그러나 「맥상상」과 「염가라부행」은 본래 다른 곡이었고, 「맥
상상」의 가사가 실전된 후 주인공 라부가 제목으로 나온 「염가라부
행」을 가져다 쓴 것으로 보여 그 내용에 의해 「맥상상」의 출현 연대

를 추측하는 것도 무리가 있다. 무엇보다 「맥상상」은 민가民歌여서 이를 사실자료로 보기 어려운 작품이다.

　더 중요한 것은, 『고금주』의 저자 최표를 진 혜제(290~306) 시대 사람으로 볼 경우 이 시기는 바로 일본의 응신천황(270~309) 시대여서 최표가 왕인과 동시대 사람이 된다는 것이다. 그 후 그가 언제 백제로 건너와 자리를 잡고, 다시 아직기의 천거를 받아 일본에 갈 수 있었겠는가. 이와 같이 백제의 왕인과 『고금주』에 기재된 왕인의 동일시는 근거없는 추측임에도, 문제는 이러한 주장이 일본의 후대 학자들에 의해 그대로 받아들여지고 있다는 것이다. 등익근藤益根이 「효경범례」孝經凡例에서, "무릇 왕인이 경사를 읽을 적에는 반드시 위·진의 음으로 읽어 태자에게 전수하였을 테고, 속어를 쓰고 한어韓語로 답하여 읽는 것을 잘못되게 하지 않았을 것임이 분명하니, 그 후에도 왕왕 그 음에 익숙한 사람이 있었을 것"이라는 가정은 아마도 송하견림이 왕인을 최표의 『고금주』에 연계시킨 사실에서 기인한 듯하다. 왕인의 중국음 직독설은 일반화된 것으로 보인다.[3]

　왕인의 한고조 후예설은 현대 문헌에도 나온다. 『일본사 사전』日本史事典에는 왕인을 고대 백제로부터 온 도래인이라 하면서 "전승에 의하면 한고조의 자손이라고 한다. 4세기 말 응신천황 때 일본에 『논어』와 『천자문』을 가지고 왔다고 한다. 고대를 통해 학문의 조상으로 불린다"[4]라고 기록하고 있다. 사전에서도 비록 "전승에 의하면"이라 하여 확실한 근거를 제시하지 못했지만, 전승을 내세워 그가 순수한 백제인이 아니라는 점을 드러내려 한 의도가 보인다. 저구독지

猪口篤志는 『일본 한문학사』(1984)에서 『대일본사』가 왕인과 같은 시대에 진손왕이 귀화한 사실을 기록한 『속일본기』를 근거로 이 두 사람을 동일인일지 모른다고 한 것(230)에 대해 왕인은 한고조의 후예라는 점을 내세워 백제왕의 종족인 진손왕과는 서로 다른 사람일 것으로 판단했다.[5] 왕인이 백제에 귀화한 중국인이라는 주장은 이렇게 현대에까지 영향을 미치고 있는 것이다.

이로 보면 『고금주』는 「공후인」에 관한 한·중 간의 작품 귀속 문제와 왕인에 관한 한·중·일 간의 국적 귀속 문제의 중심에 자리잡고 있어서 자료 확인을 위한 동아시아 삼국의 통합적 접근이 요구된다. 이러한 문제가 걸려 있는 문헌이 『고금주』만은 아닐 것이며, 이 점이 바로 삼국 간 수용연구가 절실하게 요구되는 이유이기도 하다.

주

1 松下見林, 『異稱日本傳』 제2권, 권하지이(국서간행회, 1975), 1269쪽.

2 『續日本紀』 五, 신일본고전문학대계 16(암파서점, 1998), 468~470쪽.

3 韓致奫, 『海東繹史』 제67권, 人物考 1 王仁.

4 『日本史事典』(평범사, 1989), 444쪽.

5 猪口篤志, 『일본 한문학사』, 심경호·한예원 역(소명출판, 2000), 25쪽.

2장

—

견문과 성찰

유학생 사신들의 외국체험

1. 한국 고전문학과 유학생 사신들의 해외체험

(1) 신라 · 발해의 남북국 시대

　삼국시대에도 해외에 체류하던 승려나 문사의 작품들이 간혹 보이기는 하지만, 사신과 유학생들을 통한 문학 교류가 이루어진 것은 통일신라와 발해 때였다. 먼저 일본과 신라 사신들 간의 문학 교류의 흔적은 일본 최초의 서정시집 『회풍조』懷風藻(751)에 실려 있으나 신라 사신들의 작품은 남아 있지 않다. 신라가 삼국을 통일한 후 나당전쟁을 치르면서 두 나라의 관계가 냉각되었을 때 일본과의 사신 교류가 이루어졌다. 삼국통일 후 얼마 안 되어 일본의 사신 204명이 신라에 왔다는 기록이 있으나(『삼국사기』 신라 성덕왕 2년 703년) 시회를 연 흔적이 보이지 않는다. 반면 천무천황의 손자로 좌대신이었던 장옥왕長屋王(?~729)이 그의 저택에서 신라 사신들을 위해 연회를 베풀었을 때 쓴 총 열 편의 시가 『회풍조』에 수록되어 있다. 일본에 간 신라 사신의 시는 남아 있지 않으나 국가 건립 후 일본과 긴밀한 관계를 유지해온 발해의 경우 일부 사신들의 시와 일본 문사와의 교유 현황이 남아 있다. 양태사楊泰師, 왕효렴王孝廉, 배정裵頲, 배구裵璆 등의 작품이 일본의 『문화수려집』文華秀麗集(818)에 보이는데, 이들 중에는 일본 문사들과 국경을 넘는 교유를 한 문사들도 있다.

해외체험의 문학적 성과가 나온 것은 빈공과에 합격한 이들이 등장한 9세기였다. 빈공과는 당대 장경(821~823) 이전에 설치된 것으로 추정된다. 장경 원년 김운경金雲卿이 신라인 최초로 합격했다는 사실이 왕응린王應麟이 편찬한 『옥해』玉海와 고려 최해崔瀣의 글에 동일하게 나타나 있다. 그러나 실제로 빈공과에 대한 것은 『구당서』 선거지에도 기록되어 있지 않다. 주요 급제자로는, '삼최'로 불리는 최치원崔致遠·최승우崔承祐·최언위崔彦撝와, 이규보李奎報가 화국華國의 문사로 높이 평가한 박인범朴仁範이 있다. 최해는 당나라 빈공 제자의 수를 58명이라 했으나 현재 복원할 수 있는 명단은 20여 명 정도이고, 『전당시』全唐詩, 『십초시』十抄詩, 『천재가구』千載佳句 등 삼국의 시선집에 일부 문사들의 약간의 작품과 시구들이 남아 있다.

발해 문사들 중에도 과거급제자들의 이름이 보인다. 『고려사』 '최언위 열전'에는 발해인 오소도烏炤度가 당에 갔다가 최언위가 그의 아들보다 이름이 상위에 있다 해서 자신이 빈공과에 급제할 때 신라인을 제치고 수석합격했음을 강조하면서 당국에 바꾸어주기를 간청했으나 언위의 학문이 유여하여 허락하지 않았다는 기록이 있다. 이것이 유일하게 신라가 수석을 발해에게 내준 과거시험이었다. 발해의 급제자로는 고원고高元固, 오소도烏炤度, 오광찬烏光贊, 사극찬沙叵贊이 보인다. 이것은 신라 문사들의 우수성을 보여주는 것이지만 신라에서는 빈공 제자들의 뜻을 펼 수 있는 기반이 아직 없어서, 귀국한

빈공 출신 문사들은 국내 국학 출신과 갈등을 빚게 된다. 아마도 당나라 유학은 시문 연마에 집중되어 있고 유학의 학습에 도움이 되는 것이 아니라는 인식이 있었던 것으로 보인다.

빈공과 이면의 진실이 어떠하든 당나라는 주로 신라 육두품 출신으로 골품제의 구속을 받았던 문사들의 탈출구로 선택된 나라였으나, 10년 만기라는 규정 기한 내에 급제하지 못할 경우 강제귀국되므로 과거합격은 그들이 반드시 이루어야 할 절대적인 명제였을 것이다. 그럼에도 최치원이 등제하지 못한 유학생 105명의 강제귀국을 청원하는 신라왕의 글을 대신 쓴 것으로 보아 유학생 수는 상당했던 것으로 보인다. 따라서 급제 여부와는 상관없이 신라 문사들의 만당에서의 학습은 귀국 후 신라 문학계에 어느 정도 역할을 했을 것으로 짐작된다. 고려 인종 시대 송나라 사신이었던 서긍이 『고려도경』에서 당시 고려 문풍을 만당풍으로 본 것이나, 조선 초 김종직이 고려 전기까지는 오로지 만당풍을 학습했다고 한 것은 이들 유학생들을 염두에 두었기 때문일 것이다.

유학생과 달리 신라와 발해 사신들의 작품은 보이지 않으나 『전당시』에는 귀국하는 신라와 발해의 왕자, 관리, 승려들에게 증정하는 작품들이 상당수 수록되어 있어 당시 그들 역시 중국인들과 자주 시문 교류가 있었음을 보여준다.

(2) 고려

고려 때에는 중국의 왕조 교체가 무상함에 따라 오대, 요, 금, 송, 원 등과 고려의 관계가 복잡하게 전개된다. 오대, 요, 금과의 관계에서는 사신들을 통해 주고받은 외교문서의 역할이 컸던 것으로 보인다. 아름다운 형식미를 자랑하는 변문은 그 시기 고려의 문풍을 유미적인 경향으로 만든 요인들 중 하나였을 것이다.

유학생은 신라나 발해에 비해 많지 않았던 것 같다. 고려 초 최언위의 아들로 균여의 시를 한역漢譯한 최행귀崔行歸는 오월국에 유학했다. 역시 최언위의 아들인 광윤光胤은 빈공 진사로 유학하여 후진에 들어갔다가 거란에게 사로잡혔는데, 재주가 뛰어나다는 이유로 임용되어 관작을 받았다고 한다. 아버지 최언위가 당나라 마지막 과거의 급제자임을 생각할 때 그는 오대의 빈공 급제자임이 확실시된다. 경종과 성종 때에도 계속 국자감에 들어가 공부하다가 과거에 급제하여 벼슬이 제수된 사람들의 이름이 나온다. 예종 시대 진사 김단金端, 권적權適 등은 송나라 태학에 들어가 공부하고 황제의 친시에 급제했다. 권적은 소동파가 어려움을 당하던 시기에 송에 체류했고 귀국 후 소동파에 대한 지지를 확고하게 보여주었던 인물로, 송풍을 고려에 들여온 인물로 추측되기도 한다.

송나라 때에는 고려 문사들이 사신으로 가 문명을 날린 일들이 많았던 것으로 보인다. 송나라는 관리들에게 외국 사신과들과의 창화를 불허했으므로 비공식적 창화를 했으나 송 황제와의 문학적 교류도 있었다고 한다. 양국의 공식적인 관계는 고려가 거란의 침입을 받을 때 송이 도와주기를 거부한 이후 단절되었으나, 그간에도 상인이나 귀화 한인들의 빈번한 왕래를 통한 경제적·문화적 교류뿐만 아니라 유학생 사신을 통한 정치적 교감도 비공식적으로 지속되고 있었다. 송과의 공식적인 외교 관계가 회복된 것은 문종 32년(1078)이었다. 송으로부터의 문화적 수용은 송의 역사, 전통, 문화, 의례, 학술 등에 대한 고려의 흠모가 큰 역할을 했거니와, 무엇보다 이 시기 고려 지식인들은 송을 배워야 할 대상으로 간주한 것으로 보인다. 대각국사 의천은 송나라로 몰래 떠나면서 올린 「청입대송구법표」請入大宋求法表에서 "만일 중국에 가서 학문을 배워 오지 않는다면 진실로 동방에서는 눈꺼풀을 긁어내기는 어려울 것"이라고 했다. 이들은 귀국할 때 적극적으로 송에서 문헌을 구해 왔다.

　금나라와 몽고족, 그리고 원나라가 고려를 억압하던 시기에 고려 사신들이 계속해서 파견되었고, 이때 지어진 그들의 작품에는 국제 정세를 바라보면서 고려의 위상을 재인식하는 시선이 드러나기도 했다. 그러나 원나라는 국제사회의 중심으로서 문화적 힘을 강력하게 발휘하고 있었다. 정포鄭誧가 시에서 벼슬을 위해 원나라에 가겠다고 하면서 "어찌 답답하게 황폐한 구석에 있으리"라고 한 것에서 보듯이, 당시 원은 '거친 변방荒陬'인 고려와 대비되는 문명의 중심지였다. 원의 과거시험은 당의 빈공과에 비해 어려웠으나, 당의 빈공과가 별시로서 급제자 명단을 당인의 과거 합격자 방 아래에 붙여 그들과 이름을 가지런히 할 수 없었던 것과 달리, 원 회시의 경우 '중원의 준재'와 가지런히 금방에 이름을 올렸다. 원 제과 급제자 중 특히 이색李穡은 원의 규재圭齋 구양현歐陽玄의 의발을 전수받았다는 자부심을 보여준바 있거니와, 허균은 규재가 강서 사람이어서 송나라의 양만리楊萬里, 왕안석王安石, 증공曾鞏, 황정견黃庭堅 등의 문풍과 학문에 익숙한 사람으로, 이를 이색에게 전수했으므로 "우리나라에서 글 짓는 일의 시말을 조금이라도 볼 수 있었던 것은 모두 목은牧隱이 중국에서 돌아옴으로 말미암았다"(『성소부부고』)고 보았다.

원나라에 사행했던 인물 중 가장 주목되는 또 다른 인물이 『사서집주』 등 주자의 책을 갖고 들어와 고려 말 성리학의 발전과 재도론載道論적 문학관의 출현에 기여한 안향安珦과 백이정白頤正, 왕을 호종하여 원나라에 가서 시문을 남긴 백문보白文寶, 이제현李齊賢 등이다. 특히 이제현은 만권당에서의 원대 문사와의 교유와, 강향사로서 또는 충선왕의 유배지를 찾아가며 가졌던 다양한 체험, 그리고 이에 기반한 고려 왕조의 운명에 대한 성찰을 시문을 통해 보여준바 있다.

(3) 조선

명나라와의 관계는 고려 말부터 시작되어 조선 창건 이후 17세기 병자호란 직전까지 이어진다. 고려 말 문사로 명나라에 네 차례 사행했던 정몽주鄭夢周, 두 차례 명나라에 다녀온 이숭인李崇仁, 명나라에서 유배되어 그곳에서 객사한 김구용金九容은 사행 또는 유배 중 지은 시들을 남겼다. 이숭인이 명나라 사행 중 만난 하남 개봉 사람인

두호杜浩가 남겨준 「열녀전」을 보고 쓰게 된 「배열부전」은 그후 빈번하게 저술된 열녀전의 시단이 되었다. 명 태조 때 "전 정언 김도金濤가 명에서 제과에 급제하였다"(『동사강목』)는 기록이 있는데 김도는 명나라 과거에 합격한 유일한 인물이다. 백문보는 "중국에서 높이 과거에 뽑혀 혁혁하게 빛나는 반열에 올랐네"라고 시를 지어 그를 찬예했으나 정작 그의 작품은 남아 있지 않다.

조선조 창건 이후 처음에는 표전表箋의 언사가 불공하다는 명나라의 트집과 태조 이성계의 종계변무宗系辨誣 사건과 같은 문제를 해결하기 위한 사신 행렬이 줄을 이었고, 중기에는 왜군과 짜고 명나라를 치려 했다는 무고 등을 밝히기 위해, 그 후에는 광해군 즉위와 명나라에 원병을 파병하는 문제와 관련해서 또 다시 사신들이 연이어 파견되었다. 명나라 사행 때는 왕래 도중에 사신들이 읊거나 상호 차운한 시가 압도적으로 많은 것도 다른 점이다. 최립은 네 번의 사행 때지은 시들을 '정축행록, 신사행록, 계사행록, 갑오행록'이라는 제목으로 묶어 놓았다. 허균 역시 「정유조천록」과 「을병조천록」을 남겼다. 일기 형식의 사행록으로 허봉의 「조천기」, 김성일·조헌의 「조천일기」, 이항복의 「조천록」 등이 있으나 연행록이나 조선통신사들의 기록만큼 자세하지는 않다.

일본에 다녀온 사행 기록은 많지 않으나 대표적으로 송희경宋希璟의 『일본행록』, 김성일金誠一의 『해사록』이 거론된다. 명나라 멸망 직전에 사행했던 이들이 만주를 통과하지 못하고 해로로 왕환한 기록인 조천항해록도 여러 편 남아 있어 거대 중화제국의 멸망을 둘러싼 모습들이 기록되어 있다. 이 시기에는 표류하다가 중국에 가 그 곳에서의 견문을 기록한 것이라든지(최부 『표해록』), 임진왜란 시 포로로 끌려갔던 이들의 기록(강항 『간양록』, 노인 『금계일기』, 정희득 『월봉해상록』)도 남아 있어 조선 전기는 이와 같이 외국체험의 주체들이 다양해졌다는 특성을 보여준다.

이 시기 사행문학의 성과는 여러 측면에서 접근해야 된다. 하나는 조선조 전기 문학사에서 거론되는 중요 인물들 중 상당히 많은 사람들이 사신으로 명나라를 체험했다는 점에서, 이들이 저술한 사행일기와 사행시의 개별적 성과와 함께 이러한 사행문학이 조선전기 문학사에서 차지하는 의미이다. 이들 시문의 우열은 개인에 따라 다르겠지만 일단 그 사행문학의 자료들은 국문학의 소중한 자원이다. 다음으로 구체적으로 나타나지는 않았을지라도 사신들이 해외의 문물을 견문하면서 갖게 된 성찰의 내용이다. 김일손은 북경에서 "애써서 학문이 있는 학자를 만나 해외에서 얻은 지식에서 모르는 것을 풀어 보기를 구하였으나" 뜻을 이루지 못한다. 그러나 그는 성현의 도는 책에 있으니 중국과 외국이 다를 것이 없으므로 사람을 기다리지 않고도 가히 들어볼 수 있다고 위안한다. 그에게 사행은 우리의 학문적 수준을 재확인하는 소중한 기회였다.

17세기는 조선의 임병양란, 중국 대륙에서의 명·청의 교체, 일본의 도쿠가와 막부 출현이라는 국제정세의 변화로, 세 나라 모두 상호 외교 활동의 필요성이 요구되었다. 청나라 사행 기록인 연행록을 보면, 일부 문사들이 청을 통해 조선의 현실을 재인식하는 기회를 갖게 된 것을 알 수 있다. 박지원은 청의 문명을 친견하면서 조선이 경도되어 있는 어떤 지고한 정신적 가치도 실제의 삶을 외면하고서는 무의미하다는 비판의식을 보여준다. 청의 학술과 서양에 관한 정보도 양국 문사 간의 교류를 통해 신속하게 국내에 전파되었다. 1794년 정사로 연행했던 홍량호洪良浩는 사고전서의 편찬을 주도한 기윤紀昀을 만나 그와 시문을 교환하고 저서를 받은 것은 물론 서양에 관한 정보도 얻게 된다. 그들의 교유는 아들 손자대까지 계속된다.[1]

　서형수徐瀅修는 정조에게 근래에 들어 중원의 학술을 보면 과연 대부분이 육학을 종주로 삼고 있어 이것이 주서를 얻기 어렵게 만든 원인도 된다고 하여 짧은 기간의 사행에서 얻은 중국의 사상적 동향을 설명한다. 옹방강翁方綱과 서신을 교환한바 있는 서호수徐浩修는 그의 글을 보고 그가 새로운 역법을 이해하지 못한다는 점을 확인하고 현재 중국의 사대부들이 성률과 사화에 치중하고 있는 점을 비판했다. 김정희金正喜는 부친 김로경金魯敬을 따라 사신으로 연경에서 당시 각로인 완원阮元과 홍려鴻臚인 옹방강을 만나고 가까워졌다. 경의經義를 변론하면서 그들과 승부를 맞겨루어 조금도 굽히려고 하지 않았다고 한다. 완원의 『경해』經解를 중국의 대가보다 먼저 보게 된 것은 완원이 그에게 먼저 초본을 부쳐주었기 때문인 것으로 전한다.[2] 이들 외에도 청문사들과의 교류가 범상하지 않았던 홍대용, 박제가, 유득공, 이덕무, 신위, 이상적 등을 포함하여 조선조 후기의 많은 뛰어난 학자 문사들의 연경 체험과 그 의미를 살펴보면 18,19세기 동아시아의 문학사와 학술사상사가 더 이상 국가별 접근으로는 그 배경과 특성을 드러내기 어렵다는 점을 보여준다.

일본 사행의 의의 중 하나는 조선 사신들에게 시문, 서화를 요구하기 위해 몰려든 소위 문화열풍을 훌륭하게 대처해준 서얼 출신 문사들의 재발견이다. 이 점은 어떤 특정 직책 없이 자제군관의 명목으로 연행했던 젊은 지식인들의 역할이 부각되는 것과 차이가 있다. 일본에 간 사신들 역시 그곳 문사들과 자주 필담을 나누기는 했으나 그들의 작품을 요구하는 일인들 때문에 많은 시문을 남긴 데 비해, 연행했던 지식인들은 적극적으로 중국 문사들을 찾아 필담을 했고, 중국의 번영을 세심히 관찰했으며, 그곳에서 출간된 서적의 수용을 위해 노력했다. 일본과 청나라 문사들과의 필담에서 드러나는 한 가지 특징은 그들 대부분이 우리나라 문학사에 대해 광범위한 지식을 갖고 있었다는 점이다. 또한 필담은 단순히 양국 문사들의 외교적 만남에 그치지 않고 개인적인 우의를 두텁게 하는 계기가 되었다.

필담 외에도 이규경李圭景(1788~?)처럼 사신들을 따라 연경에 가서 문사들과 교유하는 틈틈이 혼자 외출해 산천, 도리, 궁실, 누대로부터 초목, 곤충, 조수에 이르기까지 그 이름을 적어온 사람도 있었다. 군관 최덕중崔德中의 『연행록』(1712)에는 "다만 한 차례 장한 구경을 한 것이 기뻤으나, 지식이 고루하고 문사가 거칠고 졸렬하여 중국 산천과 이역 풍속을 오히려 능히 자세히 기록하지 못했다. 그러나 겨울에 갔다가 봄에 돌아왔는데, 그동안에 날마다 보고들은 것을 뒤에 기록하였다"라고 하여, 연행했던 이들의 기록정신이 일찍부터 이루어지고 있었음을 알 수 있다.

2. '타자'로서의 자기확인과 거리의식: 최치원

　해외에 나간 유학생들은 낯선 나라에서 일상의 삶을 영위해야 할 뿐더러 수학과 과거라는 짐을 지고 있어 단기 여행이나 공무로 가는 것과 다르다. 더욱이 그들은 낯선 사람들과 제도, 문화와 학문, 역사와 사회에 친숙해지고 적응해야 앞으로의 길을 모색할 수 있다. 만약 이들 유학생들이 해외에서 또는 귀국 이후 보여준 문학세계가 우리나라 문학사에서 중요한 의미를 지닌다면 그 성과의 배경을 좀 더 자세히 알 필요가 있고, 특히 해외체험이라는 차원에서의 접근이 필요할 것이다.

　전술한 대로 유학생은 통일신라 시대 때 가장 많았고, 그 밖의 나라에서는 관련 자료가 없거나 이름은 남아 있어도 외국에서의 삶에 대해서는 별로 알려주는 바가 없어 귀국한 이후의 역할도 그렇게 특기할 만한 것이 없는 이들이 대부분이다. 아마도 송나라에 유학한 권적權適이 가장 주목할 만한 인물일 것이나 통일신라의 유학생 중에도 삶의 모습이나 문학작품이 남아 있는 사람은 최치원崔致遠(857~?)이 거의 유일하다고 볼 수 있다. 최치원이 보여준 특성은 그의 개인적인 상황이나 개성에 기반한 것이겠지만, 이를 통해 유학생으로 출발하여 해외체험을 한 이들의 수용 양상을 어느 정도 더듬어 볼 수 있을 것으로 판단된다. 해외체험을 통해 최치원이 보여준 타자로서의 자기확인과 거리의식은 많은 유학생들에게 나타날 수 있는 흥미있는 수용의 한 유형이기도 하다.

최치원에 대해서는 국문학과 국사학, 한국과 중국 모두에서 관심을 갖고 있고 연구 결과 또한 상당히 많은데, 이들 연구 대부분이 유학생 또는 한 지식인으로서의 최치원의 해외체험에 초점을 맞추고 있다. 17년이라는 비교적 긴 세월, 그것도 청년 시절을 당나라에서 보낸 것이어서 그에게 당의 영향은 절대적이었을 것이다. 실제로 최치원이 완전히 당에 동화된 인물로 보는 연구도 있거니와, 그의 귀국은 일시적인 것으로 본래 당을 떠날 의도가 없었다는 주장이다.[3] 이러한 관점은,『계원필경』桂苑筆耕의 서문에서 서유구徐有榘가 최치원의 귀국은 그가 막부에 종사하면서 고병高騈이 큰일을 할 위인이 못 되고 여용지呂用之, 제갈은 諸葛殷 등이 탄망誕妄하여 반드시 패할 것임을 알았기 때문이라고 말한 관점과는 상반되는 것이다. 실제로 3년 후 고병은 부하 장수 필사택畢師鐸에 의해 살해당했고, 그는『신당서』의 '반신叛臣 열전'에 포함되었다.

문학적으로도 최치원에 대한 평가는 양극단으로 나뉜다. 후대의 최치원 문학에 대한 비평은 그의 작품이 만당체의 틀을 넘기 어려웠거나 또는 그 틀을 넘어섰다는 만당풍에 대한 폄하가 전제되어 있다. 전자로는 최치원의 시가 당 말의 정곡鄭谷 · 한악韓偓류로 천박하고 심후하지 못하다고 비판한 허균이 있다. 반면 가장본『계원필경』을 서유구에게 기증하면서 이 책의 유통을 부탁했던 홍석주洪奭周는 최

치원이 그 시기 유행한 변려문에서 벗어나기 어려웠으나 글 자체는
화려하면서도 가볍지 않으며, 「토황소격문」討黃巢檄文 같은 것도 기운
이 굳세고 뜻이 정대하여 전혀 조탁을 일삼지 않았음은 물론이고, 그
의 시들도 평이하고 고아함에 가까워 더욱 "만당의 문사들이 미칠
바가 아니다"라고 높이 평가했다.

   이러한 점에서 보면 최치원의 문학은 일단 그의 만당에서의 문학
적·문화적·사상적 체험이라는 측면에서의 접근이 필요해 보인다.
다음의 시는 아마도 최치원이 고병에게 가기 전에 율수현위溧水縣尉
를 사직하고 박학굉사과博學宏詞科를 준비하면서 여기저기 다니던 약
2년간의 생활 중 썼던 작품으로 보인다.

장안여사에서 이웃에 사시는 우신미님께

귀국에서 나그네 생활이 오래 되니
   만리 밖에서 온 사람을 부끄럽게 하는 일이 많지요.
   안자 같은 인물이 사는 동네에 있는 것도 감당하기 어려운데
   이번에는 맹자와 같은 인물과 이웃하게 되었네요.
   도를 지키는 데는 오직 옛 법대로 하니
   정을 사귀는데 어찌 가난을 꺼리시리오.
   타향에 나를 진정 알아주는 자 적어
   그대 자주 찾음을 싫어하지 마시오.[4]
                「장안여사여우신미장관접린유기」長安旅舍與于愼徵長官接隣有寄

이 시는 최치원이 오랜 이국생활에서도 여전히 나그네 의식을 갖고 있음을 보여준다. 그런데 이 시가 보여주는 모순점은 상국에 와서 산 지 오래 되었는데, 무엇이 그를 부끄럽게 하고 왜 아는 사람도 별로 없는가이다. 만약 첫 구절이 "귀국에 온 지 얼마 되지 않아서"라고 했다면 충분히 이해될 수 있다. 오래 살면 그곳이 제2의 고향이 되는 것인데, 최치원은 그 반대의 이야기를 하고 있는 것이다. 따라서 이 시는 표면적으로는 타향살이의 외로움과 자신의 초라함에 대한 부끄러움을 드러내고 있다.

그러나 한걸음 더 들어가 보면 위의 시에서 최치원은 나그네로서 이국에 대한 자신의 시각뿐만 아니라 이방인의 입장에서 자신의 정체성을 확인하고 있는 것이다. 말하자면 이 시는 최치원의 '타자로서의 자기확인'을 보여준다. 그는 가난을 꺼리는 당을 비판하기보다는 그들의 눈에 자신이 어떻게 비치고 있는가를 우려하는 것이다. 대부분의 여행자는 먼저 낯선 사람과 문물을 보면 그 대상을 부각시킬 뿐 자신이 그들에게 얼마나 낯선 존재로 보이고 있는지에 대해서는 별로 관심을 갖지 못한다. 우리가 조선통신사행록이나 연행록의 기록에서 볼 수 있는 것은 우리 사신들이 느낀 문물과 사람에 관한 것이다. 이와 달리 최치원은 자신을 바라보는 그들의 관점에 주목하고 있는 것이다. 그가 안회, 맹자를 내세움으로써 가난에 대한 의식을 정당화하고 있는 것도 상대방에게 비친 자신을 확인하고 있기 때문이다.

이러한 그의 타자의식 또는 나그네로서의 거리의식은 그가 고병의 막부에 들어가기 위해 애를 쓸 때는 말할 것도 없고, 막부에 들어간 이후에도 그대로 지속된다. 그는 자신이 이국인임을 지나칠 정도로 반복해서 확인시키고 있는 것이다. 고병에게 자신을 받아달라고 청한 그의 첫번째 글 '초투헌계'初投獻啓에서는 자신이 해외에서 온 이방인이라는 점을 밝히면서 공자나 맹상군 역시 이방인을 받아들였다는 점으로 자신의 입지를 살리고자 했다. 두 번 째 올린 글 '재헌계'再獻啓에서도 그가 먼 이국에서 온 사람임을 재차 확인한다. "혹 만리나 되는 땅에서 멀리 오고, 십여 년이나 고학한 것"을 생각해 달라는 것이다.

고병 막하에서 일하면서 쓴 글에서도 '동해의 한 포의', '이역의 선비', '외국 사람', '외방의 행적', '바다 밖의 썩은 선비', '먼 땅의 나그네' 등 자신이 이국인임을 빠짐없이 명시하고 있는 것이다. 그의 이러한 자세가 4년간 막부에서 숙식하는 생활 속에서도 자신을 둘러싼 문학 환경과 오히려 거리를 유지할 수 있게 한 배경이 된 것으로 생각된다. 그는 막부 생활이 생계의 수단이었음을 숨기지 않았거니와, 고병 군막에서 먹고 자면서 4년간 마음을 다해 쓴 문서가 1만여 수가 되었다고 술회하면서 그중 도태되고 남은 것을 모아 『계원필경』이라 서명을 지은 것에서도 그러한 의식이 드러난다. '필경'筆耕은 필묵에 의지해서 생활을 영위하여 농사짓는 일을 대신한 것을 뜻한다. 말하자면 글쓰기로 생계수단을 삼았다는 의미이다.

최치원이 막부에 들어간 것은 그가 고병에게 가고 싶은 마음을 표출한 시 「진정상태위」陳情上太尉의 제목에 근거해서 고병이 검교태위직을 받은 광명廣明 원년(880)으로 보지만, 『대사기속편』大事記續編(권69)에는 중화中和 원년 2월 고병에게 태위동면도통太尉東面都統 직위를 가했다는 기록도 있어 광명 원년이나 중화 원년 중 하나일 것이다. 그의 「토황소격문」이 광명 2년(중화 원년) 7월로 나와 있어서 그 이전에 막부에 들어간 것은 확실하거니와, 이때는 고병의 명예에 큰 변화가 없고 직위 역시 탄탄했을 때였다. 그러나 그해 고병은 황소토벌의 계획을 중지하고 곧 철군했으므로 최치원의 격문은 실제 토벌로 이어지지는 못했다.

당시 고병은 정치적으로도 군막 내부에서도 부정적 평가를 받는 많은 일들을 하게 되어, 최치원의 막부 생활은 그렇게 행복하고 편안하지는 않았을 것으로 보인다. 먼저 고병은 자신의 공을 독점하려는 욕심 때문에 황소로 하여금 세력을 다시 규합해서 결국 황도까지 들어가 황제를 참칭하는 사단을 만든다. 황소가 거짓으로 고병에게 항복한다고 했을 때 각지의 토벌군들이 몰려들고 있었으나 고병은 자신이 차지한 공로가 없어지지 않게 황소토벌이 끝났다고 알려서 군대를 파하게 했고, 이를 알아챈 황소에게 다시 일어설 기회를 주게 된 것이다. 더욱 고병은 황소를 내버려두어 조정을 두렵게 만든 후 토벌하여 공을 세우기 위해 태위동면도통직을 더해주면서 출병하라는 황제의 명을 거역한다. 『신당서』열전에서 고병을 반신전에 귀속시킨 것도 그가 출병하지 않고 자기 지역을 굳게 지키고 있었던 이유를 의심했기 때문이다.

중화 2년 고병은 도통都統과 염철전운사鹽鐵轉運使의 직위 모두에서 파면되고 도통의 직위는 왕탁王鐸에게 주어졌다. 이때 고병은 「하중왕탁에게 도통 벼슬이 더한 소식을 듣고」라는 시를 지어서[5] 자신은 그런 관직에 연연한 세속적 인물이 아니라 선계를 지향하는 초월적 인물임을 내세워, 그 벼슬을 받는 왕탁의 세속적 성향을 폄하했다. 그러나 이 시는 오히려 그가 도통 직위의 해제로 받은 충격이 작지 않았음을 보여주거니와, 『당시기사』唐詩紀事(권63)에서 이 시 아래에 "그 교만하고 불평스러움이 이와 같았다"라는 주를 단 것도 고병의 그러한 마음을 잘 반영해주고 있다. 고병은 도통의 직위에서 해제된 이후 고은顧隱을 보내 왕탁을 임명하여 자기를 대신하게 한 황제를 극히 비난하는 포문을 올렸는데, 언사가 불손했다고 기록되어 있다. 고병의 표문을 고은이 전달한 것으로 되어 있으나 이 표문을 쓴 사람 역시 고은이었을 것이다. 『당시기사』(권67)에는 고병의 장소章疏 중 공손하지 않은 것은 모두 고은의 글이라 했다. 서유구는 최치원이 지은 표문들은 그 내용이 은근하고 진지하다는 점을 들어, 직위를 잃은 후의 표문이 겸손하지 않았다는 사서의 기록이 당시 실록이 아닐 수도 있다는 회의를 내비치고 있다. 이것은 최치원이 당시 표문을 혼자 맡아 썼다는 기록에 대해 의혹을 표명한 것이다.

그 후 고병은 곧바로 사양길로 들어섰을 뿐 아니라 그 후 더욱 신선 사상에 몰두했다. 그의 신선사상은 배형襄鋰과 여용지에게서 크게 영향 받은 것으로 알려져 있다. 배형의 『전기집』傳奇集에는 신선이 된 배형의 이야기 등 신선에 관한 꾸며낸 사건들이 실려 있어서, 고병이 여용지에게 혹한 것은 배형이 이끌어낸 결과라는 시각이다.(『문헌통고』권216) 그러나 고병에게 가장 큰 문제를 일으킨 사람은 여용지로, 고병이 신선 내지는 도가에 현혹되면서 지극한 사치를 하게 된 것 모두 여용지 때문이다. 만당 시인 나은羅隱에 의하면, 여용지가 중화 원년에 신선이 누각을 좋아한다고 하여 영선루迎仙樓를 세우게 했는데 수만관을 허비해서 건물 짓는 도끼 소리가 주야로 끊이지 않았다고 한다. 나은은 후에 "선경이 어디인지 그 누가 안다고, 인간이 부질없이 누대를 짓는가"라고 이를 조롱하는 시를 남겼다.[6]

그해 겨울에 여용지는 다시 연화각延和閣을 세워 모두 주옥으로 꾸미고 비단으로 창문을 해서 인간이 지은 것 같지 않게 만들었다고 한다. 나은은 연화각에 대한 시도 남겼다. 연화각은 신선을 맞이하고 신선이 되기를 바라는 마음에서 지어진 화려한 건축물이지만 결국 연화각이 맞이한 것은 신선이 아니라 후에 고병을 살해한 부하 장수 필사택이었다고 조롱했다.[7] 이 시는 고병이 여용지에게 빠져 신선이 되는 일에 몰두하던 것을 풍자하면서 동시에 그의 일련의 구선求仙 활동이 도리어 패망과 죽음으로 이끄는 길이었음을 말하고 있는 것이다. 여용지는 고병이 사람들을 만나면 거짓이 탄로날 것이 두려워 신선이 되려면 말을 하지 말아야 한다고 하면서 사람들을 막아, 심지어 가까운 이들도 그를 만날 수 없을 정도였다고 했다. 고병은 최치원이 떠난 후 3년만에 죽임을 당했다.

따라서 고병 막하에서 최치원이 재초문齋醮文을 지은 것은 그의 직책 때문이기는 했지만, 이를 단순히 해외체험으로만 생각하기 어려울 정도로 일상화된 도교적 분위기에서 이루어졌을 것이다. 이러한 점에서 최치원이 고병에게 올린 기덕시紀德詩 30수 중 도교에 관련된 시들을 근거로 최치원의 도교 수용을 논할 수도 있다. 그러나 자세히 살펴보면 이 작품들을 그의 도교 사상의 표출로 보기 어렵다는 점이 드러난다. 기덕시 가운데 도교와 관련된 시는 크게 두 가지로 나뉜다. 하나는 고병의 도교 의례를 묘사한 것이다.

상청에 조례함

마음 재계하기를 게으르지 않고 상제를 받드는 것은
어찌 신선의 도를 닦는 것이랴. 사람을 건지기 위함이지.
천상의 향기로운 바람이 초택에 부니
강남강북이 길이 봄을 이루리.[8]

「조상청」朝上情

이 시에는 도교 수련에 열심이었던 고병의 모습이 보인다. 그러나 시의가 보여주듯이 최치원은 고병의 수련이 신선이 되기 위한 것이 아니라 인간을 구제하기 위한 것이라고 못박아 말한다. 그 구체적인 예가 고병이 서천절도사西川節度使로 옛 초나라 땅인 남만을 평정한 것인데, 초택楚澤은 굴원 같은 충절의 시인이 조정에서 쫓겨나 시를 읊으며 다니던 곳이다. 여기서 최치원은 고병의 도교 수련을 굴원 같은 충절의 인물들이 억울함을 풀고 백성에게 은택을 베푸는 유가적 행위로 전환시키고 있는 것이다.

또 하나는 최치원의 시에 보이는 선계 지향 의지이다. 역시 고병에게 올린 기덕시 30수 중 하나인 「조어정」釣魚亭은 술잔과 미인들이 부르는 노래로 흥겨워진 잔치를 그린 시지만 승구와 결구의 "선가仙家의 시와 술의 흥취를 차지해 얻어서 한가로이 세월을 읊으며 봉래산을 그리워하네"라는 구절에서 이를 신선들의 잔치로 묘사하여 도가 시인들의 유선시 계열로 생각하게 한다. 그러나 최치원이 달아놓은 시주詩註에 의하면 고병이 운주에서 지은 시에 "술은 금동이에 가득하고 꽃은 가지에 가득한데 두 미인이 나란히 자고사를 부르네"라한 것이 있고, 고병이 지은 「조어정」에는 "물이 급하니 고기를 낚기 어렵고 바람이 부니 버들이 쉽게 숙여지는구나"라는 구절이 있다는 것이다. 고병은 삶에서뿐만 아니라 문학에서도 「보허사」步虛詞, 「남해신사」南海神詞 같은 작품을 지었고, 전술한 대로 왕탁 도통에게 보낸 시에서도 도교나 신선 사상과의 연계를 스스로 드러내 놓은바 있다. 그의 「조어정」 역시 동일한 유형의 작품으로 추측되거니와, 최치원의 「조어정」은 바로 고병의 시를 염두에 두고 그 분위기를 그대로 가져온 것이다. 따라서 승구의 "선가"仙家는 고병을 가리킨 것으로 그의 흥취에 기대어 선계를 그리워하는 여유를 갖게 된 것일 뿐이지 시인 자신의 의식이 투영된 선계를 그린 시는 아니다.

오히려 이 시기에 최치원은 막부에서 지은 글들을 통해 유도에 대한 그의 일관된 뜻을 보여준다. 최치원은 고병에게 기덕시를 바치면서 올린 헌사에서도 자신이 "비록 태학에서 선을 사모하여 매양 안연顔淵과 염백우冉伯牛의 담장을 엿보았으나"라 하여 유학에 몰두했음을 말했다. 이 시기에 쓰였던 그의 글에는 자신이 예전에 벼슬길에 나서지 않고 다만 유도를 좇아 경사經史에 몰두했으며, 장군이 외국에서 와서 유도에 부지런하다며 이끌어 주어서 몸을 바치게 되었다고 하여, 고병이 형성한 도교적 분위기에서도 유학적 인물로서의 자신의 모습을 유지하고 있다. 이것은 다시 말해서 고병 군막이라는 환경과 최치원의 문학 내지는 학문세계와의 거리를 보여주거니와, '접촉'이 반드시 '수용'을 의미하는 것이 아님이 최치원의 경우 분명히 나타나고 있는 것이다.

그렇다면 그의 이러한 도교적이고 신선적인 삶과의 접촉이 최치원에게 어떤 수용을 가져왔을까. 일단 그가 선교에 관심을 갖게 된 것이 이때부터라고 한다면, 이것은 고병 막하에서 고병과 그의 주변 인물들로부터의 수용을 의미한다. 무엇보다 우리 문학사에서 도교 의례문儀禮文이 등장한 것은 최치원부터이며, 그 후에도 최치원만큼 도교 관련 의례문을 많이 쓴 사람을 찾기 어렵다. 이 점에서 우리나라 도교 문학을 논하는 사람들이 최치원부터 시작하는 것은 당연한 일이다. 그러나 최치원이 고병을 떠나 귀국한 이후의 삶에서는 도교나 신선 사상이 그의 작품에 별로 등장하지 않는다는 점에서 과거 그가 쓴 의례문을 그의 사상으로 인식하는 것이 옳은지에 대한 문제가 제기된다.[9] 이 점은 그와 함께 고병 막하에 종사했던 당 시인 고은과 대조적이다. 그는 최치원이 귀국할 때 준 증별시에서 신라를 신선의 나라로, 최치원을 유선儒仙이라 묘사하여, 적어도 그가 막부에 종사하던 기간에는 고병으로부터 사상적 동화가 있었음이 드러난다. 『파한집』에는 최치원을 "달과 함께 인간세계에 이른 신선"으로 묘사한 고은의 시도 수록되어 있다.

그러나 최치원의 경우 이러한 신선 사상의 묘사가 시에 나타나 있지 않을뿐더러 그의 시는 여전히 현실에 대한 관심에서 벗어나지 않는다. 그러면서도 그는 자신을 산마루의 위험한 돌〔山頂危石〕 또는 돌위의 난쟁이 소나무〔石上矮松〕와 동일시하여 세상사람들에게 비웃음을 당하는 것으로 비유하면서도 변화卞和, 와룡臥龍 같은 인물을 작품에 언급함으로써 끝까지 자기를 알아주는 사람을 찾고자 하는 그의 간절한 욕망을 표출하고 있다. 최치원을 신선 사상과 연결시킬 때 가장 빈번하게 제시되는 것이 그의 만년의 삶이다. 김부식의 『삼국사기』 '최치원 열전'에는 그의 은거생활이 묘사되어 있고, 전기소설 「최치원」에도 유사한 내용이 보인다. 그가 만년에 지었을 것으로 보이는 시들이 현실에서 벗어나고 싶어하는 마음을 보여주는 것이나, 가야산에서 신발과 관을 벗어놓고 부지소종不知所終했다는 기록은 그를 신선 추구의 인물로 간주하는 중요한 자료가 되었다.

그의 만년의 작품들이 현실과 현세에 대한 불만을 보여준 것은 사실이다. 그는 세상이 온통 단술만 즐기고 담박을 외면하고 있음을 한탄하고(「우흥」寓興) "연하는 응당 나를 비웃을 것이니 진세로 다시 걸음을 돌리다니"(「제운봉사」題雲峰寺)라고 고백한다. 그러나 그에게 연하는 선계가 아니다. 최치원은 장생불사를 갈망한 것도, 초월계를 꿈꾼 것도 아니었다. 현실참여를 위해 노력하던 그가 끝내 참지 못하고 은거하고자 한 것은 명리와 시비로 얽힌 현실 때문이었다. 그는 시에서 자신이 명리를 찾아 고생하던 일을 생각하고 고향에서의 봄을 즐기기 위해 산놀이를 약속한다. 그러나 약속을 잊고 오지 않는 것을 보면서 "뉘우치노라. 티끌 속의 명리인 알게 된 것을"이라 읊었다. 세속의 시비에서 멀어지고 싶은 마음을 표출한 시(「제가야산독서당」題伽倻山讀書堂)도 보인다. 그럼에도 그는 세속에서 벗어나고 싶은 마음을 현실과 분리된 선적 이미지로 채색하지는 않은 것이다.

이와 같이 최치원이 자신의 삶에서 매우 중요한 시기에 도교적 의례와 인물들에 둘러싸여 살았던 것을 생각하면, 그가 귀국 후 쓴 작품에 도가적 요소가 보이지 않는다는 것은 놀라운 일이다. 이 점은 '체험'과 '수용'의 거리를 다시 인식하게 하는 예이지만, 최치원의 만당 체험 모두가 그러하다는 것은 아니다. 이러한 '거리'는 최치원의 타자로서의 자기인식이 강하게 드러나는 시세계나 사상에서 더 분명히 드러나는 것처럼 보인다. 최치원은 그의 문체가 형성되는 중요한 시기를 당에서 보냈고, 그의 변문들은 만당에서의 학습이 없었다면 쓰기 어려울 정도의 수준을 보여준다. 최치원 문체의 만당풍적 특성은 그의 거리인식이 그렇게 큰 작용을 하지 않았기 때문일 것으로 보이거니와, 이 점은 앞으로 전통과 수용을 논할 때 유념할 만한 측면이다.

3. 반면교사로서의 해외체험 : 이제현

　해외체험은 광범위하게 이루어진다 해도 체험자의 의식이나 관심의 방향에 따라 특정 사건 혹은 인물만 수용될 수도 있다. 이제현李齊賢(1287~1365)은 원나라에 여덟 번 다녀왔다고 하는데, 연경뿐만 아니라 1316년에는 충선왕을 대신해 강향사降香使로서 서촉에 다녀왔고, 1319년에는 충선왕을 따라 절강의 보타사普陀寺에 강향하러 갔으며, 1323년(충숙왕 10)에는 유배된 충선왕을 만나 위로하기 위해 감숙성의 타사마朶思麻에 다녀왔다. 이제현의 경우 이러한 다양하고 폭넓은 체험의 의미도 크겠지만, 무엇보다 만권당에서 우의를 다진 조맹부와의 교류가 그에게 망국유민의 한을 더 절실히 인식하게 했음을 그의 문학과 역사인식을 통해 보여주고 있다.

　이제현이 조맹부趙孟頫(1254~1322)와의 교류를 통해서 보여주는 것은 또 하나의 수용 양상으로, 특정 체험을 학습이나 추종의 대상보다는 경고 또는 경계의 의미로 받아들이는 유형이다. 그는 원나라 여행을 통해서 국왕과 나라 전체가 이족에게 당하는 어려움을 더욱 분명하게 체득할 수 있었다. 따라서 의식 있는 고려의 관리라면 원나라 체험이 개인의 문제일 수 없는 것이지만, 이 시기 원나라에 갔다온

많은 고려 사신들 중 이제현처럼 왕권존속이 어떤 명분보다 소중하다는 인식을 보여준 사람은 없었다. 이것은 이제현 개인의 의식 및 관심과 관련이 있겠으나, 그가 가졌던 조맹부와의 교류 역시 그에게 크게 작용했을 것이다. 이제현에게 조맹부는 반면교사였다.

이제현이 처음으로 원나라에 간 것은 충숙왕 원년(1314) 연경에 만권당萬卷堂을 세운 충선왕의 부름을 받아서이다. 만권당의 성격과 이곳에서의 두 나라 문사 간 교류 사실에 대해서는 의문점이 적지 않다. 무엇보다 이곳에서 종유했다는 원나라 대유 중 염복閻復은 충선왕 4년(1312)에, 요수姚燧는 충선왕 3년(1311)에 이미 세상을 떠났다는 것도 만권당 기록에 문제가 있음을 말해준다. 더욱이 요수는 고려에 대해 별로 좋지 않은 감정이 있었던 것으로 보인다. 고려 심양왕 부자가 원나라 제실과 혼인관계를 맺고 조정 신하의 환심을 사기 위해 재물을 기울였다. 그들은 요수에게 시문을 청했는데 거절되자 황제에게 청해서 뜻을 이룬다.[10] 요수는 "대국 조정은 이러한 데에 뜻이 없다"는 것을 보여주기 위해 이때 받은 사례를 주변 관리들에게 모두 나누어 주고 자신은 하나도 취하지 않았다. 그는 자신의 재능을 믿고 원명선元明善, 조맹부와 같은 이들을 경시했으므로 "군자는 이로써 그를 모자라다고 여겼다"[11]는 구절도 그들이 함께 종유하지 않았음을 보여주는 자료가 될 수 있다.

그러나 위의 내용들을 살펴보면 만권당이 세워지기 이전부터 심양왕과 충선왕을 중심으로 이들 문사가 모여 있었다는 암시는 드러난다. 『원사』元史 '요수 열전'의 기록을 믿는다면 이들을 가까이 두기 위해 충선왕이 적극적인 노력을 했던 것으로 보인다. 충선왕이 과거를 건의한 것도 요수의 자문을 받아서였다.(「충선왕 세가」) 다만 이제현이 충선왕의 부름을 받고 1월에 연경에 갔을 때 염복은 이미 3년 전 세상을 떠났고, 요수는 당시 76세로, 『원사』元史 열전에는 그가 지난해에 연경을 떠나 다시 돌아오지 않고 바로 그 다음 해에 세상을 떠났다고 기록되어 있으므로 만권당에서 함께 교유했다고 보기는 어렵다. 이러한 착오는 충선왕과 요수, 염복과 같은 원나라 학사들과의 긴밀했던 관계와 만권당의 설치에 관한 내용이 서로 섞인 데서 나온 것으로 보인다.[12] 당시 참여 문사에 대해서는 오류가 있었을 것이나 그 모임 자체가 없었다고 보기는 어렵다.

조맹부의 「심양왕을 떠나며」留別瀋王라는 시에서도 충선왕 문하에서 지내던 상황이 간략하게나마 드러난다. 그는 왕의 지우를 받아 1년을 지내며 너무 늦게 왕의 문하에 있게 되었음을 한탄한다. 그는 왕과 함께 인삼을 달여 마시고 함께 꽃을 감상했으며 좋은 병풍의 구절을 따서 글씨를 쓰기도 했는데, 이제 먼 길을 떠나게 된 이별의 정과 후에 갖게 될 그리움을 읊는다. 만권당의 이름이나 문사 간의 학문적 토론과 문학 교류를 언급하지는 않았으나 화초를 완상하고 글씨를 쓰고 차를 마시는 문사들의 한적한 아취를 보여주고 있어[13] 일부 학자의 견해처럼 단순히 참선하는 불당은 아니었던 것처럼 보인다.

박지원은 『열하일기』의 「동란섭필」에서, 박사 유연柳衍 등을 강남으로 보내어 서적을 사들이다가 배가 파선하여 당시 판전교 홍약洪瀹

이 남경에 있으면서 100정을 연에게 주어 서적 1만 800권을 사가지고 돌아오게 한 주체를 충선왕이라 쓰고 있다. 충선왕이 참군 홍약을 보내 책을 구매한 사실은 원나라 시인의 시제에도 보인다.[14] 충선왕은 또 황제에게 품하여 책 4천 701권을 받았는데 모두 송의 비각에 간수했던 책들이라는 것이다. 『고려사절요』에는 유연 등이 구입한 서적들이 고려로 간 것(충숙왕 원년)으로 되어 있어 만권당에 어느 정도 소장되었는지는 확실하지 않으나, '만권'당의 명칭이 단순히 은유가 아님은 분명해 보인다.

만권당에 이제현이 얼마나 머물렀는지는 모르나 2년 뒤(1316) 그는 진현관進賢館 제학提學으로 사명을 받들고 서촉에 간다. 만권당에 간 지 2년만이다. 이때 읊은 시 「돌아가고 싶어라」思歸를 보면 이 시의 첫구 "배를 타고 떠다니니 마음 걷잡을 수 없는데/사해가 모두 형제라고 누가 일렀나"라는 구절부터 이국에서 갖는 절망감이 드러난다. 사해가 모두 형제라는 구절은 『논어』 안연 편에 나온다. 남들은 모두 형제가 있는데 나만 없다고 근심하는 사마우에게 자하는 "공경하고 예의를 지키면 사해의 안이 모두 형제이니 형제 없는 것을 근심하느냐"고 했다. 이를 보면 사해가 형제일 수 없다는 그의 마음은 단순히 고향이 그리워서이거나 고국의 음식 맛이 그리워서라기보다 국가 간 공경과 예의가 없는 이방의 사람들로 인한 외로움 때문이었을 것이다. 그러나 공경과 예의 없는 이국에 대한 항변에는 만권당에서 친근한 교류를 갖게 된 조맹부가 일찍이 원나라 조정에서 받은 수모에 대한 비판이 함축되어 있을 것이다.

실제로 조맹부와 원명선元明善이 서촉에 간 이제현에게 시를 보낸 것으로 보아 그 시기 만권당의 존폐나 성격상의 변질 여부와 상관없이 그들이 함께 충선왕 문하에서 노닐던 여운이 있어 보인다. 그중에도 이제현에게 영향을 끼친 것은 조맹부였을 것이다. 이제현의 시 「이릉조발」二陵早發에 부록된 「조학사시」趙學士詩는 서촉 땅 험한 길에 오직 충성된 마음으로 왕명을 수행하기 위해 떠나는 이제현에게 몸조심하고 일찍 돌아오라는 정성어린 당부의 편지 같은 작품이다. 그의 시가 보여주는 험한 노정에 대한 세밀한 묘사는 그 험로를 지나야만 하는 이제현에 대한 애틋한 마음을 드러낸다. 이제현의 충성심이 사사로이 편안함을 구하지 못하고, 단지 지나가는 길에 있는 많은 고적들이 그의 마음을 위로해줄 것이라는 짐작도 그가 이제현을 아주 잘 이해하고 있음을 보여준다. 이제현은 돌아오는 도중 홀연히 조맹부가 준 시, 특히 "금성을 너무 좋아하지 말고 일찍 돌아오는 것이 좋다"는 구절이 있었음을 기억하며 시를 써서 그에게 부친다. 두 사람의 관계는 단지 만권당에서의 교유를 넘어 서로에 대한 깊은 관심과 배려로 엮여 있었음을 알 수 있다.

조맹부가 송 황제의 후예로서 원나라 조정에서 벼슬한 것에 대한 논의는 긍정과 부정의 두 극단으로 나뉜다. 또한 그의 관직생활이 강요된 것인지 자의적인 것인지에 대해서도 논의가 분분하다. 그러나 그의 시 가운데 많은 것이 망국에 대한 그리움, 은거하고 싶은 심경을 표출하여 비감과 애척함이 주된 정조를 이루고 있다는 점에서, 그의 출사 후 삶은 그렇게 행복해 보이지는 않는다. 송나라 말기 절사한 악비를 그린 수백 편의 시 중에서 가장 많이 인구에 회자한 것이 조맹부의 시라고 한다. 이 시는 단순히 악비의 충렬을 그렸다기보다 그러하지 못한 자신의 신세가 함축되었기 때문일 것이다.

이제현이 만권당에 갔던 1314년은 그의 나이가 28세, 조맹부의 나이가 61세 되던 해였다. 서른 살 이상 차이 나는 두 이국인은 충선왕을 통해 짧은 기간 교류한 후에도 이렇게 서로에 대한 따뜻한 마음을 갖고 있었던 것이다. 따라서 그는 당연히 조맹부의 「죄출」罪出 같은 시를 읽고 젊은 학자로서 망국의 백성이 겪는 고통과 절망감을 깊이 체득했을 것이다. 조맹부는 33세 때 원나라 조정에 들어갔는데 35세 때 벌써 신세를 한탄하는 시를 썼다. 그중 "누가 나로 속세의 그물에 떨어져, 굽으러지고 굴러서 얽매임을 받게 했나. 옛날에는 물 위의 해오라기였는데 이제는 새장 속의 새처럼 되었네"와 같은 구절은 한족 왕손으로 굴절한 비애를 충분히 표출시키고 있다.

아마도 이 시는, 그가 정거부程鉅夫의 추천으로 지원 23년(1286, 충렬왕 12년) 원나라에 입조한 후 몽고 관리에게 지각했다는 이유로 매질을 당하는 곤욕을 치르면서 가졌던 심경을 표출한 것인 듯하다. 친지들 중에도 문을 닫고 그를 만나려 하지 않은 사람이 있었다. 본래 그는 평생 동안 자연 속에서 홀로 그림이나 글을 즐기며 살고 싶었고, 그것이 자신의 본래 성품을 보전할 수 있는 길이었는데, 결국 먹고사는 문제가 절실했다는 것이다. "친척과 벗의 도움이 아니면 나물밥도 배부르게 먹을 수 없었고, 병든 아내는 어린 아들을 데리고 멀리 만 리 길 떠나 골육이 생이별하니, 조상의 묘소를 돌볼 수 없어라"와 같은 구절에서 보여주는 신세한탄은 새 왕조에 참여한 사람으로서의 구구한 변명일 수도 있지만 망국의 신하가 가질 수밖에 없는 비애가 드러나는 것도 사실이다.

조맹부가 문학이나 예술에서 우리나라에 끼친 영향과는 별도로 이제현은 멸망한 왕조의 신하들이 겪는 비애를 통해서 고려 왕실에 가장 중요한 것은 무엇보다 왕권보존임을 더욱 절감했다. 그의 생애에는, 이민족 하에서 국왕과 백성이 겪었던 어려움을 그때마다 매달려 해결하면서 억압과 구속, 침탈과 짓밟힘 속에서도 나라를 보존하려는 의지를 보여준 사건들이 허다하다. 그는 고려를 원의 행정구역에 편입시키려는 모략과 충선왕이 당하는 참소 등을 극복하기 위해 동분서주했다. 그러나 이것을 단순히 국가가 처한 위기를 극복하기 위한 한 충성스러운 관인의 활동으로만 볼 수는 없다. 왕권유지는 그의 삶의 하나의 대명제였다.

이 점은 고려 태조부터 숙왕肅王까지의 그의 사찬에서도 분명히 나타난다. 그는 왕권계승 문제를 정통이나 명분으로 보기보다는 국가보존에 우위를 두고 있었다. 정왕定王 사찬에서 정종이 병으로 위독하자 종사를 친 아우에게 맡겨서 왕규 같은 자로 하여금 그 틈을 넘겨다보지 못하게 하였으니 가상하다고 기술하고 있다. 예종 사찬에서는 "국인들이 현왕顯王의 아들이 형제 간에 서로 전한 것을 보고 듣는 데 익숙하였으므로, 선왕이 다섯 아우가 있었는데도 어린 아들을 세웠다 하여 그것을 그르다고 여기는 데 대해 생각하지 못함이 어찌 그리 심한가"라고 책망하면서도 "주공과 같은 성인 친척이나 박망후 같은 신하를 얻어서 위임하여 돕게 하지 못하였으니 그 위태롭고 어지러움이 곧 오게 되었던 것뿐이다. 후세에 불행히 강보 속에 있는 어린 아들에게 벅차고 어려운 왕업을 전하게 되는 이는 이것으로 경계를 삼아야 할 것이다" 라고 경고하고 있다.

무엇보다 우선하는 왕권유지의 중요성은 이제현의 시에서 매우 중요한 부분을 차지한다. 그의 시에는 주무왕, 한고조, 당태종처럼 역성 혁명에 성공해 새 나라를 세운 이들을 비판하고, 하의 관룡방, 은의 백이, 숙제, 비간과 그밖에 전횡, 예양과 같이 자신이 모시는 주군과 나라를 위해 충성을 다한 이들을 찬미하는 것이 상당히 많다. 그중 「전횡」田橫을 예로 들어보자. 전횡은 제왕 전영의 아우인데 전영이 죽은 후 전횡이 그 무리를 이끌고 항우를 공격하고 제나라 땅을 회복했다. 전영의 아들 전광을 제왕으로 삼고 자신은 재상이 되어 국정만을 돌봤으며, 전광이 한나라 한신에게 붙잡힌 후에는 자립해서 제왕이 되었다. 한나라가 항우의 초나라를 멸망시키자 전횡은 빈객 500여 명과 함께 바다섬에 들어갔다.

한고조는 전횡에게 오면 왕을 시켜주고 오지 않으면 죽이겠다고 했다. 전횡이 두 사람과 함께 낙양으로 가다가, 전횡은 자신과 한왕이 모두 왕이었는데 이제 어떻게 그의 신하가 되어 모실 수 있겠는가라고 하면서 중도에서 자살했다. 모시고 가던 두 사람에게 벼슬을 주었으나 그들도 자결했고 섬 안에 있던 500여 명도 전횡이 죽었다는 말을 듣고 모두 자결했다. 다음은 이제현의 시 「전횡」이다.

수하는 구변 있어 경포를 오게 했고
위표는 역생의 말 들을 마음 없었네
장사에겐 굴욕을 받게 할 수 없는데
한 고조는 억지로 전횡을 보려 했네[15]

시의 제목이 '전횡'이지만 이 시의 핵심은 전횡의 절의가 아니라 그에게 굴복을 강요한 한고조에 대한 비판이다. 진정한 장사에게는 투항의 권유가 욕일 수 있으므로 오히려 높은 뜻을 살려주는 예의를 보여주는 것이 황제다운 황제인 것이다.

이 점은 전횡을 읊은 그 시대 다른 사람들의 시와 비교하면 더 잘 드러난다. 이색이 진짜 "아름다운 작품"〔佳作〕이라 칭찬을 한 이숭인의 시에서는 한고조가 정말 하늘이 낸 사람으로 진나라의 포악한 정치를 깨끗이 씻은 사람인데 왜 그에게 가지 않고 자결했는지를 회의한다. 단지 전횡은 아침에는 동포가 되었다가 저녁에는 원수가 되는 고금의 경박아와 같지 않은 점을 그는 칭찬했을 뿐이다. 정몽주 역시 500여 명이 다투어 죽은 것을 생각하며 전횡의 높은 뜻이 천 년 후에도 감동을 준다는 점을 들면서도 "위대한 한나라의 관대함과 어짊은 만민을 얻었다"라고 읊었다. 그러나 이제현은 오히려 전횡의 높은 뜻을 살려주지 않고 억지로 그를 자기에게 무릎꿇게 하려던 한고조 유방을 비판하고 있는 것이다.

한고조뿐만 아니라 이제현은 새 왕조를 세운 이들에 대해 대부분 부정적 인식을 보여준다. 주나라, 한나라, 당나라 등 새로운 왕조를 창건한 사람들은 소위 천명을 받은 사람으로 미화되지만, 결국 그들은 나라를 찬탈한 인물들이다. 이제현은 왕조를 찬탈한 행위에 대해 날카로운 비판을 보여주고, 따라서 주무왕이나 한고조, 당태종 모두가 그의 비판의 대상이 되었다. 특히 중국 역사상 성왕으로 기림을 받고 있는 무왕에 대해서도 그가 은을 멸하고 주를 세운 것 역시 찬탈임을 분명히 한다. 「도맹진」渡孟津에서 나루를 건너는 무왕의 군대를 역류시킨 수신 양후를 은에 대한 절의를 지킨 백이·숙제에 비견하고, 주 무왕은 선양에 의해 임금이 된 우왕과는 동일시할 수 없음을 분명히 했다.[16]

당시 고려가 원나라와의 관계에서 처한 상황은 많은 다른 고려의 지식인들 역시 체험했던 것이라는 점에서, 이제현이 갖고 있는 국가관은 그의 개성과 관련이 있을지도 모른다. 또한 국왕이 이국에서 겪어야 하는 참담한 고통의 현장 역시 그에게 깊은 성찰의 단서가 되었을 것이다. 그러나 한 가지 분명한 것은 조맹부와의 그의 교유가 망국의 유민이 겪는 비애와 고통을 직접 체험하면서 좀 더 절실하게 확인하는 계기가 되었을 것이라는 사실이다. 조맹부와의 만남은 이제현에게 중요한 해외체험이었다.

4. '배움'과 상호평가의 기회로서의 해외체험
: 김일손

　최치원이나 이제현의 경우 그들의 수용은 접촉 대상과의 거리가
분명하게 드러난다. 그럼에도 이들은 중요한 수용 연구의 대상이 되
어야 한다. 가령 최치원의 문학이나 사상은 고병 막부에서의 체험과
는 거리가 있지만, 그가 쓴 도교 의례문 자체는 한국 문학과 문화사
의 중요한 자료이기 때문이다. 이제현의 경우도 그의 원나라 체험이
그대로 수용으로 이어지기보다는 일종의 경각심으로 작용했지만,
그의 사론이나 시 세계에서 그만의 독특한 의식이나 시각을 보여줌
으로써 한국 문학사를 다양하게 형성하는 데 기여했다. 이와 같이 수
용과 체험은 일치할 수도 있고 거리를 둘 수도 있지만 전통에 새로운
변화의 기운을 준다는 점에서는 차이가 없다.

　조선조 전기에 명나라에 사행했던 김일손 역시 사신의 몸이기는
했으나, 이들과 달리 그는 사행의 기간을, 모르는 것을 배우고 잘못
된 지식을 깨우치는 '구학질정' 求學叱正의 기회로 삼았다. 명나라에서
당대에 가장 문명이 높은 문사를 만나기 위해 노력한 것도 이런 까닭
이다. 이 점에서 김일손의 해외체험은 최치원이나 이제현과는 다른
유형의 수용을 제시해준다. 그러나 그의 해외체험의 의의가 이러한

적극적인 수용의지의 구현이 아닌, 뜻밖의 부산물에 있다는 점에서
도 해외체험과 수용 사이의 미묘한 관계양상이 드러난다.

　아마도 사행을 배움의 기회로 간주한 사람은 '북학'이라는 명칭에
서 알 수 있듯이 조선 후기 청나라 연행사들, 특히 자제군관으로 갔
던 일군의 젊은 실학자들이었을 것이다. 이들의 북학 의식이 소중한
것은 당대 조선이 청나라를 이적시하는 분위기 속에서 보여준 자각
이었기 때문이다. 실제로 해외기행 중 중국에 가는 이들이 '배움'을
목표로 한 것은 대부분 당, 송, 명처럼 한족漢族이 세운 '중화'의 나라
였다. 『삼국사기』 신라 진평왕 9년조에는 "이 좁은 신라의 산골 속에
서 일생을 보내면 저 산과 바다의 크고 넓음을 알지 못하는 연못 속
의 물고기와 초롱 속의 새와 무엇이 다르랴! 내 장차 배를 타고 바다
를 건너 중국의 오·월 지역으로 들어가 스승을 찾아 명산에서 수도
하려고 한다"라고 말한 대세大世라는 사람이 있다. 대세의 이 말은,
"만일 중국에 가서 학문을 배워 오지 않는다면 진실로 동방에서는
눈꺼풀을 긁어내기는 어려울 것"이라고 말하고 몰래 송나라로 떠났
던 대각국사 의천과 흡사해 보인다.

　김일손이 명나라에 사행한 것은 모두 두 번이었는데, 성종 21년
(1489) 11월 요동 질정관으로 가서 2월에 귀국했고, 그 해 11월부터
다음해 3월까지 진하사 서장관으로 다시 명나라에 다녀왔다. 여기서
고찰하려는 그의 「감구유부송이중옹」感舊遊賦送李仲雍 (『濯纓集』 권1)과
「감구유부후서」感舊遊賦後序(『濯纓集』 권2)는 김일손이 사신이 되어 명나
라에 가는 이목李穆(1471~1498)에게 자신의 사행을 회고하면서 써준

부賦와 그 서문이다. 아마도 그가 '구유'舊遊라고 한 것에는 두 차례의 경험 모두가 들어있을 것이다. 중옹仲雍은 이목의 자이다. 이목 역시 김종직의 문하에서 공부했고, 김일손이 김종직의 글을 사초에 올린 이유로 형을 당할 때에 함께 처형된 사람이다. 그의 사행 시기는 확실하지 않을뿐더러 그의 행장이나 관련 기록에는 명나라에 다녀왔다는 것이 없다. 28세의 젊은 나이에 세상을 떠나 작품도 많지 않고 더욱 산일되어, 현재 그의 유고 일부를 수록한 『이평사집』李評事集에는 명나라 사행과 관련된 작품이 남아 있지 않다.

김일손의 부와 서는 다양한 체험 내용을 포함하고 있다. 먼저 그는 명나라에 사행하는 사람들이 그곳의 학술 동향을 알려주지 않고 있음을 지적했다. 송나라 때는 사신들이 가서 그 나라 당대 유명 문사에 관해서 문의하기도 했으나 이제는 사신들이 다른 데에 정신이 팔려 있어서 그에 대한 관심을 보이지 않고 있다는 것이다. 이것은 그가 사행을 당대 중국의 문학과 학문에 대한 정보를 수집하는 창구로 간주하고 있음을 의미하거니와, 이 점은 그가 과거 송나라에 사행했던 고려의 문사들이 귀산龜山 양시楊時(1053~1135)에 관해 문의한 적이 있음을 환기시키는 데에서도 드러난다.

그러나 김일손이 「감구유부후서」에서 당시 명나라가 염락濂洛의 계통이 인산仁山·동양東陽 이후로 학문에 있어서는 비록 얕고 깊음이 있다 할지라도 아직까지 끊어진 적은 없었다고 본 것도 주목할 만하다. 인산은 송나라 주자학자 김이상金履祥(1232~1303)으로 송이 망한 후 원나라에서 벼슬하지 않았다. 주자의 제자 황간黃榦(1152~1221)과 함께 그의 스승 왕백王柏(1197~1274)과 김이상은 주자의 적통으로 불린다. 동양은 원나라 때의 이학가인 허겸許謙(1270~1337)을 가리킨다. 백운산인白雲山人으로 불리우는 허겸은 송나라가 망한 뒤 원나라에서 벼슬하지 않았다. 김이상에게 수업하였으며, 사방의 학자들이 그의 문하에 들어가지 못하는 것을 부끄러워할 정도로 이름이 높았다.

실제로 김일손이 살던 시기를 중심으로 그 전후에 구준丘濬(1419~1495), 진헌장陳獻章(1428~1500), 호거인胡居仁(1434~1484), 하흠賀欽(1437~1510)과 라흠순羅欽順(1465~1547), 담약수湛若水(1466~1560) 등이 있다. 왕수인王守仁(1472~1528), 이동양李東陽(1447~1516) 역시 김일손과 동시대인이다. 이 시기는 조선과 명나라에 아직 양명학이 형성되지 않은 때로, 학자의 주장이 조금씩 차이를 보이면서 이학의 흐름이 이어지고 있었다. 김일손보다 80여 년 뒤에 명나라에 사행했던 허봉은 중국의 공맹 사상이 주자 이후로 송의 진덕수眞德秀(1178~1235), 원의 허형許衡(1209~1281), 명의 설선薛瑄(1389~1464), 하흠으로 이어진 것으로 보고 있다.[17] 이로 보면 김일손이 단순히 당대의 사상계와 학계의 동향을 잘 파악하지 못한 것이라기보다 그가 주자학의 핵심을 의리에 두고 정치적 전환기에 은거했던 인물을 도학의 계승자로 보는 관점에서 그 사상의 전승 계보에 관심을 갖고 있었기 때문인 것으로 추측된다.

그가 의리 중심의 사상적 계보를 논한 것과 유사하게 「감구유부」에서 그가 찾은 사람은 문천상, 연나라 소왕, '개백정' 같은 이들이다. 시의가 상당히 회고조이어서 문천상을 생각하면서도 그가 이제

한줌의 흙으로 변하고, 인재를 찾기 위해 물질을 아끼지 않은 연나라 소왕 역시 이제 뼈만 남았으니, 인생은 여관이고 사람은 그 여관에 머무는 나그네일 뿐인데 조금 길게 머무르고 있을 뿐이라는 무상감을 표출한다. 그렇다고는 하더라도 그가 진정으로 관심을 갖고 있는 것은 세속 내지는 세도의 변화이다. 개잡던 이들[屠狗]은, 진왕을 죽이려다 죽은 형가가 본래 연나라에 가서 축을 잘 치는 고점리와 함께 저자거리에서 마음을 함께하면서 술 마시고 노래부르며 사귀던 사람이다.

그러나 김일손은 여기서 '개백정'을 형가와 같은 협객과 동일시했을 가능성이 크다. 이제 저자거리에서도 그러한 인물은 이미 찾아보기 어려웠고 이렇게 높은 의리를 숭상하는 풍조도 없어졌음을 그는 절실하게 느낀 것으로 보인다. 그는 인간이 하늘에 근본을 두어 위와 친하고 초목은 땅에 근본을 두어 아래와 친근한 것인데, 가장 영험한 존재인 인간이 이제 초목처럼 가장 무지해졌음을 비판한다. 인간이 이렇게 구차해졌음은 이제 더 이상 교화시키기 어렵다는 것이어서, 그는 결국 명나라에서도 지극히 덕 있는 세상을 볼 수 없음을 한탄하는 것처럼 보인다.

다음으로 그는 북경에서 이름난 학자를 만나기 위해 애썼음을 알수 있다. 그는 "해외에서 얻은 지식에서 모르는 것을 풀어 보기를 구하였"다는 것이다. 마침내 만나지 못하고 총총히 돌아오려 할 때 예부원외禮部員外 정유程愈를 만나게 된다. 김일손은 그의 학문을 알지 못해서 자신의 학문을 내세우지 않고 그를 떠보기 위한 '천근'한 질문을 했던 것 같은데, 정유는 그가 학문이 없는 사람이라 생각하고 『소학집설』을 주면서 학문을 권면했다. 정유와의 만남은 예정된 것은 아니었으나 사행을 구학질정의 기회로 삼으려 했던 그의 적극적인 수용의지의 부산물인 것은 분명하다. 후술하겠지만 그것은 김일손의 중요한 사행 성과가 바로 정유에게서 받은 『소학집설』과 관계가 있기 때문으로, 이처럼 수용에서 해외체험의 부산물이 오히려 중심으로 자리잡게 된다는 것도 흥미있는 양상이다.

「감구유부」를 보면 김일손은 전·후대 사신들처럼 사행길의 역사, 인물, 경관 등에도 관심을 보이고, 북경의 번화함에 놀라기도 한다. 만주를 지나면서 과거 고구려 안시성주의 힘든 항쟁과 놀라운 승리, 당태종의 교만과 때늦은 후회를 짚고 넘어간 것은 조선 전기 사행에서는 드물게 보이는 역사의 재평가이고 민족적 자부심이다. 그러나 김일손에게서 더욱 주목되는 것은 눈 앞의 번화함보다 그 이면의 정신을 추구해 보려는 노력이다. 하나는 명나라 유생들을 통해서 본 문학의 쇠퇴이다. 자신은 한유와 소동파 두 분의 문장이 천지 간에 크게 울리고 있기를 우러러 사모했는데, 그들에게 벗하기를 구하면서 준 자신의 짧은 시가 명월주를 알아보지 못하는 이들에게 몰래 던진 듯해서 부끄러웠다고 탄식한다. 진가를 잘 알지도 못하는 사람에게 뜻밖의 진귀한 보물을 주었을 때, 그것은 오히려 위해의 물건으로 간주되어 방어적 자세가 되는 것이니, 결국 그것은 원망을 맺을 뿐 덕으로 간주되지 않는다는 것이어서 그들의 수준에 대한 실망이 컸음을 보여준다.

이 점은 단지 문장만이 아니라 사상 학술적인 측면에서도 동일하게 드러난다. 그는 비록 해외체험을 배움의 기회로 삼고 있으나, 그렇다고 특히 중국에서 배울 사상 학술이 있다고 생각하지는 않았다.

옛적 공자도 분주히 다니다가
마침내 뗏목 타려고 탄식하였네
진실로 우리 도가 여기 있거니
처음부터 달리 구할 필요 없네[18]

이것은 「감구유부」의 한 구절이다. 「감구유부후서」에서도 김일손은 "성현의 도는 책에 있으니 중국과 외국이 다를 것이 없으므로 사람을 기다리지 않고도 가히 들어볼 수 있습니다"[19]라고 했다. 이것은 그가 공부한 도학 정신에 대한 믿음에서 기인할 것이다. 그러나 그가 쓴 「중흥대책」中興對策 전 편이 명나라의 『향시록』鄉試錄에 실려 있는데 "그것은 시험장에서 몰래 베껴서 관원을 속였던 것이다. 이로써 보건대 우리나라의 인재가 반드시 중국에 못지않다"라는 『패관잡기』의 기록이 있어, 그의 이러한 관점은 민족적 또는 개인적 자부심의 표출이기도 한 것이다.

그렇기 때문에 명나라에 관한 그의 인식은 상당히 균형있고 합리적이다. 성현의 도를 달리 구할 필요가 없다고 하면서도 그는 명나라 경사에서 문학과 도덕이 높은 사람을 구하려는 노력을 경주했다. 서울에는 사방에서 사람들이 모여들기 때문에 상류층에는 반드시 홀륭한 인물이 많을 것이나 중국은 중외를 차별한다. 책에서 보여주는 성현의 도는 중외의 차별이 없으나 중국의 학자들은 조선에서 온 문사들을 내외, 화이, 중외로 구별하고, 학교 교육에서도 중외의 자제들을 받아들이지 않는 등 차별을 하고 있는 것이다.

전래의 임금은 도량이 넓어서 이민족의 자제에게도 입학을 허락하여 그곳에서 문헌을 접하여 얻었지만 지금은 그렇지 않아서 그들의 도통을 인식하는 방법은 사신들의 왕래를 이용하는 길밖에 없다는 것이다. 명의 편협한 대외정책에 대한 그의 함축적인 비판이 드러나거니와, 동시에 그 어려움을 극복하는 길은 사신들이 그곳의 학술 동향을 잘 파악해서 알려주는 것이라고 본다. 그는 이목에게 "그대의 이번 걸음은 학문을 구하려는 것뿐이니, 성의로 그들에게 구한다면 반드시 소득이 있을 것"이라 하여 사행의 목표를 구학으로 못박은 것도 그의 시각을 보여주는 것이다. 명나라에 관한 그의 관점은 지나친 숭배도 폄하도 아니며 당당하면서도 겸손하고 합리적이다. 그는 이목에게 북경에 많은 인재가 모여 있을 것이니 그들을 찾아보기를 권한다. 자신처럼 이동양 같은 유명 인물을 만나지 못할 수는 있으나, 정유나 주전 같은 사람을 만날 수도 있고 정유를 통해 『소학』이라는 책이 조선에서 널리 퍼지게 된 것과 같은 일이 있을 수 있기 때문이다.

그런데 김일손의 이러한 자세는 그의 스승 김종직에게서도 일관되게 유지되고 있어 하나의 흐름을 형성한다. 점필재는 그의 행장에 의하면 외국 사행을 가지 않았으나 사행을 떠나는 이들에게 지어준

서가 보인다. 서장관의 역할이 예전과 달라지기는 했으나 "흐리멍덩하게 남이 하는 대로 휩쓸려서 중국 사대부들에게 웃음거리가 되어서는 안 될 것"임을 부탁하고 있다. 신라시대에 김유신과 김인문은 당태종에게 신라가 군자의 나라임을 확인하게 했고, 박인량, 김부식, 김근, 이자량이 송나라에 들어가서 이름을 날렸으며, 민지, 정가신, 이제현이 원나라에 가서 칭찬을 받았으니 아무도 조선을 해외의 작은 나라여서 인물이 없다고 말할 수 없다는 것이다. 그렇기 때문에 만약 문학을 숭상하는 모임이나 조정의 관료들의 좌석에서 글 잘하는 것을 알아주는 사람을 만나면 "구주 이외의 나라에도 이러한 사람이 있다"라는 것을 보여주어야 한다는 것이다.[20]

김종직은 북경으로 사행하는 이국이李國耳를 송별하는 글에서 사신이 중국에 가서 해야 할 일을 좀 더 분명하게 말하고 있다. 그는 가장 좋은 것이 공자나 계찰季札이 했던 것처럼 가서 스스로 배울 것을 찾아오는 사람이라고 했다. 공자가 주나라의 태묘에 들어가서 삼함三緘 경계를 얻고, 춘추시대 오나라의 계찰은 주나라의 음악을 듣고 문왕과 무왕의 덕을 알게 된 것과 같이 한다면 그 이상 더 바랄 수 없다는 것이다. 공자가 주나라에 갔더니 새 후직后稷의 묘廟 계단 앞에 쇠 사람〔金人〕 동상이 있는데 그 입을 세 군데 꿰매었고 그 등에 새겼으되, "옛날의 말을 삼간 사람"이라 하였다는 것이 『공자가어』孔子家語에 나온다. 김종직은 과거 사행 인물들의 성과를 잘 알고 있었을 뿐더러 그들과 함께 조선의 문화에 대한 자부심이 대단했던 점이 드러나거니와, 그는 사행을 떠나는 인물들에게 먼저 이러한 자부심을 심어주는 것이 중요하다고 느낀 것으로 보인다. 이러한 자부심만 가지면 공자와 계찰이 보여준 성과까지도 기대할 수 있다는 암시이다. 우리나라 학문 수준이 중국에 못지않다는 김일손의 자존의식은 과거의 역사적 인물을 통해 우리나라가 바로 중화임을 주장하는 그의 스승 점필재와 맞닿아 있음을 보여준다.

그뿐 아니라 김일손은 정유를 통해 중요한 정보를 얻는다. 당시 명나라에서 문명이 높은 사람이 서애西涯 이동양李東陽(1447~1516)이라는 사실이었다. 이때 이동양은 이미 정치적으로 계속 승진하고 있었지만 그가 예부우시랑겸 시독학사로 내각에 들어간 것은 김일손이 두 번째 명나라 사행에서 돌아온 바로 그 다음 해인 명 효종 5년(1492)부터였다. 당시 이동양은 한림이었다. 그가 후대에 정치적으로 비판을 받은 것은 효종을 이어 왕위에 오른 무종 연간 유근이 전횡하던 시기였다. 이동양은 학문보다는 문사로서의 문명이 더 컸거니와, 사고전서의 편찬자들은 그의 문장이 "명대의 일 대종大宗"이라 했고, 『명사』 열전에서도 대신이 되어 문장으로 사대부 사회의 영수가 되었던 사람은 양사기楊士奇 외에 이동양일 뿐이라고 평하고 있다.

김일손의 노력에도 불구하고 그는 이동양을 직접 만나지도, 그의 작품을 가져 온 것도 아니었다. 그러나 『서애악부』가 일찍 우리나라에 전래되고 그 후 100년이 못 되어 심광세의 『해동악부』부터 시작해서 줄이어 악부시가 창작되어 우리나라 역사의 재인식에 기여한 영사 문학이 융성하게 전개된 데에는, 김일손의 이 정보가 우리나라 문사들에게 이동양의 이름을 각인시킨 것도 어느 정도 역할을 했을 것으로 추측된다. 우리나라에서 이동양이 거론된 것은 김일손의 이 글부터이기는 하지만, 이동양은 그보다 앞서 성종 7년(1476) 세자를 책봉하는 조서를 받들고 조선에 사신 가는 「낭중 기순祁順을 전송하다」라는 시를 쓴바 있다. 이 시를 보면 서애의 조선관은 번신의 나라라는 입장을 지니고 있어 다른 명나라 사신들과 별 차이가 없다. 다만 의관 문물이 중화와 다름없는 문화국임을 인지하는 모습이 엿보인다.

전술한 대로 김일손의 사행이 갖는 의의는 그가 가져온 정유의 『소학집설』의 역할이다. 정유의 이 책은 명나라에서는 오히려 그렇게 잘 알려지지는 않은 듯하다. 김일손은 돌아와 이 책을 자기 개인의 것으로 하지 못하고 인쇄하여 국중의 학자들이 널리 읽게 했다고 한다. 중국의 서지목록 중에 『소학집설』 6권이 기재된 것은 『천경당서목』千頃堂書目뿐이다. 그러나 우리나라에서는 율곡의 총설이 나오기까지 이 책이 『소학』 수용의 핵심이 되었다. 실제로 후에 학자들이 지나치게 정유의 『소학집설』에 근거해 폐단이 있었다고 비판할 정도로 이 책은 많은 사람들에게 읽혔다. 성혼成渾은 선조 14년(1581) 경연에 출입하게 되었을 때 다른 신료들과 함께 『천문도』, 「적벽부」, 『소학집설』, 『농사직설』을 국왕에게 하사받은 기쁨을 적고 있다.[21]

그러나 이항복李恒福은, 정유의 『소학집설』 이후 하씨何氏, 오씨吳氏, 진씨陳氏 등의 설이 나왔으나 우리나라에서는 학자들이 좁은 견해에 얽매여 선입견만 고수하고 변통할 줄을 몰라서 정씨의 설만을 존숭하고 믿으면서, 제가의 말에는 서로 장단점이 있고 사리가 혹 말

살되는 곳도 있음을 모르는 것을 알게 된다. 그는 이 점을 우려해서 여러 설들을 참고하고 교정하여 지취를 회통시켜서 고열하기에 편리하도록 하려고 했었는데, 후에 김장생에게서 이이가 이미 먼저 주관하여 처리해 놓았음을 듣게 되고 그가 소장하고 있는 『소학』 한 질도 받게 되어 그 일을 중지했다고 한다.[22]

이에 대해서는 정조의 기록이 더 자세하다. 그는 황상黃裳, 하사신何士信, 유실劉實, 진선陳選, 정유 등이 『소학』의 주석을 냈는데 그중에서 진선의 해석이 가장 우수하고 정유의 것은 일컬을 것이 없다고 평가했다. 김일손이 갖고 온 『소학집설』이 가장 좋지 않은 평가를 받은 것이다. 그러나 이 책이 우리나라에 가장 먼저 들어왔기 때문에 점차 높이 신봉되어 선조조 이전 『소학』을 말한 자들은 대부분 이 책에 귀결시켰고, 언해를 개찬할 때도 정유의 설을 따라서 잘못됨이 많은 것으로 판단했다. 그후 진선, 하사신 등의 주석이 차츰차츰 우리나라로 들어오게 되자 이이가 이들을 채집하고 회통하여 『소학집주』 6권을 만든 것이다.

그후로도 새로운 주석과 체제로 된 『소학』의 편찬 작업은 계속되었던 것 같다. 영조 때 유신儒臣들에게 명해서 『소학집주』를 토대로 『소학훈의』小學訓義를 찬수하게 했고, 이 책은 영조 20년(1744) 2월에 완성되었다. 그러나 정조는 이 책의 편찬으로 『소학』의 훈고와 주석이 비로소 크게 갖추어졌다고 하면서도, 이 책 역시 협주의 체제나 제가의 주설에 오류가 있어 만족하지 못했던 것 같다. 그는 번잡하고 쓸데없는 내용을 삭제하고 빠진 곳을 보충하고 잘못된 곳을 밝혀내게 한 다음 장차 새로이 인쇄해서 중외에 널리 반포하려고 하였으나 뜻대로 완성하지는 못하였다. 결국 이 책은 세상에 나오지 못했는데, 이에 대해 정조는 『소학』이 『육경』에 버금가는 책으로서 훈주訓註의 체재가 본래부터 근엄한데다, 어린아이들을 인도하고 가르치려면 간결하고 명백한 것을 위주로 함이 마땅하고, 거친 글들을 잔뜩 늘어 놓아 초학자들을 그르쳐서는 더욱 안 되기 때문에 여러 차례 원고를 바꾸면서도 완결짓지 못했다고 기록하고 있다.[23]

정조의 이 글은 조선시대 『소학』 연구사의 요약으로 볼 수 있는데 그간 『소학』에 대한 조선 학자들의 연구가 얼마나 치밀하고 깊이있 게 전개되었는지를 보여준다. 이항복, 이이, 정조 등이 이미 인정한 대로 『소학집설』은 문제가 많은 책이었고, 따라서 이 책의 전파가 가 져온 공과가 분명하지만 『소학』에 대한 깊이있는 연구가 김일손이 갖고 들어온 책에서 출발했다는 점도 부인할 수 없다. 이것은 수용이 해외체험자의 의식이나 의도와 상관없이 이루어질 수 있음을 보여 주는 사례이다.

김일손은 성종 24년 성종의 「사십팔영」四十八詠의 응제시를 짓고 발문을 썼다. 이때 응제한 사람들로는 김일손 외에 채수蔡壽, 유호인 兪好仁 등이 있다. 그 발문에 의하면 48영은 48가지의 화훼를 읊은 것 으로, 고려 충숙왕이 원나라에서 공주의 총애를 받아 고려에 돌아올 때 천하의 기화이초를 받아왔는데 우리나라의 화초가 뛰어난 것은 이때부터라고 했다. 김일손은 당시 민간에 연경의 국화가 전해진 것 도 그 한 예라고 하면서, 식물이 풍토의 원근을 나누지 않고 능히 이처럼 장구하게 생육될 수 있다면 제왕의 도 역시 중화와 이적, 크고 작음을 차별할 수 없다는 것이다. 한나라 장수로 서역을 정벌한 장건이 가져오지 않았다면 포도와 석류, 만년송, 사계화, 옥매 등의 화초가 중국에는 없었을 것이고 이들을 소재로 한 문학작품이나 화보들도 생산되지 못했을 것이라고 했다.[24]

김일손의 이 주장은 인재를 지역차별 없이 기용해야 한다는 논리를 기반으로 제시된 것이지만,[25] 어떤 면에서 이 예는 인재나 지식의 해외수용이 갖는 의미를 보여준다. 특히 이러한 시각이 그가 명을 다녀온 지 3년 후에 쓰였다는 점에서도 주목되거니와, 이것은 김종직의 유사한 시각과 비교해 볼 때 그 의미의 적극성이 더 드러난다. 전술한 대로 김종직은 박인량, 김부식, 이제현 등의 사신으로서의 뛰어난 행적을 논하면서, 남월에서 생산되는 좋은 안료인 증청蒸靑이나 아름다운 붉은 옥인 단간丹玕, 그리고 중국에서 길러지는 도도騊駼와 숙상驌驦 같은 말이 이제는 남월이나 중국의 전유물이 되지 않은 지가 오래 되었다고 하면서 누가 우리나라를 해외의 작은 나라라 하여 인물이 없다고 말할 수 있겠느냐고 반문했다.[26]

김종직의 이러한 주장이 의미하는 바는 확실하지 않으나 다음 두 가지 해석이 가능할 것이다. 하나는 우리나라에도 우리 고유의 보석과 같은 인물이 있다는 것이고, 또 하나는 김일손의 글과 마찬가지로 이제 어느 나라의 고유한 것이라도 그것이 모두 수용되어 다른 나라에서도 보편화되고 있으니 해외에 파견되는 사신들에게 좋은 점을 받아들여 우리것으로 만들자는 것이다. 조선조 후기에 비해서 전기는 해외교류가 많지 않아 보이기는 하지만 실제로는 잘못된 사실을 밝히려는 사신들의 행렬과 명·일본에서 들어온 사신들로 변화의 요인들이 많이 발생하고 있었다. 이러한 시기에 조선 전기 사림파를 열었던 사람들이 우리나라에 대한 자부심을 토대로 수용한다는 열린 시각을 갖고 있었던 점은 주목할 만하다.

김일손 이후 16세기 후반에는 윤근수나 허봉처럼 명나라 문사들과 필담을 통해 자신의 학문적 입장을 천명한 이들이 나타난다. 특히 이들은 양명학의 위세 속에 주자학이 위태로워지고 있다고 우려할 만큼 명나라 학술사상의 동향을 이미 잘 알고 있었지만, 동시에 그들이 심화시키고 이어받은 조선의 주자학에 대한 자신감이나 책임의식 역시 컸던 것으로 보인다. 그리고 그 원류에는 김종직, 김일손 등이 심어준 이러한 "도는 바로 여기에 있다", "해외의 작은 나라라고 어찌 인재가 없겠느냐"는 자존의식이 보인다. 더욱 중요한 것은 이러한 자존의식이 폐쇄된 자국주의가 아니라, 우리보다 나은 것이 있다면 어느 것이나 받아들일 수 있고 전통이란 이렇게 받아들인 것들에 의해 더 성장한다는 그들의 열린 자세이다. 김일손이 열망하던 '학문적 교류'로서의 해외체험은 조선 후기에 이르면 실현되고 확장된다.

5. 집단체험과 성찰의 한계 : 조선통신사[27]

(1) 평화를 위한 '인문' 사절단의 고행

임란을 일으킨 풍신수길이 죽자 덕천가강은 수뢰秀賴를 죽이고 정권을 잡은 후 조선에 강화를 위한 사신 파견을 요청했다. 조선 조정은 이에 응해 1607년 회답겸쇄환사回答兼刷還使로 사신들을 파견한 것을 시작으로 1811년까지 총 열 두 차례에 걸쳐 사행을 보냈다. 양국 정부의 목적이나 의중은 달랐으나 두 나라가 우호관계를 유지해야 한다는 점에서는 일치했다. 덕천 막부는 조선과의 평화를 회복하고 조선의 앞선 문화를 도입함으로써, 대내적으로는 막부의 권위를 과시하고 대외적으로는 동아시아 정세의 관찰과 동아시아에서의 국제적 연결을 위한 기반으로서의 조선의 역할이 필요했다. 조선 측에서는 조선통신사를 덕천 정권의 실상을 관찰하고 분석 탐지하는 기회로 활용하면서, 북방에서 명나라가 멸망하고 청나라가 새로이 일어나는 역사적 변환기에 무엇보다 변모하는 남쪽 국경의 안정을 도모하고자 했다.[28]

결국 가장 중요한 것은 양국 모두 평화유지였다. 처음 수호 회답이나 포로 쇄환 같은 명목으로 시작해서 관백關伯의 습직襲職이나 후계 탄생의 축하 등의 공식 명목이 있었으나, 조선통신사행은 이와는 별도로 차츰 문화사행으로 변모되고 있었다. 우리 사신들은 시문을 통해 그들의 문화적 욕구를 채워주는 것이 침략적이고 무력을 좋아하는 그들의 기질을 교화시켜 평화를 유지킬 수 있는 한 가지 방식이 될 수 있다고 믿었다. 이러한 의미에서 조선통신사들은 인문학 사절단이었다. 신유한이 바다를 건너기 전 올린 해신제海神祭 제문의 "일본은 만 리 길인데 바다 밖의 오랑캐 땅입니다. 저 날뛰고 교활한 것들을 회유시켜, 평화로이 좋게 하려고 지금까지 백 년 동안 사신이 자주 왕래했습니다"라는 구절에서도 그런 점이 암시된다. 우리 사신들이 그들의 지나친 시문 요구를 만족시키기 위해 수행했던 초인적인 활동은 평화를 위한 인문학적 노력이었다.

어떤 의미에서 인문학이 평화유지에 기여한다는 것은 안이한 인식으로 간주될 수도 있다. 전쟁을 겪으면서 인문학 출신들인 조선의 사대부들 중에 문무병용의 필요성을 제기하는 사람들이 나타나기 시작한 것도 그러한 인식의 일환이었다. 그러나 임란을 직접 겪고 일본에서 포로생활을 했던 강항 같은 사람은 오히려 문무병용의 허점을 제기하면서 문무를 병용하는 것이 나라를 보존할 수 있는 길이라는 말은 근사하지만 옳은 말은 아님을 주장했다.[29] 그가 보기에, 왜란 중 나라를 보존할 수 있었던 것은 평소 인문 교육을 받은 선비들의 힘이 아닌 것이 없다고 했다.[30] 조선 조정에서 통신사들을 통해 일본을 인문화시키려 했던 것도 동일한 인식과 논리에 근거한 것으로 볼 수 있다.

조선 사신들이 일본에 갔을 때 그곳 일본 문사와 일반인들이 전국에서 몰려와 조선통신사들에게 시문, 그림, 글씨, 그리고 그들과의 필담 등을 요구한 일들은 '문화열풍'으로 불러볼 수 있다. 문화열풍은 몰려든 사람들의 수가 어마어마하다는 점에서 집단적이고, 이에 대응하는 사람들이 제술관과 삼방서기 네 명을 중심으로 글을 아는 사신들 모두가 포함된다는 점에서 또한 집단적이다. 따라서 개별 통신사들의 개성이나 인식은 다르겠으나 이러한 문화열풍에 휩싸여 거의 개별적인 자유로운 활동이 허용되지 않은 상황에서 그들의 견문이나 체험은 큰 차이가 없었던 것이 조선후기 일본 사행의 특성이다. 이 점은 연행에 참여했던 이들, 특히 18세기 후반의 젊은 실학자들이 사행 집단의 일원이면서도 그들의 교류나 체험은 개별적이었던 것과 차이가 있다.

17세기 중반까지 조선통신사들은 자신을 배행한 대마도 승려와 기실記室, 강호江戶의 관리들과 창화했으나, 그러한 모임이 각 지역의 문사와 일반인으로까지 확대된 것은 1682년 제7차 임술사행부터였다. 따라서 다음 1711년 사행부터는 우리 조정에서도 제술관과 삼방서기를 문재가 뛰어난 이들로 선발하여 적극적으로 그 열풍에 대응하게 된다. 이들 제술관과 삼방서기 네 사람은 그 이후 사행에서도 계속 한일문화교류의 선두에 서서 일인들의 요구를 충족시키는 중심역할을 성실히 수행했다. 통신사들에 대한 일본 문사들의 창화 열망은 참으로 간절한 것이었다. 그들은 조선 학사와의 만남을 천 년만에 한 번

만날 수 있는 소중한 기회로 생각하고, 만약 조선 사신들이 도착한 후 바쁜 일로 창화의 기회를 갖지 못하게 될까 우려하면서 미리 시를 써서 전달하여 그 화답을 받아주도록 마음을 쓰기까지 했다.[31]

그러나 문화열풍의 현장은 이들 문사들뿐만 아니라 조선 사신들에게 시문을 받기 위해 몰려든 일반 사람들로 넘쳐나고 있었다. 제9차 사행(1719)의 제술관이었던 신유한은 그의 『해유록』에 일본인의 시문 요청과 이 때문에 감내해야 했던 어려움을 세밀하게 기록했다. 시를 요청하는 사람이 모여들기 시작한 것은 그가 남도에 머무를 때부터인데, 이때부터 멀고 가까운 곳으로부터 시를 요청하는 사람이 몰려들었고, 종이가 책상 위에 쌓이며 글씨를 청하였는데, 써주고 나면 다시 모여들어 쌓였다는 것이다. 좀더 큰 도회지로 갈수록 시를 요청하는 사람들이 더 극성스러웠던 것으로 보이는데, 예를 들어 대판에서는 글을 청하는 자가 다른 곳보다 몇 배나 많아서 때로 닭이 울도록 자지 못하고 밥을 대하여서도 입에 넣었던 것을 토할 지경이었다고 신유한은 술회했다.(『해유록』 1719년 9월 4일자) 강호에서 되돌아오는 길에는 그의 시를 요청하는 사람이 더욱 많아서 그는 도중에서 혹 가마를 멈추고 시를 지어주기도 하였는데, 그 사람들은 더욱 보잘것없어 기록할 수도 없다고 했다. 또 한 곳에 도착하면 또 한떼가 이르러서 눈을 붙이지 못하고 밤을 새웠으며, 신유한은 어쩔 수 없이 매일 사신보다 먼저 출발하여 기다리는 자들의 요구를 충족시켜야 했다.

이러한 사신들의 고난은 신유한만의 이야기가 아니다. 1636년 제4차 사행에서도 대판에서 글씨와 그림을 청하는 왜인이 밤낮으로 모여들어 화가 김명국이 괴로움을 견디지 못하며 울려고까지 했다는 기록이 나온다.(『해사록』1636년 11월 14일자) 1682년 제7차 사행 때 역관으로 사행한 김지남은 본인이 글을 잘 쓰지 못하는데 일인들로부터의 요구가 갈수록 많아지자 시는 다른 문사에게 부탁하여 대신 써주게 했으나 글씨는 "부끄러움을 잊고" 자신이 쓰지 않을 수 없었다고 고백한바 있다.(『동사일록』1682년 7월 22일자) 김인겸은 「일동장유가」에서 "수없는 왜시倭詩들이 산처럼 쌓이거늘, 강질强疾하여 지어주니 기운이 어렵구나……. 날마다 이러하면 사람이 못 견딜세"(1764년 1월 22일자)라고 읊었다. 1763년 역관으로 참여한 이언진 역시 1천여 수의 시를 남겼다고 한다.(박지원 「우상전」)

현재 일본은 조선통신사들의 시문, 글씨, 그림을 소중히 보관하고 국보로 지정하는 등 자랑하고 있으나, 이것들은 국빈에 대한 예의에서 어긋난 무리한 요구의 산물이었다. 어떻게 보면 조선통신사들의 인문 사행은 '문화행사'로 포장되어 강요된 중노동의 연속이었다. "날마다 벼루와 먹 사이에 머리를 구부리고 있으면서 신 것 매운 것을 참고 삼키는 것이 마치 연자매를 돌리는 당나귀처럼 밟던 발자국을 그대로 밟는 것과 같았으니 가소로웠다"(『해유록』1719년 12월 26일자)라고 자신을 희화화한 신유한의 고백은 출발시 다짐한 평화를 위한 인문학적 사행의 의미가 이미 흔들리고 있음을 보여준다.

(2) 문화열풍과 성찰의 한계

　힘든 사행길에서 대응해야 했던 문화열풍은 무엇보다 사신들을 개별 경험보다 집단적 활동에 몰두하도록 만들었다. 더욱이 "초를 잡는 것은 하나도 없이 쓰기만 하면 사람들이 소매에 넣어 가져가 버렸다"는 신유한의 기록에 근거하건대 이 '문화' 행사는 수준 높고 고급스러운 것으로 전개되기 어려웠다. 이러한 상황에서 통신사들의 일본 견문이 깊이있는 것이 되기는 힘들었을 것이며, 동일한 사절단이라도 사신들의 체험의 기록과 성찰이 개별적으로 이루어질 수 있었던 연행과는 근본적으로 다를 수밖에 없었다.

　더 중요한 문제는 사신들 중에도 그들의 요구대로 시문을 써준 것이 침략적 근성을 교화시키는 데에 어느 정도 기여할 수 있었는지, 실제로 어느 정도 인문화시켰는지에 관해 확신을 보여준 사람이 없는 것은 물론 오히려 이를 회의하는 사람들이 나오고 있었다는 것이다. 신유한은 조선통신사에게 글을 얻으려는 것이 진정한 문화적 갈증이나 고급 문화에 대한 충동에서 나온 것이 아니라 오히려 탐욕스런 소유욕과 집단적인 군중심리에서 기인된 것임을 이미 인식하고 있었던 것으로 보인다. 1763년 사행의 정사 조엄 역시 구구한 시어로 그들을 교화시키기는 어려울 것이라는 말을 한바 있다. 그럼에도 조선 사신들은 아무런 불평없이 일인들의 요구를 성실히 수행하는 노력을 계속한 것이다.

　이 점에서 볼 때 먼저 초청국인 일본은 사신들이 힘들지 않도록 몰려드는 사람들을 제한하는 것이 외교적 관례이고 통신사들에 대한 기본 예의였을 것이다. 또한 조선측 역시 자체적으로 양국 문사의 만남이나 일반인들의 방문을 재정비해서 문화적 요구를 수행할 수 있는 여유를 확보했어야 했다. 적어도 문화열풍에 대응하는 교류방식을 재검토해야 될 필요가 있었으나 이에 대한 사신들 간의 진지한 논의조차 없었던 것으로 보인다. 교류방식에 대한 각성과 변화가 나타난 것은 사신들이 1763년 강호까지 간 마지막 사행인 제11차 사행이었다. 당시 부사 서기 원중거는 찾아온 손님들의 명함과 지어온 시를 다 받아놓고, 순서대로 본인과 명함을 확인한 후 사람과 시를 살펴 먼저 별도로 초고를 준비했다. 순서를 어기거나 즉시 화답을 요구하는 사람에게는 오신 손님이 한둘이 아니어서 먼저 응대할 수 없다고 쓴 메모를 보여준다. 그럼에도 원중거 역시 필담과 문목에 답한 날은 힘이 부족하여 촛불을 켜고 하거나 밤이 깊으면 처소로 가지고 갔다고도 한다.

　문제가 된 것은 문화열풍이 사신들의 심신을 힘들게 함으로써 일본체험에서 견문과 성찰의 한계를 가져왔다는 것으로, 그 한계는 크게 두 가지 점으로 요약할 수 있다. 하나는 통신사들에 대한 일본 지식인들의 변화 기류를 감지하지 못한 것이고, 다른 하나는 일본의 현재를 똑바로 인식하지 못한 것이다. 전자는 특히 통신사들이 일으킨 문화열풍에 대한 도전과 편견을 제대로 파악하지 못했다는 것이다. 일본 문사들과 일반인들이 전국에서 모여들어 조선통신사에게 시문이나 글씨, 그림을 받으려 했던 문화열풍은 문화국으로서의 조선과 문화적 시혜자로서의 조선통신사들에 대한 인식을 새롭게 하거나 강화한 것이어서, 이에 대한 일부 일본 문사들의 반발이 나타나기 시작한 것이다.

일본 문사의 반발은 도전과 편견의 두 가지 형태로 나타난다. 먼저 일본이 보여준 주자주의에 대한 도전과 중화주의의 해체이다. 제7차 사행 시에 한 일본 문사는 조선이 청에 속해 있으면서 속해 있지 않다고 말하고, 청의 홍희 연호를 쓰면서도 나라에 연호가 없다고 말한다고 조선에 대한 강렬한 반감을 표시하면서, 반대로 일본은 조선과 달리 전혀 중국과 관계없는 대등한 나라라고 자부했다.[32] 제8차 사행 시에 삼택관란은 서기 엄한중과의 서신을 통해 중국의 경서와 전적을 통해 찾지 못한 것을 바로 일본 안에, 그리고 자기 자신 안에서 찾을 수 있었음을 말한다.[33] 제11차 사행 시에 조선 사신들과 논쟁을 벌였던 롱학대는 군신 관계가 부자 관계와 같은 일본에는 주자학이 소용없음을 강조했다.[34]

이와 함께 그들은 자국의 사서를 기반으로 조선을 과거 일본이 정복했던 나라이고, 현재 중국의 일부 또는 아류로 보려는 편견을 드러낸다. 일본 문사들은 조선에 대한 상당히 해박한 지식을 가지고 있었는데, 대표적인 예가 1711년 제8차 사행시 구소鳩巢 실직청室直淸(1658~1734)이 고대 조선부터 통신 사신들이 온 당대까지의 역사적 전개를 시화한 「부삼한사적시」賦三韓事蹟詩이다. 실직청은 17세기 주자학의 대유 목하순암木下順菴의 제자로, 이 시를 쓸 때 그의 나이는 53세였고 막부의 유관이었다. 그의 조선역사 인식은 문제가 많아서 일인들의 조선역사에 대한 편견과 조선에 대한 배타적 인식을 보여준다. 그는 조선의 역사를 대외정세에 의해 좌우되는 실패의 연속으로 보면서, 외국과의 전쟁에서 승리했을 경우에도 그 의미를 약화시켰고, 패배하여 어려움에 처하게 되었을 때 끊임없이 일어났던 항쟁의 역사는 도외시했다. 따라서 고구려의 을지문덕, 양만춘은 등장하지 않으며, 고려의 강감찬, 조선의 이순신 역시 언급하지 않고 있다.[35]

　조선에 대한 이러한 도전과 편견 뒤에는 일본의 자국 역사에 대한 관심과 민족주의 정신이 버티고 있었다. 이것은 18세기 후반에 갈수록 더욱 강화되지만 그 변화는 이미 17세기 말부터 싹트고 있었다. 중국과 조선의 문헌에 나와 있는 일본 관련 자료를 모아 이를 논평한 『이칭일본전』異稱日本傳(1687)과 『화한삼재도회』和漢三才圖繪(1712), 400권의 방대한 『대일본사』大日本史(1720)가 나온 것이 이때였다. 17세기 말 이후 특히 18세기 전반은 일본의 지식인들에게 자국주의적 의식이 집중적으로 나타난 시기라고 볼 수 있다. 그러나 우리 사신들은 여전히 일본 문사를 압도하는 자신들의 시적 재능을 과시하는 데에 만족하고 있었다.

　문화열풍에 대응하느라 놓친 또 하나는 일본의 현재 모습이었다. 이 시기 일본 문사들과의 필담을 통해 일본의 당대 상황과 지향이 드러났으나 이 역시 문화열풍으로 가려진 것이다. 필담은 문사들뿐만 아니라 역관들이나 의관들 사이에서도 상당히 깊이있게 이루어지고 있었다. 연행사들의 필담 내용은 연행록에 수록되어 비교적 상세히 알려진 데 비해, 일본의 경우 1711년 부사 임수간任守幹의 『동사일기』東槎日記에 들어가 있는 「강관필담」江關筆談 외에는 그간 알려진 것이 별로 없었다. 사신들은 그들의 사행록에 필담 내용보다는 일인들의 시문 요구에 대응하는 자신들의 모습을 더 많이 기록했기 때문이다. 사행록을 쓰지 않은 사람들의 필담은 주로 일본에서 책으로 간행되고 조선에는 전해지지 않았으므로 의관들이나 역관들 간 별도로 이루어진 필담이 대부분 잘 알려지지 않았다.

이 필담집들은 대부분 일본에서 간행되어 산재해 있던 것이 최근에야 정리되기 시작했고, 조선통신사 연구에도 반영되기 시작했다. 필담에서 가장 눈에 띄는 것은 일본의 실용정신이다. 『해유록』이 일본의 실용정신을 간과한 것도 문화열풍에 대한 과도한 중시와 무관하지 않다. 이 점은 일본에서 간행된 같은 날짜의 필담집과 『해유록』의 내용을 비교해보면 잘 드러난다. 신유한은 강호에서 일을 마치고 돌아오는 길에 명고옥에서 그를 기다리던 일본 문사들과 필담을 나눈다. 필담의 내용 중에는 조선의 종이 제작 원료, 조선에서 생산되는 오미자의 잎과 줄기, 거문고와 생황 제작과 음조, 비문의 탑본 만드는 법과 외국어를 번역하는 방법 등에 관한 일본 문사의 질문이 있어, 실용에 관심이 많은 당시 일본의 분위기를 보여준다. 그러나 『해유록』의 이 날 일기에는 이러한 필담 내용은 없고 조선 문사들에게 글과 글씨를 받기 위해 기다리는 "물고기 떼처럼" 수많은 사람들과 이를 수응하느라 고생하던 신유한 자신에 관한 것만을 중심으로 기록되어 있을 뿐이다. 결과적으로 조선에 알려진 것은 일인들의 문화열풍이고, 일본의 현실을 보여주는 실용정신은 별로 주목을 받지 못했다.

　문화열풍은 조선조 후기 제12차 통신사행의 특성인 것은 확실하다. 그러나 조선 사신들은 문화열풍이 가져온 문제와 문화열풍에 가려진 문제들에 대한 보다 정밀한 인식이 결여되어 있었다. 조정에서도 이를 간과한 것은 통신사들이 일본인들의 시문 요구를 얼마나 성공적으로 수행했나에 관심이 집중되어 있었기 때문이다.

(3) 문화적 시혜자로서의 인문 사행과 수용의 방향

　일반적으로 출국 사신들은 방문국에서의 체험으로 주목을 받아왔다. 최치원, 이제현, 김일손 등 독자적 수용의 유형을 제시해 준 인물들의 경우가 그것이다. 그러나 조선통신사들처럼 방문국 일본의 문사와 일반인들이 몰려들어 시문을 요구하고 이를 들어주기 위해 거의 모든 개인적인 시간을 바쳐야 했던 사람들에게 과연 해외체험의 수용은 가능했을까. 특히 문화교류의 선두에 서서 이를 대처해야 했던 삼방서기와 제술관은 대부분 문재에 의해 선발된 사람들이어서, 그들은 분명히 수많은 일인들의 요구를 감당할 수 있었던 자신들의 재능에 자부심을 느꼈을 것이다. 그들은 문명과 야만의 판단 기준이 시문의 창작에 있었고 그런 의미에서 일본은 문화가 없는 오랑캐였기 때문이다. 이러한 점에서 통신사들은 외국에서 타자로서의 자기인식을 보여준 최치원이나, 해외체험을 배움의 기회로 보았던 김일손과는 확실히 달랐다. 아마도 그들은 서울을 출발할 때부터 근본적으로 일본 체험을 '수용'이라는 측면에서 생각해보지 않았을 것이다.

조선 사신들이 일본에서 새롭게 알게 된 놀라운 사실이 많았고 충격을 받기도 했지만 사신들은 일본의 아름다운 경관이나 풍부한 산물을 감탄했을 뿐 그들이 발견한 일본의 문화에 대해서는 매우 객관적으로 담담하게 옮겨놓았을 뿐이다. 18세기 후반에 가서야 일본의 실용문화에 대한 조선 사신들의 관심이 보이기는 하지만 일본의 문화적 시혜자의 입장에서 그것들이 그렇게 새로운 체험으로 성찰의 대상이 된 것은 아니었다. 여전히 일본을 평가하는 그들의 잣대는 시문이었고, 그들은 일본의 문화적 시혜자였으며, 일본은 문화적 야만국이었다. 김인겸은 「일동장유가」 끝에서 일본의 문학 수준을 묻는 영조에게 그들의 시가 참혹하여 볼 만한 것이 없다고 혹평했다.

그러나 조선통신사들이 그간 몰두했던 문화열풍의 체험은 예기하지 못한 방향에서 수용으로 나타난다. 사행 중 중요한 문화활동을 한 이들은 주로 화원, 사자관, 제술관, 서기와 역관들이었고, 그들은 모두 조선에서는 중인계층에 속한다. 그러나 그들은 일본에서 계층의 구분 없이 많은 고관 또는 지식인들과 허심탄회하게 교유했고 존중을 받았으며, 그들의 능력대로 평가받았다. 실용문화와 기술직을 중시하는 일본에서의 이러한 체험은 귀국 후 그들에게 자존의식을 더 강화시키거나, 일본과 매우 다른 조선의 환경에서 더 큰 좌절감을 맛보게 했을 수도 있다. 어느 경우든 그들에게 일본 사행은, 문학적·예술적 재능은 계층과 무관하게 타고난 것이라는 인식을 더 확고히

하는 계기가 되었을 것이다.

　이러한 의미에서 처음 통신사행에 참여해서 문화열풍의 중심에 섰던 이들에 의해 천기론天機論이 지속적으로 강조되었다는 점은 주목할 만하다. 조선 후기 중요한 문학이론인 천기론은 중인들의 문학적 논리로 출발했거니와, 벼슬이나 재물에 억눌리지 않는 자신들이 더 밝은 천기를 가졌으므로 보다 훌륭한 문학을 할 수도 있다고 자부하게 된 것은 천기론이 그들의 계층의식과 긴밀하게 연관되었음을 보여주는 것이다. 위항 문사로 처음 천기를 언급한 사람은 1682년 임술사행 시 제술관으로 사행했던 성완成玩이 아닌가 한다. 성완은 신정백석新井白石의 『도정시집』陶情詩集의 서를 써 주면서 "대저 시는 천기이다"라고 선언했다. 성완이 의미하는 천기 역시 하늘이 준 재능을 의미한다. 그런데 이 천기는 왕공 대부 후비로부터 향리의 선비들이나 서민에 이르기까지 신분의 귀천을 따지지 않고 동등하다는 점을 암시하여 결국 문학은 누구나 할 수 있다는 근거로 제시하고 있다. 그는 천기를 논하면서 이를 성정과 연결시켜 성리학적 문학관을 답습하는 것처럼 보였으나, 성인뿐 아니라 하층민의 희노애락의 발로까지 정당화시키고 이를 천기와 연결시킴으로써, 문학이 어느 한 계층의 전유물일 수 없음을 분명히 했다.

　다음 제8차 신묘사행(1711) 시 제술관으로 사행한 이현李礥 역시 지원남해祇園南海의 시집에 천기를 거론했다. 이현은 천기를 개인의 재능과 연결시키면서, 재능이란 반드시 시에만 나타나는 것이 아니라 용모, 행동, 언어 등 모두에 나타나는 것이라고 전제한 뒤, 이것을 일본 문사 지원남해를 통해 실증한다. 동곽東郭은 그의 진퇴와 수작하는 것에 나타나는 것이 모두 재주임을 보고 그가 시에 능할 것을 간파했고, 드디어 그의 시고를 본 뒤 그 재주를 직접 확인한 것이다. 여기서 주목되는 것은 그가 전혀 신분의 문제를 언급하지 않고 있다는 점이다. 그가 거론한 시적 재능은 개인적인 것이고, 신분에 따라 차별화되는 집단적인 것이 아니라는 것이다.

성완이나 이현의 이러한 논의들을 생각할 때 홍세태(1653~1725)가 『해동유주』(1712)의 서문에서 천기를 언급한 것은 일본에 사행했던 문사들에게서 보이는 분위기와 관계가 깊은 것을 알 수 있다. 홍세태가 통신사를 따라 일본에 다녀온 것은 그의 나이 30세 때로, 그는 전술한 성완과 함께 제7차 사행에서 갑작스럽게 일어난 문화열풍을 잘 대처해 준 인물이다. 그가 『해동유주』를 간행한 것은 61세 때인데, 그는 『해동유주』 서에서 "사람은 천지의 중中을 얻어 태어났으므로 그 정에서 느끼는 바를 말로 나타내 시를 이루는데 신분의 귀천이 없이 누구나 마찬가지이다"라고 했고, 또한 "시란 소기小技이나 명리를 벗어버리고 마음에 누가 되는 바가 없지 않으면 할 수 없는 것이고, 욕심이 많으면 천기란 얕은 것이므로 부귀세리를 좇지 않은 위항인의 시가 더 훌륭하다"고 주장한바 있다.

일본에 다녀온 인물들이 대체로 일본을 이적시하고 그들의 시가 참혹하고 뜻을 이루지 못한다는 등의 비평을 한 데 비해, 홍세태는 일본에도 인재가 있다는 점, 일본이 겉으로는 조선 사신의 시문을 찬양하지만, 사신이 귀국한 이후 책을 간행하면서는 문장과 인품에 대해 날카로운 비판을 한다는 점, 자신도 그러한 비판에서 벗어나지 못했을지도 모른다는 우려와 부끄러움을 솔직하게 말한바 있다.[36] 아마도 통신사들 중에는 홍세태만큼 사행을 통한 자기확인이 치열했던 인물은 별로 없었던 것 같다. 이러한 점에서 보면 그의 천기론은 위항문학의 위상을 높여줌으로써 조선의 신분적 차이를 극복하고자 했던 만큼, 조선과 사신들이 이적시한 일본과의 차이도 극복하고자 한 것임을 보여준다.

일본체험은 집단적이어서 많은 것을 견문하고 성찰할 수 있는 기회를 놓쳤으나 적어도 이들 위항인들은 문화열풍을 통해 자신들에 대한 문학적 자부심을 확실히 키웠을 것이다. 홍세태의 천기론이 반드시 일본체험에 기반하여 나온 것인지를 단언하기는 어렵지만 그들이 자신들의 문학 재능에 대한 믿음에서 천기론적 사고를 갖고 있었고, 그 믿음을 더욱 확고히 해준 것이 일본 사행이었음은 틀림없는 사실이었다. 통신사들은 일본 문사들의 자국주의적 정신의 강화나 일본의 실용주의적 현실을 제대로 파악하고 성찰하지는 못했다. 그러나 당대 조선사회에서 매우 중요한 의미를 지니는 문학 사상으로서, 신분과 계층을 넘어서는 천기론을 출현시킨 의의는 높이 평가된다.

주

1 진재교, 「18세기 조선조와 청조 학인의 학술교류: 홍량호와 紀昀을 중심으로」, 『고전 문학연구』 23집(2003), 301~323쪽.

2 민규호, 『阮堂金公小傳』; 김정희, 『阮堂全集』, 한국문집총간 301, 7쪽.

3 조범환, 「최치원의 재당 활동과 귀국: 특히 仕宦에 대한 검토를 중심으로」, 『이화사 학연구』(이화사학연구소, 2006), 59~76쪽.

4 崔致遠, 『孤雲集』 권1, 「長安旅舍與于愼微長官接隣有寄」, "上國羈栖久, 多慙萬里人, 那堪顏氏巷, 得接孟家隣, 守道惟稽古, 交情豈憚貧, 他鄉少知己, 莫厭訪君頻".

5 高騈, 『山西通志』 권226, 「聞河中王鐸加都統」, "煉永燒鉛四十年, 至今猶在藥爐前, 不知子晉緣何事, 只學吹簫便得仙".

6 羅隱, 『羅昭諫集』 권7, 「廣陵妖亂志」, 사고전서 전자판.

7 羅隱, 『詩話總龜』 권35, 사고전서 전자판, "延和高閣勢凌雲, 輕語猶疑太一聞, 燒盡餘 香無一事, 開門迎得畢將軍".

8 최치원, 『桂苑筆耕集』 권17, 「朝上淸」, "齊心不倦自朝眞. 豈爲修仙欲濟人. 天上香風 吹楚澤. 江南江北鏑成春".

9 최영성, 「최치원의 도교사상연구」, 한국도교사상연구회 편, 『도교의 한국적 수용과 전이』(아세아문화사, 1994), 53~55쪽.

10 요수의 문집인 『牧庵集』 권3의 「高麗瀋王詩序」에 의하면 시는 여러 사람이 함께 썼 고 그 시서를 요내가 쓴 것으로 되어 있다.

11 『元史』, 요수 열전, 사고전서 전자판.

12 이개석, 「고려사 원종·충렬왕·충선왕 세가 중 원조관계기사의 주석연구」, 『동양사 학연구』 88(동양사학회, 2004), 124~126쪽.

13 趙孟頫, 『松雪齋集』 권5, 사고전서 전자판, 「留別瀋王」, "珍重王門晚受知, 一年長恨 曳裾遲. 分廚共酌人參飮, 遠徑同看芍藥枝. 華屋焚香凝燕寢, 畵屛摘句寫烏絲. 吳船萬

14 元 覽瓏 찬, 『存悔齋稿』, 「贈洪子湅參軍瀋王處購書奉旨乘驛」.

15 李齊賢, 『益齋集』, 「田橫」, "隨何有口來黥布, 魏豹無心聽酈生, 壯士難教甘一辱, 漢皇爭得見田橫".

16 이제현과 조맹부와의 관련에 대해서는, 이혜순의 「고려후기 사대부문학과 원대문학의 관련양상」, 『한국한문학연구』 8(한국한문학회, 1985), 22~39쪽을 기반으로 하면서 만권당에 관한 부분을 수정 보완했다.

17 許筠, 『荷谷先生朝天記』 上, 6月 26日, "恭惟朱考亭先生, 纂孔孟周程之緒, 集聖賢之大成, 自是厥後, 有如眞西山·許魯齋·薛文淸·醫閭諸公".

18 金馹孫, 『濯纓集』 권1, 「感舊遊賦送李仲雍」, "…… 昔孔聖之遑遑, 終發嘆於乘桴, 固吾道之在是, 初不暇乎他求……".

19 金馹孫, 『濯纓集』 권2, 「感舊遊賦後序」, "聖賢之道, 布在方策, 無內外之殊, 不待人而可學".

20 金宗直, 『佔畢齋集』 권1, 「送鄭監察錫堅赴燕京序」, 「送李國耳赴京師序」.

21 成渾, 『牛溪集』 제6권, 雜著.

22 李恒福, 『白沙集』 권2, 「小學集說跋」.

23 正祖大王, 『弘齋全書』 제165권, 日得錄 5 文學 5.

24 金馹孫, 『濯纓集』 권1, 雜著 「四十八詠跋」, "噫. 植物. 不分風土遠近. 而能生養長久如此. 則王道又豈間於夷夏大小哉. 伏願殿下. 留意焉. 張騫. 十八年於外. 求葡萄石榴. 以中君欲. 陋矣. 然非張騫致之. 則葡萄石榴. 終於西域. 而不入於中土之載籍. 如今萬年松四季花玉梅等卉. 致之中土. 則尙淸玩者取之. 編花譜者載之. 維其不遇也. 迄無名字登播於騷家".

25 金馹孫, 『濯纓集』 권1, 雜著 「四十八詠跋」, "人才亦如是. 方今庶明勵翼. 一藝必達. 然文治百年敎養之久. 大山長谷之間. 豈無尙志之士. 不登名於朝廷之通籍者哉".

26 金宗直, 『佔畢齋集』 권1, 「送李國耳赴京師序」, "孰謂海外之奧區. 而無其人哉. 曾靑丹玕不獨産於南越. 而騧騟驒騱. 不獨畜於中原也. 久矣".

27 이 항목은 이혜순, 『조선통신사의 문학』(이화여대출판부, 1996)과 「신유한의 해유

록」, 『한국사 시민강좌』 42(일조각, 2008)의 논의에 기반하면서 이를 수용을 중심
으로 재정리했다.

28 上田正昭,「朝鮮通信使と雨森芳洲」,『江戶時代の朝鮮通信使』, 영상문화협회(동경
매일신문사), 30쪽.

29 姜沆,『睡隱集』 별집,「文武竝用長久之道議」.

30 姜沆,『睡隱集』 별집; 이혜순,「수은 강항의 시적 사유와 그 의미」,『한국한문학연
구』(한국한문학회, 2001), 213〜214쪽.

31 『桑韓唱酬集』 권2. 이 글은 尼洲의 田中默容이 썼다.

32 이 글은『和韓唱酬集』, 東使紀事의 앞에 제목과 필자의 이름없이 나온다. 이 창수집
은 1682년 임술사행 때 일본 문사 晚節齋 板坂爲篤과 조선 사신들의 창화와 필담을
모아놓은 것이다.

33 三宅觀瀾,『支機閒談』(『七家唱和集』),「呈李從事書」.

34 『長門癸甲問槎』 권2,「秋月」, 남옥과 학대의 필담.

35 室直淸,「賦三韓事蹟奉寄朝鮮禮聘諸使君二百二十韻」,『朝鮮客舘詩文稿』; 이혜순,
「室鳩巢의 '賦三韓事蹟詩'에 나타난 조선사 인식」,『조선통신사의 문학』(이화여대
출판부, 1996), 145〜161쪽.

36 洪世泰,『柳下集』 권9,「送李重叔往日本序」.

3장

—

전이와 갈등

귀화인과 외국 사신들을 통한 외래 문학·문화 유입

1. 귀화인을 통한 외래 요인의 이식

　해외체험은 외국에 나가서만 할 수 있는 것이 아니라 나라 안에서도 가능하다. 먼저 귀화인을 통한 외래 문학 또는 외래 문화의 체험과 수용을 들 수 있다. 귀화인의 문학적 역할이나 문학사적 위상은 귀화한 이후의 활동에 따른 것이지만, 수용 연구에서는 귀화하기 이전에 귀화인이 모국에서 쌓은 체험이 중요하다. 한 예로, 설손偰遜(?~1360)은 위구르인으로 원나라에서 벼슬하다가 홍건적의 난을 피해 공민왕 7년 고려에 와서 3년만에 세상을 떠났다. 그의 문집인『근사재일고』近思齋逸藁는 대부분 귀화 이전의 작품들이지만 문학사적 관점에서는 이러한 작품들이 나라 밖으로 나가지 않고 체험하는 '외국'이고 수용의 대상이다. 동시에 외국이 우리나라 안에서 겪는 '변화'의 자료들이다. 따라서 귀화인들은 우리나라에 영향을 주는 발신자일 뿐 아니라 우리나라 전통에 동화되는 수용자이기도 하다. 여기서는 전자에 초점을 둔다.

　역사적으로 귀화는 동아시아의 정치적 혼란기나 외족의 침략 때에 흔히 있어왔지만 그중 외국문학을 가져와 강력한 영향력을 행사한 사람들은 고려초에 특히 문학적 재능을 중시한 우리 측의 적극적인 요구로 귀화한 이들이다. 일반적으로 귀화인들의 역할이 드러나는 것은 당시 문단을 끌고가면서 국가적 행사를 수행할 수 있는 문사들이 드물 때이다. 고려는 건국 후 왕권 강화를 위해 오대, 송, 요, 금나라와 긴밀한 외교관계를 유지할 필요가 있었고, 이 때문에 많은 외교문서를 작성해야 했다. 고려 전기에 쓰였던 문장 중 많은 것이 외교적인 분쟁을 해결하기 위해 저술된 작품이라는 것이 이를 설명해주거니와, 그 시기 역대 왕의 귀화 한인에 대한 우대도 이와 무관하지 않다. 따라서 신라 말기 문학을 주도했던 빈공 제자들의 문학적 영향력이 감소된 후 그 자리를 대신한 사람들은 대체로 귀화 한인이었을 것으로 추정된다.[1]

이들 고려 초기 귀화인이 수행했던 역할 중 중요한 것은 과거제도의 설치를 건의하고 이를 시행한 것이다. 고려 광종 시 귀화한 쌍기雙冀는 고려에 과거제도의 설치를 건의하여 시행하게 한 사람으로 알려졌다. 신라 대에는 독서삼품과가 있었고 신라의 많은 문사들이 당에 가서 과거시험을 경험했으므로, 이 시기 과거제도의 시행이 갑작스러운 사건은 아니었으나 이것이 전국적인 문풍의 변이나 진작을 가져왔다는 주장들을 받아들인다면 그 의의는 과소평가할 수는 없을 것이다. 과거제도의 설치와 시행뿐 아니라 이들 귀화인들이 직접 지공거로서 과거제도를 관장한 점이 문학사에서는 중요한 의미를 지닌다. 과거에서 인재 선발의 총 책임을 지고 있는 지공거는 문학에 대한 자신의 개인적 기호를 아무래도 무시할 수가 없었을 것이고, 이러한 점에서 당대 문풍에 지대한 영향력을 행사했을 것으로 판단된다. 귀화인으로서 쌍기는 세 번, 왕융王融은 열 한 번, 주저周佇·노인盧寅·호종단胡宗旦은 각 한 번씩 지공거를 역임했다.

쌍기는 첫 해를 제외하고는 시무책을 부과하지 않고 시부송詩賦頌만을 보면서 진사 일변도로 문사들을 뽑았다. 더욱 부賦라든가 송頌은 내용보다 외형이 더 중시되는 갈래여서 문풍을 유미적인 것으로 이끄는 동인이 되었을지도 모른다. 또 시제가 '현학정상'玄鶴呈祥과 같이 화미한 수사가 요구되는 것이었다는 점도, 과거를 통한 고려 초기 문풍에 끼친 쌍기의 역할로서 기술될 수 있을 것이다. 이것은 그가 귀화 이전에 오대, 특히 후주에서 지니게 된 문학적 배경과 관계 있을 것으로 보이나 그의 작품은 한 편도 남아 있지 않아 확인하기 어렵다. 왕융의 경우 『고려사』에 그의 열전이 수록되지 않은 이유는 불확실하지만 그를 귀화인으로 보는 데에는 이의가 없을 뿐더러 그가 열 한 번의 지공거를 역임한 사람이라는 점에서 그의 영향은 아마 쌍기의 영향력 그 이상이었을 것이다.

귀화인은 외교문서를 관장했고, 과거제도 성립 이후 여러 차례 지공거를 담당했기 때문에 주도적인 문사가 없었던 당시 이들이 끼쳤을 문풍을 무시할 수 없을 것으로 보인다. 그중에 지공거를 가장 많이 담당했던 왕융의 문장을 예시해 본다. 왕융은 경순왕 김부에게 내린 책문과 「지곡사진관선사오공탑비」智谷寺眞觀禪師悟空塔碑(경종 6년)의 비문을 썼다. 그중 책문은, 개인에 대한 미화를 어느 정도 인정한다 하더라도 그 묘사가 실체와는 전혀 맞지 않는 지나치게 부화한 수식으로 일관되어 있어, 화미를 추상하는 그의 글쓰기의 특성이 드러난다. 그가 열 한 차례에 걸쳐 과거를 책임 맡았던 사람이라는 점을 고려할 때 당대 문풍에 주었을 영향이 작지 않았을 것으로 추측된다.

뛰어난 공적은 구름을 찌를 듯한 기개를 떨치고, 문장은 땅에 던지면 쇳소리를 낼 듯한 재주를 날렸다. 나이도 아직 젊은데 귀하기는 제후의 반열에 있으며, 육도삼략을 두루 묶어 가슴속에 넣고 칠종오신은 한줌 쥐어 손아귀에 들었다.英烈振凌雲之氣, 文章騰擲地之才, 富有春秋, 貴居茅土. 六韜三略, 拘入胸襟, 七縱五申, 撮歸指掌.[2]

본래 변려문의 특성이기도 하지만 위 문장은 공업과 문장, 하늘(凌雲)과 땅(擲地), 부와 귀, 숫자(6·3, 7·5), 신체(胸襟, 指掌)의 대비와 글자 수, 문장구조 등 대구의 구성이 치밀하고 화려하다. 그러나 이는 어디까지나 수사적인 형식미에 불과한 것으로, 특히 능운의 기개라든가, 척지의 재능, 육도삼략과 칠종오신의 지략 같은 묘사는 대상의 실상과는 크게 동떨어진 단순히 멋부리기일 뿐이다.

위의 인용문에 나오는 "육도삼략"六韜三略은 고대 병서이고, "칠종칠금"七縱七擒은 제갈량이 남만의 맹확孟穫을 잡아서 일곱 번이나 다시 놓아주었다가 다시 사로잡아 진심에서 우러나오는 그의 항복을 받은 것을 말하며, "삼령오신"三令五申은 손무孫武가 처음 군사훈련을 할 때에 세 번 영을 내리고 다섯 번 거듭 경계하여 자세히 설명했던 사실을 말한다. 이 글은 경순왕에게 상을 내리기 위해 쓴 것이어서 어느 정도 미화가 용인될 수는 있겠지만, 천 년 사직을 고려에 바친 망국의 왕이라는 점을 고려해야 하는 것이 마땅하다. 그렇다면 과장법을 사용하더라도 경순왕을 병법에 능한 뛰어난 무장이 아니라 백성이 다치지 않도록 싸우지 않고 항복한 어진 왕임을 강조하는 것이 실상에 가까울 수 있는 것이다. 따라서 그를 병서를 잘 아는 사람 또는 병법을 놀랍게 운영하는 제갈량이나 손자와 동일시하는 것은 오히려 희화적인 인상을 줄 뿐더러 글과 사람이 별개의 것이 되어버린다. 후술하겠지만 고려 전기의 문학이 부화하고 만당의 여폐가 나타났다고 보는 후대의 비판은 이처럼 과거제 실시 이후의 문풍을 말한 것이다.

고려 귀화인의 문학적 역할에 대한 후대의 평가는 양면성을 지닌다. 이제현은 "과거를 신설하여 인재를 뽑는 일 같은 것은, 광왕이 본래 문文으로 풍속을 교화하려는 뜻을 가졌고, 쌍기도 광왕의 뜻을 받들어 그 아름다운 뜻을 성취시켰음을 볼 수 있으니, 보탬이 없다고 할 수는 없다. 오직 그가 창도한 것은 가볍고 화미한 문장뿐이었으므로 후세에 와서 그 폐단이 매우 많았다"고 하여, 과거제도의 성립을 촉진시킨 쌍기의 공로는 인정하면서도 고려의 문풍이 부화하게 된 책임을 쌍기에게 귀속시켰다.[3] 이와 달리 이색은 우리나라 사람들이 이미 도를 받아들여 교화되어 있었으니 "어찌 쌍기 왕융의 얕은 식견으로 우리 문풍의 시작이 될 수 있겠는가"라고 유예를 두었으나, 이 제도가 설립된 후 일반 백성들까지 자식들의 교육에 힘써서 집집마다 책을 읽고 과거를 보게 된 데에는 "쌍기와 왕융의 후생들을 인도하여 도와줌도 역시 지극하다 할 것"[4]으로, 고려 문풍의 진작에 보여준 쌍기와 왕융의 기여를 인정했다.

그러나 고려 예종 연간 송나라에서 귀화한 호종단胡宗旦을 보면, 귀화인에 대한 고려인들의 반발로 인해 그들이 타국에서 정착하는 것이 얼마나 어려웠는지를 보여준다. 호종단은 민간설화에서 상당히 부정적 인물로 전해지고 있는데, 그는 국가의 혈을 막으려던 적대적 인물로 형상화되고 있었다. 이곡李穀의 「동유기」東遊記에는 호종단이 우리나라에 와서 벼슬을 하여 5도를 순찰하면서, 가는 곳마다 번번이 비갈을 가져다가 혹은 그 글자를 긁어버리고, 혹은 부수고, 혹은 물속에 넣었으며, 종·경磬으로 이름 있는 것들도 쇠를 녹여 틀어막아 소리가 나지 못하게 하였다는 구절이 있다.

쌍기, 왕융, 호종단에 대한 이러한 부정적 인식은 당시 귀화인들에 대한 지나친 우대정책과 관련이 있으나, 그 밖에도 이방인들에 대한 국내인들의 배타적인 시각이나 귀화인들 스스로 벗어나기 어려운 '타자' 의식에도 그 원인이 있을 것이다. 고려 중기 귀화한 송나라 문사 임완林完이 올린 상소문에는 고려 역대 조종, 특히 태조와 문종의 치적을 들어 모범으로 삼기를 권고하는 구절이 있다. 다른 귀화인들에게도 임완이 보여준 이러한 귀화국 고유 역사에 대한 적극적인 관심과 배려가 필요해 보인다. 위에서 언급한 설손의 경우, 그의 아들 설장수偰長壽(1341~1399)는 고려 말에 정몽주 측근 인물로 유배를 갔고, 그의 시에서도 고려와 조선 사이에서 고민하는 모습을 보여주는 것이 있어, 『삼강행실도』 편찬에 참여한 손자 설순偰循(?~1435)과 함께 삼대가 귀화국에 뿌리를 잘 내린 사례로 볼 수 있다.

2. 외국 사신들의 체험 기록과 문학적 역할

(1) 사행록을 통한 문학·문화의 전파와 오류

조선 문사들의 이름이나 작품이 전해지는 데에는 서적을 통한 것 이외에도 입국했던 외국 사신들이 직접 만나고 교류한 조선 문사들에 대한 이야기도 상당한 역할을 했던 것으로 보인다. 한 예로 기순은 귀국 후 조선에 대한 우호적인 견해를 황제에게 전달한 것으로 알려지고 있는데, 서거정의 이름이 중국 문사들에게 알려지고, 후에 온 사신들의 존경을 받게 된 데에도 기순이 조선에서 받은 호감이 그대로 중국에 전달되었기 때문이다.[5]

그러나 구두에 의한 전파는 사신과 관련된 일정 정도의 서클에서만 가능하고, 보다 확대된 전파는 기록물에 의해서일 것이다. 신라, 발해, 고려, 조선에 왔던 사신들은 각 개인의 성향이나 시대배경에 따라 다르기는 하겠지만, 일단 그들의 사행 과정을 기록한 사행록과 그들이 얻은 정보에 기반해서 고려와 조선의 역사, 문물, 지리, 학문, 문예 등을 총괄적으로 기록한 문견록, 그리고 왕환 도중 또는 사행국의 문사들과 창수한 사행시를 남겼다. 가장 초기의 자료로 배구裵矩

의 『고려풍속』高麗風俗 1권이 『신당서』에 기재되어 있다. 신라와 발해에 사신으로 와서 기록을 남긴 사람들은 당나라 사신들이고, 고려를 방문한 후 도기圖紀 또는 지志를 저술한 사람들은 모두 송나라 사람들이다. 조선에 온 명나라 사신들은 대부분 『황화집』에 조선 문사와의 창화시를 남기면서 동시에 사행록을 썼다. 18세기에서 19세기 말 조선에 왔던 청나라 사신들의 기록이 청 말의 학자 왕석기王錫祺의 『소방호재여지총초』小方壺齋輿地叢鈔에 수록되어 있는데, 여기에는 조선이 농부들도 글을 알아 집에서 글읽기를 즐기는 "군자의 나라"임을 재확인한 사람이 있는가 하면, "백성들이 대체로 게을러서 오늘이 있음은 알고 내일을 알지 못한다"라고 비하한 사람도 있어 매우 흥미롭다.[6]

이들 중 송나라 서긍의 『고려도경』高麗圖經을 중심으로 입국 사신들의 문화적·문학적 역할을 살펴본다. 서긍은 1123년 인종 1년에 고려에 와서 한 달간 머무르는 동안 역사, 건축, 종교, 풍속, 의례 등 스물 아홉 가지 부류로 나눈 총 40권의 『고려도경』을 썼다. 이 책은 고려 전기의 역사뿐만 아니라 대각국사 의천 외에는 개인 문집이 남아 있지 않은 이 시대 문학 연구에도 큰 도움이 된다. 여행록은 여행자들이 그 시대 그곳에 살던 사람들에게는 너무 익숙해서 간과한 것들을 자세히 기록해 놓고 있어 당대 그 지역의 문화를 이해하는 데 있어 매우 소중한 자료이다. 그러나 여행자들의 기록에는 의도되지 않은 오류나, 여행국이나 여행국 국민들에 대한 편견에서 기인한 왜곡된 기술도 적지 않다는 점도 유념해야 한다.

서긍은 『고려도경』 자서(1124)에서 고려를 알기에 충분한 세월을 보내지 않았으나 "역시 고려의 건국과 정치의 대체, 풍속과 사물의 상황을 대충 알 수가 있었다"고 했다. 그는 고려를 송나라의 번신이라는 전제 위에 기술하고 있지만 아름다운 문물이 송나라와 맞먹는다는 입장을 보여준다. 그는 미혼의 청년부터 군졸과 어린아이들에 이르기까지 경서를 학습하고 글을 배운다고 하면서 "아아, 훌륭하기도 하구나!"라고 감탄하고 있다. 이 책에서 국문학 연구자들에게 빈번하게 인용되는 두 부분 중 하나는 김부식金富軾 형제들이 소동파 형제의 이름을 쓰게 된 연유를 서긍이 물었다는 것으로, 이것은 소동파 문학의 수용 시기를 추정하는 한 가지 중요한 자료로 거론되었다. 김부식은 서긍에 의해서 송나라에 문명을 날렸거니와, 외국 사신의 입국이 사행국의 문학을 자기 나라에 전파하는 것임은 앞에서 기술한 바 있다.

다른 하나는 고려의 문학이 대체로 성률을 숭상하고 경학은 그리 잘하지 못하며, 문장이 당의 여폐와 방불하다는 구절이다. 이것은 고려가 과거시험에서 명경보다 제술을 중시했음을 의미한 듯하다. 당의 여폐는 만당풍류를 가리키는 것이고, 이는 대체로 유미적인 형식주의적 문풍을 지적한 것이다. 당시 대부분의 문장이 송에 보낸 표문과 같은 외교문서이거나 국왕에게 올린 글들로, 거의 모두 변문체의 정밀한 대우와 아름다운 수식으로 가득 찬 미문이었다. 그러나 12세기 고려 문학에서는 다른 한 편으로 이렇게 깎고 다듬고 아름답게 꾸민 문장에 대한 반성이 일어나고 있었고, 김연金緣, 김부식, 최유청崔

惟清 등에 의해 유미적인 만당의 문풍과는 거리가 있는 시풍도 형성되고 있었다.

그러나 서긍이 서문에서 말한 대로 그가 접한 고려에 관한 정보는, 체류기간이 한 달 남짓 되었을뿐더러 숙소가 정해진 뒤에는 파수병이 지키고 있어 문 밖을 나가본 것이 5, 6차례에 불과하여 대부분 수레를 타고 달리는 동안과 연석에서 수작하는 사이에 보고들은 것이었다. 특히 시는 아마도 연석에서 보고들은 것으로 보이거니와, 이러한 유형의 작품들은 대부분 유미적인 미의식을 보여주는 것들이어서 서긍이 고려 문학을 만당의 풍조가 있는 것으로 본 것은 그 때문으로 보인다. 이제현은 광종 사찬에서 서긍이 말한 당의 여폐를 쌍기雙冀와 같은 귀화인들이 전이시킨 부화한 문장의 탓으로 보았다. 따라서 이것은 여행자 문학이 자주 범하는 것처럼 여행자가 여행지에서 널리 문사들을 접하지 못해 발생한 오해일 가능성이 크지만, 그 시기 문풍의 일면을 제시한 것이라는 점도 부인하기 어렵다.

(2) 사행시에 재현된 우리나라 역사와 승경

고려 때 원나라 사신들이 쓴 사행록이 보이지 않는 대신 사행시가 남아 있다. 송무宋无는 지원至元 신묘년(1291, 충렬왕 17년)에 바다로 나갔다가 연경에 도착하였다고 하는데, 배 안에서 지은 칠언절구 30여 수가 수록된 『경배음집』鯨背吟集 1권이 사고전서에 전한다. 그러나 "고려와 요양에서 각각 길을 묻더니 바다 한가운데서 이별하려니 마

음이 상하네"〔高麗遼陽各問津, 半洋分路可傷神〕(「分鯨」)와 같은 시구를 빼면
사행시의 특성이 드러나지 않는다.

조선은 초기부터 명나라 사신들의 입국이 이어졌다. 명목은 황제
즉위, 황태자 출생, 황태자 책립 등 다양했다. 만주를 거쳐 압록강을
건너오면서 의주·평양·개성을 거쳐 서울에 이르기까지 많은 시가
지어졌고, 접반사로 차출된 조선의 문사들이 이를 차운하는 시를 남
겼는데 대부분 『황화집』에 수록되었다. 그중 명나라 사신 기순祁順
(1434~1497)의 「조선잡영」朝鮮雜詠을 중심으로 외래 사신이 쓴 사행시
의 특성과 의미를 살펴본다. 기순은 성종 7년(1476)에 명나라 황태자
책봉을 반포하기 위해 정사로 조선에 왔다. 「조선잡영」은 오언고시
형태의 총 10수로, 여수麗隋 전쟁(제1수), 여당麗唐 전쟁(제2수), 나당羅唐
전쟁(제3수), 여송麗宋 교류(제4수), 공무도하가公無渡河歌(제5수), 치국의
도(제6수), 삼신산(제7수), 개성(제8수), 비단(제9수), 누대(제10수)로 구성되
었다. 다음은 제2수 고구려와 당나라 간의 전쟁을 읊은 시이다.

대동강은 어느 곳에서 오나

성곽 두르는 맑은 물 한 줄기

한나라가 진나라 변새를 회복하여

이 곳을 점령했고

당나라는 전쟁에 힘써

멋대로 독을 끼침이 벌과 전갈에 비교되네

높고 높은 조천석은

승패를 바라보기 그 몇 번인가

동쪽으로 흐르는 물 다할 때가 없으니

이제나 예나 용솟음치는 파도 소리

유유하다 봄 강의 구름,

도리어 푸른 산을 에워쌌네[7]

당나라가 전쟁에 힘썼다는 것은 문치를 지향하여 사신을 파견하
는 명나라 입장과 아주 다르다는 것을 보여준 것인데, 이 점은 당나
라가 침입하여 끼친 해를 '벌과 전갈'에 비유한 데서도 드러난다. 패
강 유역이 과거 진나라와 한나라가 점령했던 곳임을 내세웠으나 당
나라의 침략을 정당화시키지는 못했을뿐더러 다음 구절에서 '조천
석'을 통해 다시 한 번 당이 저지른 잘못을 명시한다. 조천석은 고구
려 동명성왕이 하늘에 조회하기 위해 부벽루 아래 기린굴에서 키운
말을 타던 곳이어서, 이 바위는 바로 지상과 하늘을 연결하던 성스러
운 공간이면서 고구려가 천손天孫의 나라임을 확인해 주는 민족 자
존심의 상징이기도 했다. 동명성왕의 시대가 실제로 중국의 어느 왕
조에 해당하든간에 기순의 "높고 높은 조천석, 여러 번 이기고 지는
것을 보았지"라는 구절에는 "진·한의 패배, 수·당의 승리"라는 사
실이 모두 포함되어 있고, 이것은 오히려 이곳이 본래 고구려의 땅이
었음을 확인해 주는 것이다. 말미에서 언제나 다함없는 강의 흐름,
변함없는 파도 소리를 묘사하여 시간은 흘러도 역사의 그림자는 여
전히 남아 있다는 화자의 의식이 드러난다.[8]

기순은 조선에 와서 문사들의 문학적 수준을 새롭게 인식했던 것으로 보인다. 그가 처음 왔을 때 보여준 거만한 태도가 돌아갈 때에는 "조선은 실로 예를 아는 나라이다. 소중화라고 일컫는 것이 빈말이 아니다"하며 칭찬하기를 마지않았다고 한다.(『조선왕조실록』 성종 18년 10월 12일자) 실제로 입국 사신들의 의의를 조선 전기 사림 세력의 강화와 성리학의 발전 속에서 사장에 대한 중시가 여전히 유효했던 배경에 두기도 한다. 실록에 의하면 성종 시 시독관 이창신李昌臣은 사장이 비록 치국에 관계되지 않는 것 같으나, 중국의 사신으로 장영張寧과 기순 같은 이들이 온다면 반드시 더불어 창화해야 하니, 사장을 여사로 보아서 익히지 않음은 옳지 않다고 주장했다.(성종 11년 10월 26일자) 한명회는 예겸倪謙·기순이 왔을 때에는 신숙주·서거정이 창화를 잘했는데, 이제 이승소李承召·강희맹 등은 다 죽고 살아남은 자가 오직 서거정뿐임을 환기시키면서 시를 잘하는 조위曺偉가 외직으로 차출되는 것을 반대한바 있다.(성종 15년 7월 5일자) 남곤이 "우리나라는 사대뿐만 아니라 교린에 있어서도 사화詞華가 중요하니 권장하지 않을 수 없습니다"(중종 12년 1월 19일자)라고 한 것은 시의 창화가 중국뿐 아니라 일본과의 외교관계에서도 중요한 역할을 하고 있다는 의미이다. 입국 사신들의 시문이 준 영향이란 바로 우리 문사들에게 준 자극이나 시문 중시의 시대배경인 것이다.

입국 사신뿐만 아니라 전란 시 우리나라에 온 명나라 장수들 역시 조선의 문사들과 문학적 교류가 있었던 것으로 보인다. 명나라 장수 중 이여송 설화가 우리나라에 상당히 넓게 퍼져 있고, 양명학을 이입시키려는 장수들의 활동이 집요했던 데에 비해 그들의 문학활동이나 작품은 별로 알려진 바가 없다. 반면 그들이 받아간 우리나라의 시와 글씨는 많은 듯하여 이것이 중국으로 들어가 어떻게 수용되었는지에 관해서도 관심을 가져야 할 것이다. 이여송이 중국으로 돌아가느라 작별에 임하여 이별시를 여러 문사에게 구할 때 차천로가 칠언율시 100수와 칠언배율시 100운을 지어주었고, 한호의 글씨는 명나라 장수 이여송, 마귀麻貴, 등계달鄧季達 그리고 유구국의 양찬지梁燦之 등이 요구해서 가져갔다고 한다. 왕세정이 글씨를 평하기를, "성난 사자가 돌을 헤치는 것 같고, 목마른 천리마가 물로 달려가는 것 같다" 하였고, 명나라 사신 주지번은 "마땅히 왕우군(왕희지)과 안로공(안진경)과 우열을 다툴 만하다"라고 했다고 전한다.(『서애선생별집』권1)

그러나 조선 후기 실학자 유수원柳壽垣은 『우서』迂書에서 이여송 등 명나라 장수들이 우리나라에 문학적 영향력을 행사했다고 기록하고 있다. 그는 임진왜란 때 총명하고 재변 있는 많은 선비들이 중국사람들과 지내면서 시문을 배우고 닦았으나 그들이 배운 것은 왕국동王國棟과 이여송 등의 부화한 문장과 떠들썩한 시격詩格일 뿐이라고 평가절하했다. 비록 그들 덕분에 다소나마 비루한 점을 면하기는 했지만, 뿌리가 참으로 쌓여서 박실하고 오래갈 수 있는 맛은 도리어 고려 말엽이나 국초보다 못하다고 했다.[9] 그의 이러한 논의가 어디에 기반했는지는 모르나 전쟁 기간에 이루어진 수용의 문제 역시 앞으로 고찰해야 될 과제로 보인다. 왕국동은 참장으로 제독 마귀 아래 있었던 명나라 장수이다.

3. 외국 사신들의 양명학 전이와 갈등

조선에 양명학이 전래되던 초기 명나라에 간 우리 사신들이나 조선에 온 명나라 사신들의 역할은 이미 많은 연구자들에 의해 고찰된 바 있다. 여기서는 해외 학문이나 사상의 수용에 관련된 외국 사신들을 중심으로 그들의 역할과 이에 대한 조선 측의 반응을 살펴본다.

먼저 임란 이전에 온 명나라 사신들에 관한 것이다. 양명학의 한국 수용을 고찰할 때 제일 먼저 위시량魏時亮(1529~1591)이 언급된다.[10] 그는 융경황제 즉위조서를 갖고 입국했다가, 도착한 다음 날(1567년 6월 28일) 승하한 명종의 전위사奠慰使라는 변례를 행해야 했던 인물이다. 당시 정사는 허국許國이었고 위시량의 벼슬은 급사중이었다. 위시량 열전에는 그가 조선에 오기 전 해인 융경 2년에 왕수인을 문묘에 종사할 것을 청했다는 사실이 나와 있다. 그러나 선조 6년 명나라에 다녀온 이승양李承楊의 문견록에 중국의 '사신'邪臣 위시량이 왕수인을 문묘에 종사하기를 청했다는 기록이 있기 전에는 그는 조선에서 육학자로만 인식되었던 것 같다.

실제로 『선조수정실록』(1567년 7월 17일자)에는 두 사신이 우리나라에도 공맹의 심학에 밝은 사람을 물은 사실이 알려지자, 선조가 예조에 명하여 선정신先正臣 10여 명의 성명을 적어 보이게 했다는 기사가 전한다. "공맹의 심학"이라는 것은 양명학을 의미하고, 따라서 그의 질문은 조선의 양명학적 수준에 대한 탐색이었을 것이다. 그러나 이에 대한 기대승奇大升의 조목별 답변서는 먼저 충·효·열을 실천한 역대의 상·하·층의 남녀 인물들을 제시하고 다음에는 고려 전기 유학자 최충으로부터 고려말 성리학 수용 이후의 학자들, 안유安裕, 우탁禹倬, 이색李穡, 정몽주鄭夢周, 김종직金宗直, 조광조趙光祖, 이언적李彥迪, 서경덕徐敬德 등을 들고 있다. 기대승이 '공맹의 심학'을 성리학으로 받아들인 것인지 아니면 의도적으로 명나라 사신들에게 성리학적 관점을 강조한 것인지는 확실하지 않다.

위시량이 그중에서 이언적의 저서를 보자고 하여 이황이 그의 「논태극서」論太極書를 보여주었으나 위시량은 그것이 옳다고 하지는 않았는데, "그것은 위가 육학陸學을 하는 사람이므로 주자와는 논의를 달리하기 때문이었다"라는 구절도 보인다. 이황은 선조가 즉위하자마자 예판겸 동지경연 춘추관으로 임명되었고(7월 6일), 허국과 위시량이 도성에 들어온 것은 7월 17일이었다. 이황이 선조 3년(1570) 유성룡柳成龍에게 쓴 편지 중 "전일에 윤자고의 문답과 위시량의 제설에서 육산상과 선학이 천하를 무너뜨림이 이와 같음을 살펴보고 깊이 탄식하지 않을 수 없었습니다"라는 구절에서도 위시량에 대한 경계가 보인다. "윤자고"는 윤근수로, 그가 명나라 학자 육광조陸光祖와 벌인 '주륙논란'朱陸論難을 의미하는 듯하다.[11] 퇴계는 "진백사와 왕양명의 학문이 모두 육상산에게서 나와서 본심을 종지로 삼았으니 대개 모두가 선학"이라 한바 있어, 이 편지에서의 "육상산과 선학"이란 상산학과 양명학을 포괄하여 가리킨 것이다.

『명사』 열전에는 위시량이 벼슬에서 물러난 후 성리학에 잠심했다는 구절이 나오는데, 그 성과가 그가 편찬한 『대유학수』大儒學粹 9권으로, 주돈이周敦頤, 정호程顥, 정이程頤, 장재張載, 주희朱熹, 육구연陸九淵, 설선薛瑄, 진헌장陳獻章, 왕수인王守仁 구가의 설을 다룬 것이다. 그는 공자의 도가 안회의 총민한 깨우침[敏悟]과 증자의 고지식한 심득[魯得]으로 나뉘었는데, 염계濂溪(주돈이), 명도明道(정호), 상산象山(육구연), 백사白沙(진헌장), 양명陽明(왕수인)은 안자의 입도방식에, 이천伊川(정이), 횡거橫渠(장재), 회암晦庵(주희), 경헌敬軒(설선)은 증자의 입도방식에 가깝다고 보았다. 요약하면 도도 하나이고 학문도 하나이며 그들이 이른 바도 하나라는 것으로, 이러한 점에서 사고전서 총목에서는 그를 조정설을 주장한 사람으로 평가하고, 그가 왕수인을 포함한 네 사람의 문묘 종사를 주장한 것도 이러한 뜻이라고 했다.

위시량 다음으로 관심이 가는 사람은 선조 15년에 명의 황태자 탄신을 알리러 온 황홍헌黃洪憲이다. 당시 접반사였던 이이李珥는 사신의 요청에 의해 「극기복례위인설」克己復禮爲仁說을 지었다. 이때 황홍헌은 송유의 틀에 얽매이지 마라고 했는데, 이를 이이는 사신이 아마도 육학자여서 이와 같은 말을 했을 것으로 간주했다.[12] 황홍헌이 쓴 「신수이후가제」身修而后家齊를 보면 수신·제가·치국·평천하의 본말과 선후의 단계적 관점을 보여주고 있으나, 여기서 몸[身]에 대한 강조가 두드러진다. 그는 천하국가가 모두 몸 밖의 외물이 아니며, 만물의 이치가 서로 바탕이 됨 역시 한 몸에 이어지지 않은 것이 없으므로 제가와 치국이 똑같이 모두 몸 밖의 일이 아니라는 것이다.[13] 이로 보면 몸은 집과 나라와 천하의 다스림으로 나아가는 출발이면서 그 자체가 다스림의 구현이라는 뜻이 함축된 것처럼 보인다.

다음으로 임란 때 조선에 온 사신들에 관한 것이다. 위시량이나 황홍헌에게서 보이는 것처럼 임란 이전에 온 사신들이 비록 육학이나 양명학에 관심을 가졌고, 조선 학자들에게 어느 정도 영향력을 행사하려는 의도를 보이고 있지만, 구속력이 있던 것은 아니었다. 그러나 왜적의 침입으로 선조가 의주까지 난을 피해 가 있는 상황에서 원병장으로 파견된 이들의 요청은 조선의 조정에 압력으로 작용할 수밖에 없었다. 명나라 사신들은 이전과 달리 양명학을 공공연히 내세웠고, 태도 역시 보다 더 적극적이었다. 다른 한편 왕양명은 뛰어난 군략가였으므로, 이 점도 조선 조정이 송응창과 만세덕의 요청에 어느 정도 유예적인 입장을 취할 수밖에 없었던 이유였을 것이다.

선조 25년(1592) 임진란이 발발하던 해 12월 1일 명나라가 구원군을 파견했다. 당시 병부시랑 송응창宋應昌은 경략 군문이었고, 병부주사 원황이 함께 왔다. 선조 26년(1593) 4월 4일 윤근수가 의주에 가서 송응창을 만나고 돌아온 후 그가 강관을 자신에게 보내어 경학을 배워오도록 했다는 말을 전한다. 이에 대해 선조가 "그렇다면 이단의 학문을 배워오라는 말인지, 대학의 '신민'新民을 친민親民이 맞는다고 한 것을 보면 그의 학문을 알 수 있다"고 한 것을 보면 송응창의 학문 경향을 이미 조정에서는 알고 있었던 것 같다. 비록 양명학을 공부했다지만 용병술을 양명과 같이 한다면 우리나라에서는 그를 우러러볼 것이라고 한 말에서 군사전략가로서의 왕수인을 수용하고 싶은 여지는 있어 보였다.

다음날 송응창이 동궁의 서연관을 보내 강론하라고 하자 비변사가 선조에게 우리나라에서 그의 요구를 따르지 않는다면 그는 반드시 우리가 자기 말을 무시한다고 여겨 성낼 것이 틀림없다고 아뢴 데에서 중국 사신들의 말이 갖는 구속력이 드러난다. 이때 보낸 사람이 유몽인柳夢寅, 황신黃愼, 이정구李廷龜였다. 송응창은 그들을 막차幕次에 머무르게 하고 시간이 날 때 『대학』의 지의를 강하였는데, 『대학』한 편의 대의는 모두 '친민' 상에 있는 것으로 주장하면서 정주의 주설을 극력 비방하였다고 했다. 이러한 일들이 조선 양명학 발전의 획기적인 계기가 된 것으로 보는 학자도 있다.[14]

송응창과 함께 온 원황袁黃은 주자학, 특히 주자의 『사서집주』에 대해·매우 부정적이었다. 『명사』 장순張淳 열전(권281)에는 원황이 『사서서경집주』四書書經集註를 함부로 비판하면서 산정刪正하여 간행하자 이를 장순이 반박하여 바로잡고 그 목판을 모두 훼손했다는 기록이 있어 그가 조선 사신에게 보여주었을 주자학 비판의 정도를 알수 있다. 원황에게 준 성혼의 편지(『우계집』 권5)를 보면 조선 문사들 역시 그가 송응창과 함께 양명학에 경도된 인물임을 잘 인식하고 있었다. 성혼의 답은 그들이 온 다음 해 봄에 썼다. 이를 보면 구원부대로 온 명나라 군막의 양명학 주창자들의 활동은 그들이 조선에 들어오자마자 시작되었던 것으로 보인다. 이 글에서 성혼은 전혀 주자학을 내세우지 않아 원황과의 적극적인 학문적 대결을 피했으나, 동시에 주자학을 비판하는 원황의 입장에 동의하지도 않으면서 단지 한걸음 물러나 나라가 혼란하여 옛날에 들은 것을 차분히 반추하여 도가 있는 분에게 바로잡아 주기를 청할 수 없는 상황이니, 강학하는 일은 후일을 기다리겠다는 신중한 자세를 보여주었다.

송응창과 원황은 주자학 이외에 대해서는 논의조차 원하지 않는 조선 문사들을 일단 양명학에 대한 논쟁의 장으로 이끌어낸 사람들이라는 점에서 의미가 있다. 그러나 이 시기는 그들이 조선 측의 절실한 원병 요청에 의해 처음 조선에 온 때여서 비록 이단의 학이라 생각하는 양명학이지만 조선 문사들은 이를 정면으로 비판할 수 없었던 것 같다. 이것은 성혼의 답변을 보면 알 수 있다. 성혼은 먼저 조선의 학문이 중국에서 내려준 『오경사서대전』에 근거해서 "이것을 모두 외고 익히며 실천하여 이 학설 외에는 다른 도리가 없다"고 여겨 왔는데, 중국이 내려준 학설을 이제 와서 또 뒤집으려 하면 어떡하느냐는 은근한 공격이면서 방어적인 주장을 폈다. 다음으로 현재 명나라 장수들이 군중의 일 외에 널리 강학하는 일에까지 미치어 간곡히 개도하여 혼몽한 잘못을 깨우쳐 주고 전고에 전하지 않던 중요한 내용을 알려주는 것이 참으로 훌륭하나, 다만 자신들이 학문이 부족하고 사려가 황폐하니, 어떻게 전해주는 대로 즉시 깨달아 은미한 것을 발명하고 지극한 데에 나아갈 수 있겠느냐는 것이다. 이는, 구원하러 온 군인들이 다른 일에 신경을 쓰는 데 대한 비판이면서, '전고'에 없는 학설이라면 그렇게 함부로 이해할 수 있겠느냐는 반문이었다. 어려운 지경에 처해 있는 조선의 입장을 고려하면서도 그들의 학설을 수용하지 않는 입장은 분명히 전달한 셈이다.[15]

그 시기에 강학에 참여하도록 조정에서 보낸 사람의 묘지명이나 문집 서문에는 이 사건이 대부분 기록되어 있다. "송경략은 본시 육씨의 학설만을 주장하였으므로, 공(황신)이 정자·주자의 훈석을 연역하여 「대학설」大學說 10여 편을 만들어 보이자 송경략이 감히 논란하지 못하였다"[16]라든가, "송은 육왕학을 위주로 하여 『대학』의 설을 토대로 해서 그 뜻을 강론하였는데, 이에 공(이정구)이 주자의 학설을 추론하고 연역하여 수십 편의 글을 짓자, 송이 크게 칭찬해 마지않으면서 각자 들어서 알고 있는 것을 높인다고 해서 해가 될 것은 없다고 했다"[17]와 같은 내용이다. 이 글들은 그들 사후 다른 사람들에 의해 미화하거나 옹호하는 입장에서 쓰였던 것이어서 그들의 주장에 대한 송응창의 대응이 어떠했는지는 분명하지 않으나, 그가 조선 조정을 지나치게 강제하거나 핍박한 것 같지는 않고 단지 강학으로 조선 문사들을 설득하려 했던 것으로 보인다.

당시 종군한 명나라 장수들이 적극적으로 조선의 대신들에게 강학하려 한 것은 무엇보다 왜란을 당해 조선의 국왕과 조정 대신들이 백성과 도성을 버리고 국경 근처까지 도망온 것에 대한 양명학적 관점에 기반한 비판의식 때문일 것이다. 이것은 그들이 강학에서 특히 '친민' 조항을 강조한 데에서도 드러난다. 본래 『예기』의 한 편인 「대학」은 첫 구절이 "대학의 도는 명명덕明明德에 있고 친민親民에 있다"로 되어 있는데, "친민"을 '신민'新民으로 바꾼 사람은 정이程頤였고 주자 역시 이를 따랐다. 양명은 '신민'이 아니라 "친민"이 맞는다고 하면서 이 구절을 다시 바꾸어야 한다고 했다. 신민은 자기수양을 완성한 사람〔修己〕이 다른 사람들을 다스린다는〔治人〕 것이어서 백성들에 대한 통치자의 계몽적 시각이 들어가 있다. 양명학에서는 통치자든 백성이든 마음은 모두 완전하여 차이가 없고, 따라서 통치자가 직접 백성 사이에 들어가 그들과 함께 하는 '친민'이 바로 자기수양이고 다스림이라고 본다. 아마도 이들 명나라 장수들은 전쟁의 승리가 무엇보다 양명학을 통한 통치자들의 의식전환에서 출발한다고 믿었는지도 모른다. 그러나 조선에서는 이를 주자학 이념에 대한 도전으로 보았을 것이다.

만세덕萬世德은 정유왜란 때 파견된 군관으로 그는 조선 조정에 육상산과 왕양명을 문묘에 종사시킬 것을 자문으로 보냈다. 선조 34년(1601) 1월 2일 경리 만세덕이 공자의 명호 등을 명의 제도대로 고칠 것을 요구했다는 기록이 왕조실록에 나온다. 그의 자문을 요약하면 다음 몇 가지이다. 하나는 조선에서는 문묘의 공자 위패에 "대성지성문선왕"大成至聖文宣王이라 썼는데 중국에서는 왕호보다 사호師號를 높이고 그것이 시제이므로 이를 명나라에서처럼 '지성선사공자'至聖先師孔子로 바꾸어야 한다는 것이다. 그동안 조선에서 쓰던 위패의 명호는 원나라 시대의 것이다. 둘째는 조선에는 계성공啓聖公의 사당이 없는데 이를 건립하여야 한다는 것이다. 계성사는 공자, 안자, 증자, 자사, 맹자의 아버지를 모시는 사당이다. 셋째로 양무에 72현을 모시고 있지 않다는 것이다. 즉 공성孔聖의 명호, 계성공 사당의 사전祀典

및 72현의 명위 등을 명의 제도대로 하면 "사전이 더욱 융숭해지고, 문화가 더욱 홍대해질 것"이라는 내용이다.

그러나 가장 주목되는 것은 당시 명나라 황제가 왕수인, 진헌장, 설선, 호거인胡居仁 네 사람의 종사를 윤허했으므로 조선에서도 이를 받아들여야 한다는 것이다. 이것은 조선의 유신들을 배향하는 것은 존중하나 계성공의 사당과 72현 및 그 뒤의 종사하게 된 사람들에 대하여는 모두 건립하거나 종사하지 않고 있어 하나같이 결전缺典이 되고 있으니 똑같이 준행하기 바란다는 일종의 강요였다. 선조 34년 (1601) 1월 8일 비변사에서 이는 모두 사전에 관한 중대한 일이어서 함부로 회답할 수 없으니, 예조로 하여금 널리 상고하고 상세히 강정講定하여 결정을 내린 후 회자膾炙하도록 하자는 건의를 하고 선조가 이를 윤허했다는 기사가 보인다. 1월 24일 예조에서 72현과 계성사에 관한 자문은 받아들이고 설선, 왕수인, 진헌장, 호거인 4현의 종사는 학문의 순정 여부를 논해야 하므로 대신들과 의논하여 결정하자는 건의를 올리고 선조의 윤허를 받는다. 종사의從祀議 역시 명나라, 특히 구원병으로 온 장수의 자문이어서[18] 이를 소홀히 처리할 수 없다는 것이 조정의 입장이었다.

말할 것도 없이 여기서 문제가 된 것은 육왕의 문묘종사이다. 윤근수는 우리나라는 오로지 주자의 학만을 숭상하며, 주자는 육상산을 분명히 선禪이라고 했다는 점, 왕수인은 단지 치양지致良知를 말하고 다른 것은 논하지 않으면서 감히 주자를 양묵에 비유한 자임을 들어 그를 주자와 함께 문묘에 종사할 수 없다는 강경한 입장을 피력했다.(『월정집』 권4) 무엇보다 그는 육구연과 왕수인을 문묘에 종사시키는 것은 중국이 주자학을 숭상하지 않는 데서 나온 것이고, "우리의 문묘종사법은 우리의 구습에 의해 결정되는 것"이라고 기록하고 있다. 이를 보면 비록 조선이 존주의 사상을 갖고 있지만 명나라의 사상계가 반反주자학적으로 나갈 경우 그를 본받지 않겠다는 의지가 보인다. 이러한 논의가 공론화된 것은 중국 사신, 특히 왜적 퇴치를 위한 매우 중요한 임무를 갖고 있는 명나라 사신의 자문이 있었다는 점 때문이지만, 귀화인의 경우처럼 다른 나라의 강요가 주는 민족적 반발심도 작용했을 것이다.

그럼에도 조선 양명학사는 임진왜란을 계기로 새로운 단계에 진입하게 된다는 연구자들의 일치된 인식에 근거하건대, 파병 장수의 양명학에 대한 적극적인 권장은 그 후 획기적인 발전을 이룩한 한국 양명학사의 첫 추동력이 되었다는 점은 부인하기 어렵다. 이것은 수용의 주체로서의 외국 사신을 소홀히 할 수 없음을 분명하게 보여주는 사례이다.

4. 외국 사신들의 관제묘關帝廟 이식과 전개

우리나라의 대표적인 관왕묘는 남관왕묘(남묘)로 임란 때 참전했던 명 장수에 의해 선조 31년(1598)에 처음으로 세워졌다. 남묘는 명나라 장수 진인陳寅이 세운 것을 명군의 통수 양호楊鎬의 명에 의해 확장 개축한 것이다. 유성룡의 기록에 의하면 그 전 해(1597) 겨울에 명나라 장수들이 모든 군영을 합하여 울산에 웅거한 적을 공격하였으나, 불리하여 다음 해 1월 4일에 물러났다. 그중에 유격장군 진인이 전투 중 왜적의 탄환을 맞고 실려 서울에 돌아와 병을 조리하였다. 그는 웅거하고 있던 숭례문 밖 산기슭에 묘당 한 채를 창건하고 가운데에 관왕과 여러 장수의 신상을 봉안하였다. 경리 양호 이하가 각기 은냥을 갹출하여 그 비용을 돕고, 우리나라도 은냥으로 도와서 묘를 완성시켰다.

그러나 날짜로 보면 지방에 먼저 관묘가 세워진 듯하다. 그 전 해인 선조 30년 1597년에 명나라 도독 진린陳璘이 강진에 창건한 것이 있는데, 옆에 따로 사당 하나를 세워서 도독 진린을 주향主享으로 하고 충무공 이순신을 여기에 배향하였다고 했다. 또 성주목의 것은 선조 30년(1597)에 명나라 장수 모국기茅國器가, 안동부의 것은 선조 31년(1598)

에 명나라의 진정영도사眞定營都司 설호신이, 남원부의 것은 선조 32년 (1599) 명나라의 도독 유정劉綎이 창건했다. 이로 보면 지방의 관왕묘 네 곳 중 두 곳이 서울의 남묘보다 먼저 세워졌고 나머지 두 곳 역시 동묘보다는 일찍 창건되었다. 남원부의 관왕묘는 명나라의 이신방李 新芳, 장표蔣表, 모승선毛承先을 배향하였으며, 따로 사당 하나를 세우고 유 도독을 제사 지낸다. 결국 임란 시 래원군관으로 들어온 장수들은 관제묘 건립을 통해 자신들 역시 조선에서 제사를 받게 된 셈이다.[19]

서울 동묘 건립 시에는 부역에 동원된 백성들의 원성이 있었고, 남 관왕묘에 비해 역사가 훨씬 더 거창할뿐더러 농사철이 다가왔으니 중지하는 것이 좋겠다는 신하들의 의견이 있었으나 선조는 명나라 아문에서 허락하지 않아 중지하기 어렵다고 불허한다. 당시 남묘 역 시 소상이 작다고 하여 헐어서 다시 만들고 있었다.(선조 33년) 전란에 참여한 명나라 장수들의 구속력이 여기서도 보인다. 명나라는 태조 가 처음으로 관제묘를 창건하고 전국에 모두 사당을 세웠다. 유성룡 은 명나라 시절, 요동으로부터 연경까지가 수천 리인데 그 사이에 유 명한 성이나 큰 읍과 여염이 번성한 곳에는 모두 묘우를 세웠고, 인 가에도 사사로이 화상을 설치하여 벽에 걸어두고 향을 피우며 음식 이 있으면 제사한다고 기술했다. 무릇 일이 있을 때는 반드시 기도 하고, 새로 부임하는 관리는 목욕재계하고 관왕묘에 나가 매우 엄숙 하고 경건하게 알현하는 것이 북방뿐 아니라 나라 전체가 다 똑같다 는 것이다.[20] 이것이 명나라 장수들이 조선에 관왕묘를 세우게 된 배 경이다.

관왕묘는 명나라 장수들이 세운 것이고 당시까지 이에 대한 전례典禮가 없어 선조가 신하들에게 자문을 구했다. 관왕의 생일에 제사를 지내는데, 만약 뇌풍의 이변이 있으면 신이 이른 징조라고 했다. 이날 날씨가 청명하였으나 오후에는 검은 구름이 사방으로 일어나 큰 바람이 서북쪽으로부터 불어오고 뇌우가 함께 오다가 잠시 후에 그치자 사람들이 모두 기뻐하면서 "왕신王神이 강림하였다"고 하였다. 그러나 양명학과는 달리 관왕묘에 대해서는 조정이나 문사들의 논의가 별로 나타나지 않는다. 전술한 대로 유성룡은 관왕묘 기문에서는 매우 긍정적으로 썼으나, 다른 글에서는 사람들이 한양 도성에서 일어난 기이를 남쪽에 있는 관왕묘의 신령이 한 짓이 아닐까 하는 모습을 보고 "인심이 안정되지 못한 것이 대개 이런 것들이다"라고 이들을 비판했다.[21]

18세기에 들어가면 이에 대한 비판이 상당히 논리적으로 전개된다. 이익李瀷(1681~1762)은 관우를 의용이라 한 점은 받아들일 수 있으나 청정무위를 주로 하는 도가와 어떤 관계로 존숭과 신앙이 이에 이르렀을까 하는 의심을 표명했다. 관왕묘라 부른 조선과 달리 중국에서는 관제, 관성 등 제帝와 성聖을 부치는 것도 그러하거니와, 신앙의 도가 너무 지나쳐서 황탄부괴함을 비판했다. 이익은 송나라 때 관우를 복마제로서 받아들인 관점이 가장 옳다고 보았는데, '복마'伏魔란 곧 마귀로써 마귀를 몰아내는 것이다. 그는 관우가 현령하여 도움을 주었다는 것을 신간神姦으로 설명했거니와, 사람이 이미 일단 신복信服하여 정신이 서로 감응하게 되면, 종종 나타나는 괴이가 관우의 상

이 아닌 것이 없으니 황홀한 신간을 누가 구별하겠느냐는 것이다.[22]

관왕묘의 건립이 그 즈음 점차 인기를 얻은 소설『삼국지연의』와 어떤 상관성이 있을지, 말하자면 양자 간의 상호작용 내지는 상승작용이 있었는지를 확인하기는 어렵지만 전혀 무관하다고 볼 수는 없을 듯하다.『삼국지연의』는 임란 이전에 이미 전래되어 일부에서 읽혔던 것으로 보이나 그렇게 성행하지는 못한 듯하다. 이익은, 선조의 교서에 "장비의 대갈일성에 만군이 달아났다"라는 구절에 대해『삼국지연의』가 나온 지 오래지 않으므로 보지는 못했으나, 뒤에 허황한 말이 매우 많다는 친구들의 말을 들었다고 아뢴 기대승(1527~1572)의 말을 기록해 놓았다. 그러나 이식李植(1584~1647)의『삼국지연의』비판이나 김만중金萬重(1637~1692)이 아녀자와 아이들까지도 그 내용을 다 암송할 정도였다고 기록한 것을 보면 임란 이후 17세기에 갑작스럽게 인기를 얻은 것으로 보인다. 김만중은『삼국지연의』의 내용을 시제에 쓴 사람과의 대화를 적었고, 이익 역시『삼국지연의』가 널리 읽혀서 과거시험의 시제로 삼을 정도가 되었으나 부끄러움을 알지 못한다고 하면서 세대의 변화를 탄식했다.[23]

임란 이전 아직 그렇게 보편적인 독서물이 되지 않았던『삼국지연의』가 17세기 이후 이렇게 번성한 데에는 여러 가지 요인이 있겠지만 그중에는 관왕묘의 건립과 이에 대한 일반 백성들의 관심도 연관되었을 가능성이 크다. 특히 조정에서의 관심이 18세기 숙종·영조·정조 시기에 증가하고 있었던 것은 당시 일반 백성들의 관우에 대한 기호가 커지고 있었음을 포착했기 때문일 수 있다. 왕조실록에 의하면 숙종조부터 관왕묘에 대한 국왕의 관심과 행차가 드러난다. 일부 반발이 있기는 했지만 국왕이 관왕묘에 행차한 것은 선조 이래 처음이었다. 숙종 이후 영조·정조 연간에는 관왕묘에 대한 관심이 상당히 확대되어 있음이 드러난다. 왕명으로 치제하게 하거나 직접 행차하기도 하고, 어제나 관우를 찬하는 어필 문구를 게시했으며, 묘를 세우고 관왕묘를 수리할 때의 고유문을 지었다. 관왕묘를 돌보는 데 소홀한 사람에게 처벌을 내리기도 하고 제전을 잘 수행한 사람에게 가자하기도 했다.

19세기 여성 시인 김운초金雲楚의 시에는 "병 들어 오래 고치기 어려워, 신통한 힘을 빌리고자 관운장 사당에서 엄숙히 기도하네"라는 시구[24]가 있고, 같은 시기 김금원金錦園(1817~?)은 관왕묘를 찾아가 정성스럽고 경건하게 참배한 것을 보면 19세기 중반 관제 신앙이 민간에 확산된 정도가 추측된다. 금원은 임란 때에 관운장이 조선을 도와 서울 도성의 왜적을 물리쳤다는 확신을 보여주는데, 그러한 믿음은 19세기 중반 관우숭배에 관한 민간 설화의 실상을 보여주는 것으로 이와 같은 민중 속으로의 침투와 확산에는 소설 『삼국지연의』의 인기가 상승작용을 했을 가능성이 엿보인다. 관왕묘의 창건과 관우숭배가 초기 소설 『삼국지연의』의 조선 정착과 관계가 있다면, 그 후에는 『삼국지연의』의 인기가 민간의 관우숭배를 이끌어가는 역할을 했을 것이라는 관점이다.

이것은 관우의 소상에 대한 금원의 묘사가 『삼국지연의』의 내용을 그대로 옮겨온 듯하다는 점에서도 드러난다. 관우의 외모는 처음

『삼국지』에서는 드러나지 않으나 소설 『삼국지연의』에서는 얼굴은 무거운 대추 같고, 입술은 연지를 바른 듯하며, 누에 눈썹, 붉은 봉황의 눈을 가졌다고 했다. 금원은 남묘의 관왕을 "누에 눈썹, 봉의 눈이 가을물결을 흘리니 산악의 수기가 완연히 미첩 간에 띠었고, 무거운 대추 같은 안색과 삼각의 수염이 늠름하게 눈서리 같은 위엄이 있었다"고 하여 얼굴, 눈썹, 눈의 묘사에 대추, 누에, 봉황이라는 동일한 비유를 사용하고 있다. "관왕이 하늘을 받드는 의리와 해를 뚫는 충성으로 불행히 오吳나라 도적에게 빠진바 되었으나, 그 정한과 억울한 기운이 천지간에 엉켜 왕왕 운무 중에 신병을 크게 통솔하여 천하에 흘러 다니다가 무릇 싸우는 진터에 있는 자를 돕고 도적들을 꺾는다. 이 때문에 천하 사람들이 대소 물론하고 그를 공경하여 제사하지 않음이 없다"는 묘사는 그가 형주에서 오나라의 손권 측 장수에게 당한 죽음을 억울하다고 보는 관점을 받아들였음을 보여주는 것으로 위나라, 동오, 촉한 삼국 중 촉한에 정통성을 부여한 소설을 그대로 따르고 있음을 말한다.[25]

귀화인이나 외국 사신들이 직접 갖고 들어온 문풍이나 사상은 지식층에게 저항감을 심어준바 있으나, 그럼에도 그 영향력은 무시할 수 없는 힘을 보여준다. 고려 초기 귀화인들의 문풍은 새로운 문학적 조류의 도전 속에서도 고려 일대에 그 흔적을 남겼고, 임진왜란 때 온 명나라 장수들이 이식시키려 애썼던 양명학은 지식인들의 반대 속에서도 그 기반을 넓혀갔다. 일반 백성들은 호종단胡宗旦에 대한 적대의식과 관우숭배의 우호적 수용처럼 양면적 현상을 보여준다.

주

1 고려 초기 귀화인에 관한 부분은 이혜순의 『고려전기의 한문학사』(이화여대출판부, 2004)의 내용을 재정리했다.

2 王融,「新羅王金傅加尙父都省令官誥敎書」,『동문선』 권25.

3 『고려사』 권2, 광종 26년, 이제현 贊, "冀……惟其倡以浮華之文, 後世不勝其弊云".

4 李穡,『牧隱藁』 牧隱文稿 권8,「賀竹溪安氏三子登科詩序」.

5 『조선왕조실록』, 성종 19년 12월 24일, 달성군 서거정의 졸기, "……문사들이 최부를 보는 이는 반드시 서거정의 안부를 물었다".

6 박현규,『19세기 중국에서 본 한국 자료 청 말 왕석기, '소방호재여지총초' 중 한국지역학 문헌』(아세아문화사, 1999). 인용문은 이 책에 수록된 설배용(薛培榕)의 『조선풍속기』와 저자 미상의 『고려풍속기』에서 뽑은 것임.

7 祁順,「朝鮮雜詠」,『皇華集』 권9, "浿江何處來, 遼郭淸一派. 漢家復秦徹, 於此別疆界. 李唐務爭戰, 肆毒比蜂蠆. 岿嵯朝天石, 幾度觀勝敗. 東流無盡時, 今古一硏湃. 悠悠春江雲, 還鎖青山外(其二)".

8 기순의 「조선잡영」에 관한 논의는 이혜순의 「'皇華集' 수록 명 사신의 사행시에 보이는 조선인식 – 祁順의 '조선잡영' 10수를 중심으로」,『한국시가연구』 10집(2001), 125쪽을 참조.

9 柳壽垣,『迂書』 제10권,「論變通規制利害」.

10 정덕희,「양명학의 성격과 조선적 전개」,『대동한문학』14(대동한문학회, 2002), 15~16쪽. 이것은 명 사신이 양명학을 처음 도입했다는 의미는 아니다. 『전습록』의 전래시기를 朴祥(1474~1530)의 연보(『訥齋集』)에서 "양명의 글이 동쪽으로 전래되었을 때 우리나라 선비들은 그것이 무슨 말인지 알지 못하였다"라는 구절을 근거로 중종 연간(중종 16년, 1521년 이전)으로 보기도 한다. 오종일,「양명전습록전래고」,『철학연구』 vol.4, no.1(고려대, 1978), 74~77쪽.

11 우응순,「월정 윤근수와 명인 육광조의 주류논쟁 – 주류논란을 중심으로」,『대동문

화연구』vol. 37(성균관대 대동문화연구원, 2000), 214쪽. 우응순은 두 사람이 만나 논변한 시기를 윤근수가 서장관으로 명나라에 사행한 1566년으로 보았다.

12 李珥,『栗谷全書』권34, 연보 하 임오년 10월조;『조선왕조실록』선조 15년 11월 1일자.

13 「欽定四書文」,『隆萬四書文』권1, 문연각 사고전서 전자판.

14 정덕희, 「양명학의 성격과 조선적 전개」, 『대동한문학』 14집(대동한문학회, 2001), 18쪽.

15 成渾,『牛溪集』제6권, 雜著.

16 宋時烈,『宋子大全』제156권, 「秋浦黃公神道碑銘幷序」. 김석주가 쓴 「秋浦集序」에는 황신이 이정구, 유몽인과 함께 송응창 막사에 가서 시를 창수한 것으로 기술했다.

17 李植,『澤堂集』別集 제6권, 「月沙 李相國墓誌銘 幷序」.

18 『欽定盛京通志』권56. 만세덕은 명 융경 때 진사 급제한 인물이나 학문을 하는 이는 아니었던 것으로 보인다. 일을 쉬고 사람을 평안하게 하는 것〔息事寧人〕을 임무로 삼았고 관대하고 간정(簡靜)하다는 평을 받고 있다. 저서로『해방주의』(海防奏議) 4권이 있다.

19 李瀷,『星湖僿說』권9, 人事門「關王廟」.

20 柳成龍,『西厓集』권16, 雜著「記關王廟」.

21 柳成龍,『西厓集』권16, 雜著「記異」.

22 李瀷,『星湖僿說』권9, 人事文「關王廟」.

23 李瀷,『星湖僿說』권11, 人事文「三國演義」.

24 金雲楚, 「記夢」, "伊余命甚崎, 嬰疾久難醫. 要借神明力, 肅禱關公祀. 慰靈邈難攀, 狀惕退委蛇……".『雲楚堂詩稿』, 허미자 편『조선조여류시문전집 3』. 여기서 관운장은 무섭고 두려운 존재로 묘사되어, 박지원이 학질을 앓는 士女들을 관운장의 자리 아래에 눕히면 정신이 나가고 넋이 빼앗겨 한기를 몰아내게 된다고 말한 것과 유사하다(朴趾源,『燕巖集』, 「嬰處稿序」).

25 김금원,『호동서낙기』, 허미자 편『조선조여류시문전집 4』(태학사, 1989), 466~468쪽; 이혜순,『여성지성사』(이화여대출판부, 2007), 304~311쪽.

4장

—

굴절과 재생산

작품 또는 그 번역을 통한 외국 작가 · 작품의 수용

1. 내외 사신들의 서적 수용

(1) 우리 사신들의 서적 반입

사신들을 통한 외국 서적 수용은 신라의 삼국통일 전후부터 나타나고 있다. 사신들이 가져오거나 외국 사신이 갖고 온 책으로는 불경이나 『어주효경』御注孝經, 『어주도덕경』 같은 책이 있다. 신라 신문왕은 당나라에 사신을 보내 예법 제도를 정비하고 문장의 수준을 높이기 위해 관련서적을 요청해서 『길흉요례』吉凶要禮와 『문관사림』文館詞林의 간략본을 받았다고 하는데, 여기서 관심을 끄는 것은 『문관사림』이다. 당 고종 시 허경종許敬宗이 황제의 명을 받아 한나라 때부터 당초까지의 시문을 수록한 것이어서, 『문선』 이후 가장 오래된 총서이면서 남북조 시대 편찬된 『문선』이 담지 못한 당나라 초기까지의 작품을 포함하고 있기 때문이다.

『구당서』 신라본기에는 신라로부터의 요청을 받은 측천무후가 『문관사림』 수록 작품 중 규계가 될 만한 것을 선별해서 50권으로 만들어 보냈다고 한다. 『문관사림』은 『구당서』에는 당나라 허경종 찬 『문관사림』 문인전 100권으로 기재되어 있으나 송나라 이후 문헌에는 모두 1천 권으로 나와 있다. 그간 삼국시대부터 신라통일기의 시문 학습의 가장 기본적인 텍스트가 『문선』이었고, 『문관사림』은 별로 알려지지 않았다. 신라 강수强首가 『효경』, 『곡례』, 『이아』와 함께 『문선』을 읽었다고 전해지고, 고구려의 경당에서 미혼 전의 자제들이 읽은 책 중 하나로 포함될 뿐 아니라 이 책이 더욱 중시되었다고 기록되어 있다. 신라 통일 후 원성왕 4년(788) 독서삼품과를 제정해서 사람을 뽑을 때 『문선』은 상품의 시험과목에 포함되었다. 아마도 『문관사림』이 감계적인 작품 위주로 모아놓은 축약본이어서 우리나라에 들어온 후 주목을 받지 못했을 가능성이 크다.

이 책은 송나라 때 이미 선본이 산일되었던 것으로 보인다. 선종 8년(1091) 이자의李資義가 송에 사행했다가 고려에 중요 판본이 많음을 듣고 구서 목록을 주면서 비록 권질이 부족하더라도 전사하여 부쳐오라는 송 황제의 명을 받아왔다. 이때는 소동파가 조정에 있을 때여서 고려 사신의 도서 구매에 지나치게 예민했던 그가 이 일에 참여했을 가능성이 크다. 이 구매 도서 목록이 고려에 있을 것으로 간주되는 서적에 근거한 것인지, 아니면 저들이 원하지만 갖고 있지 않아서 고려에 있는지 알아보기 위한 선본들인지는 불확실하다. 그러나 실제로 이때 고려에서 보낸 정본으로, 저들의 책에서 없는 부분을 보충하여 완본을 만든 것에 대한 기록이 중국 문헌에 나타나 있다. 『문관사림』역시 그 구서 목록에 나와 있다.

고려 시대에는 송나라에 갔던 우리나라 사신들이 책을 사가지고 돌아오거나 황제에게 선물로 받아왔다는 기록이 많이 있다. 정문鄭文

은 사명을 받아 송에 들어가서 하사받은 금백은 종자에게 나누어 주고, 남은 것은 모두 서적을 사가지고 돌아왔다고 했다. 오연총吳延寵은 송 황제에게 『태평어람』 1천 권을 받아온 공로가 인정되어 승진하기도 했다. 소동파의 문집도 이때 사신을 통해 들어와서 다음 무신란 시기에는 동파 모의模擬가 절정을 이루면서 그 영향이 조선조에까지 이어지게 된다.

해외에 나간 사신들의 서적 구입은 공적인 것과 사적인 것으로 나뉜다. 북경에서 가져온 책들 중 일부는 인쇄해서 나눠주고 일부는 긴급하지 않으니 약간만 인출해도 된다는 김안국의 글을 보면 이것은 전자에 속한다.[1] 김일손이 가져온 『소학집설』은 저자 정유의 사적인 선물이었으나 귀국 후 그는 이를 조정에 바쳐 널리 전파시켰다. 국왕의 명에 의한 서적 구매도 있다. 허균이 1615년 명나라 사행 때 구입한 약 4천 권은 '집의 돈'〔家貨〕으로 샀다고 했으나 공금을 도용한 것으로 보기도 한다.[2] 성종 때 이창신이 왕명을 받아 소동파 문집을 새로 구해왔고, 정조는 서형수, 서호수, 박제가 등에게 서책 구매를 명한바 있다.

조선 전·후기에 걸쳐 사신들이 사비로 구입한 서책 이름과 이와 관련된 기록이 심심찮게 나오지만, 부탁을 받아 사오는 것도 있고 문사 간 교류에 의해 증여받아 들여온 서적도 있다. 유희춘은 사신단에게 서적 구매를 부탁한 대표적인 인물일 것이다. 자신들이 갖고 싶은 책을 구해오는 것은 어느 사행 때나 있었으나 때로 대규모로 서적을 구입한 사실이 보이기도 한다. 유만주俞晚柱(1755~1788)의 『흠영』欽英

(1786년 1월 16일자)에 의하면 그의 선조 유강兪絳(1510~ 1570)이 사은사로 명나라에 다녀오면서 수로조천水路朝天 길에 한 배 가득 책을 구입해 와서는 그 책들을 시골 농장과 서울 집, 그리고 산방 등 세 곳으로 나누어 비치하였다 한다. 이의현李宜顯은 1천 328권을 구입해 왔고, 신유한은 일본에서 한당서 100권을 사왔다.

그러나 언제 어떤 책이 처음 우리나라에 들어왔는지, 그리고 그 책이 모두 어떻게 필사되고 간행되어 장서가에게 귀속되거나 일반에 통용되었는지는 알기 어렵다. 무엇보다 문제는 서적의 수용과 특정 사상·문화·문학 유형의 흥기를 직접 연결시킬 수 있을지에 관한 것이다. 이덕무는 연경의 한 책방에 가서 60갑의 『경해』經解를 열람하면서 이 책이 참으로 유학과 경학의 서고인데 그 책이 간행된 지 100년이 넘었으나 우리나라 사람들은 이를 까마득히 모를뿐더러 해마다 사신이 끊임없이 내왕하였으나, 수입해 오는 책이라고는 고작 연의소설 『팔가문초』八家文抄와 『당시품휘』唐詩品彙뿐이라고 한탄한바 있다. 우리나라 고소설, 그중에 군담류 소설, 또는 영웅의 일대기 소설의 출현과 성행 배경에는 내재적 요인과 함께 적어도 이덕무가 한탄했던 연의소설의 중복 구입이 어느 정도 관련되어 있었을 것이다.

(2) 외국 사신·상인들의 서적 반입

우리나라에 온 외국 사신들이 가져온 책도 있다. 허균은 사신으로 조선에 왔던 주지번朱之蕃에게서 『서일전』樓逸傳, 「옥호빙」玉壺氷, 『와

유록』臥遊錄을 받았다고 했다.(『성소부부고』 한정록 범례) 이시발李時發(1569 ~1626)은 임진왜란 때 찬획사贊畫使로서 조선에 온 명군과 함께 지내다가 평양 전투에 큰 공을 세운 명나라 장수 낙상지駱尙志와 의형제를 맺었는데, 그 후 그가 중국책 수천 권을 실어다가 이시발에게 선물함으로써 이씨 집안에 장서가 많아지게 되었다고 한다. 이시발의 증손이 바로 조선 후기의 서화 수장가이자 장서가로 유명했던 담헌澹軒 이하곤李夏坤이다.[3]

상인들이 중요한 서적을 가져온 것은 주로 송나라와 교역했던 고려 전기이다. 송나라와의 외교 관계는 거란 때문에 지속과 단절을 반복했으나 단절된 기간 중에도 상인들의 무역은 계속되었다. 현종 2년에는 송의 강남 사람 이문통李文通 등이 와서 "서책 597권을 바쳤다"라는 기록이 있거니와, 서적의 매입은 고려와 송 양국의 상인들에 의해서 이루어졌을 것이다. 그러나 고려 때와 달리 조선은 뱃길로 중국 남방과 통상을 하지 못했고, 따라서 서적의 교류는 상인보다는 주로 사신들을 통해 이루어진 것으로 보인다.

2. 편식과 쏠림 현상: 소동파의 수용과 송시풍

(1) 소동파 문집의 수용과 전개

소식蘇軾(東坡, 1036~1101)의 수용에는 사신들이나 유학생들의 역할
도 있었을 것이다. 고려 문사들이 소동파와 그의 작품에 매료된 것은
그들이 들여온 동파의 '문명'文名에 대한 소문도 한몫을 했을 것이기
때문이다. 그러나 고려 문사들의 작품에 나타난 적극적인 소동파 문
학의 수용과 확산은 당시 내적인 요인과 함께 주로 그의 작품들을 직
접 대하면서 갖게 된 호감에 근거한 것으로 판단된다.

우리나라 문학사에서 동파만큼 우호적 수용이 이루어진 예도 드
물 것이다. 소동파를 접한 이후 도연명, 두보, 백낙천, 황정견 등 중
국 역대 시인들이 여전히 거론되기는 했지만, 전체적으로 볼 때 특히
소동파에 대한 쏠림이 매우 강했던 것 같다. 김종직은 『청구풍아』(序)
에서 신라 말에서 고려 초까지는 '오로지' 만당시만 익혔고 고려 중
엽에는 '오로지'〔專〕 소동파 시만 배웠다고 했다. 이러한 쏠림이나 편
식이 우리나라의 한 특성인지, 그리고 이러한 쏠림이 얼마동안 또는
어떻게 지속되고 작용과 반작용을 일으키면서 사라지게 되었는지는

사실상 전통과 수용 논의의 핵심이기도 하다. 장유는 조선의 주자학 일변도의 편향이 중국 사람들과 달리 우리나라 사람들이 지기志氣가 없고 도량이 좁으며 틀에 얽매이는 특성이 있기 때문[齷齪拘束]으로 보았다.

소동파의 문집이 언제 어느 것이 들어왔는지는 분명하지 않다. 최근의 연구 결과는 소동파의 존재가 처음 고려 문단에 알려지게 된 것은 문종 27년(1073) 8월에 북송에 사신으로 가서 다음 해 귀국한 김양감金良鑑 사절단에 의해서였다고 한다. 그러나 소동파의 시문집이 고려 문단에 처음 전래된 것은 3년 뒤 문종 30년(1076) 8월에 북송에 사신으로 갔던 최사량崔思諒 일행의 사절단에 의해서일 것으로 추정되었다. 이것은 북송 원풍 2년(1079)에 발생한 오대시안烏臺詩案 사건에 연루되어 조사를 받은 소송蘇頌(1020~1101)이 쓴 시의 주에 "지난해에 고려 사신들이 여항을 지나면서 동파 문집을 사가지고 돌아갔다"라는 기록에 근거한다.[4] 오대시안은 소동파가 왕안석의 신법을 시에서 비방한 혐의를 받아 체포되어 어사대[烏臺] 감옥에서 심문을 받은 사건이다. 여기서 "지난해"가 가리키는 시기가 어느 해를 기점으로 한 것인지 분명하지 않으나 늦어도 1079년이므로 이때의 고려 사신은 최사량 일행일 가능성이 크다. 동파는 1080년부터 유배생활을 시작했다. 따라서 당시 고려 사신이 구매한 동파 문집에는 저자의 유명한 풍자시나 「적벽부」와 같은 호방한 기개를 보여주는 작품들은 수록되어 있지 않았을 것이다.

소동파에 대한 인식이 좀 더 본격화된 것은 고려 예인睿仁 연간에 들어

와서이다. 권적權適(1095~1146)이 유학생으로 예종 10년(1115)에 송나라에 갔고 급제 후 예종 12년(1117)에 고려로 돌아왔는데, 이때는 동파가 세상을 떠난 지 16년이 지난 후이다. 『동인시화』에는 고려의 소동파 경도를 언급하면서 권적이 송나라 사신에게 준 "소동파의 문장이 해외까지 소문이 났는데, 황제가 그 문장을 불태우고 있네. 문장이야 불태울 수 있지만, 천고의 꽃다운 이름은 불태울 수 없으리"라는 시가 수록되어 있다. 소동파가 세상을 떠난 다음해 원우당적비元祐黨籍碑가 전국적으로 세워졌는데, 이 비에는 소동파를 위시해서 309명의 이름을 적어놓고 이들의 자손은 영원히 벼슬하지 못하도록 규정했으며, 그의 필적과 문장도 그때부터 10년간 열람이 금지된다. 소동파의 복권과 작위 회복은 사후 10년만에 이루어졌으나 원우당적비의 인물들이 다시 존숭을 받은 것은 북송이 멸망하고 남송이 시작되면서부터였다. 이를 보면 권적은 소동파의 문명과 탄압을 실제 체험한 인물이었다.

그러나 동파에 대한 쏠림이 가장 컸던 시기는 무신란 시기로 동파 문집이 들어온 지 약 1세기가 경과한 후이다. 이규보는 전주에서 새로 간행한 동파 문집 발문에, 옛날부터 동파집처럼 성행하며 더욱 사람들의 즐기는 바가 된 것은 없었다고 하면서 대부로부터 신진후학에 이르기까지 잠시도 그 책을 손에서 놓지 않고, 그 남긴 향기를 저작한다고 쓴 것을 보면 그 열풍의 정도가 짐작된다. 어느 특정 시기 대부분의 작가가 공통적으로 추종하는 어떤 문학적 특성이 있을 수는 있지만, 그럼에도 다양한 세계관과 미의식을 추구하는 작가들을 함께 묶어 '동파'라는 범주 속에 가두는 것은 기이한 현상이다. 물론 동파 열풍이 개개인의 작품 모두에서 공통된 현상으로 나타나고 있는지, 더 나아가 무엇이 동파적인지는 또 다른 문제이기는 하지만, 대체로 그 시대 문사들이 동파를 지향한 점은 틀림없어 보인다.

소동파에 대한 시각은 주자학의 시대인 조선조에 와서 이원화된다. 주자는 소동파에 대해 부정적이었으나 조정에서는 여전히 소동파 문집의 주해, 간행, 교주 등의 작업을 계속 했다. 허균은 문사들이 아직도 소동파와 황정견에서 벗어나지 못하고 있음을 비판했고(『학산초담』), 심수경沈守慶(1516~1599)은 자기가 어렸을 때에는 고시를 학습할 때 모두 한퇴지와 소동파의 시를 읽었는데, 근년에는 선비들이 그들의 시는 비근하다 하여 읽지 않고 이태백과 두자미의 시를 취하여 읽는다고 했다.(『견한잡록』) 조선 전기는 소동파에 대한 비판과 관심이 공존하고 있었으나, 이것은 소동파의 자리가 점차 약화되고 있었음을 보여주는 것이다.

이러한 추세는 조선 후기에도 지속되었지만 이 시기에는 소동파 문학의 문제점을 좀 더 구체적으로 지적하고 있었다는 점이 조선 전기와는 다르다. 이덕무는 『청장관전서』(권32 청비록1)에서 소동파 시의 문제점을 지적한 원 나라 이치李治(字仁卿)의 의론이 마땅하다고 동의한다. 이치가 지적한 것 중 한 가지 예를 들면 소동파의 시 「송객」送客에서 "종유와 금차가 열 두 줄이다"〔鐘乳金釵十二行〕라는 구절은 백거이의 "종유는 삼천 냥이요 금차는 열 두 줄이다"〔鐘乳三千兩, 金釵十二行〕라고 한 시구를 배합시켜 한 구로 만든 것이어서 후배들의 본보기가 되지는 못할 것 같다고 한 비판이다. 지하수에 녹아 있던 석회분이 고드름처럼 결정을 이룬 것을 종유석이라 하는데 이를 복용하면 장생불사한다고 해서 값이 비싸다. 우승유牛僧孺가 1천 금을 주고 종유를 사서 복용하였더니 힘이 샘솟고, 또 노래 부르며 춤추는 기생이 많다고 자랑하므로 백거이가 "종유는 삼천 냥이요 금비녀가 열 두 줄이라"〔鐘乳三千兩, 金釵十二行〕라고 시작되는 시 「훈사암희증」訓思嵒戱贈을 지어 보냈다. "금비녀가 열 두 줄"이라는 것은 가무하는 기녀가 자못 많다는 뜻이다. 따라서 소동파가 종유와 금차를 함께 놓고 열 두 행이라 한 것은 맞지 않는다는 지적이다. 사암思嵒은 우승유의 자字이다.

19세기 여성 문사 김금원은 금강산을 유람하던 중 금화굴과 남화굴에 이르렀을 때 그곳에서 나는 소리가 종소리처럼 웅장함을 보고 역도원酈道元과 이발李渤의 논쟁과 그 시비를 가린 소동파의 글을 떠올린다. 팽려호의 입구에는 돌 종이 있었는데, 역도원은 수석이 서로 치면 소리가 큰 종 같다고 여겼고, 이발은 못 위에 두 돌을 얻어 쳐서 들으니 남쪽 소리가 호북의 음을 가져 청월하다고 했다. 소동파는 「석종산기」石鐘山記에서 역도원이 옳고 이발의 견문이 좁고 적음을 비웃었는데, 금원은 일찍부터 그 일을 의심했다는 것이다. 그는 금화굴과 남화굴에 와서 직접 돌이 종소리를 내는 것을 보고 비로소 이발이 꾸민 것이 아님을 알게 되었다고 하면서 소동파가 이를 보지 못함을 한스러워 했다.(『호동서낙기』) 확실히 조선 후기에 들어와 소동파는 한국 문학사에서 차지하는 의미만큼 비판도 많이 받고 있었다.

그러나 이 시기에도 동파는 여전히 차운시의 대상이 되고 평가의 기준이 되었으며, 그의 생애, 폄적 때의 마음, 형제 간의 교류, 적벽유, 대나무 사랑 같은 것이 조선 선비들의 삶 속에 그들 나름으로 키워지고 있었다. 특히 적벽유는 조선 문사들이 체험해보고 싶은 탈속적인 풍류의 모범으로, 그 문장만이 아니라 정신과 풍류 모두 선망의 대상이 되면서 7월 16일이면 소동파의 적벽강 놀이를 주제로 하여 시를 짓는 '소동파 문화'가 형성되어 있었다. 19세기 초 소동파의 서화를 소장하는 것이 하나의 유행을 형성하고 동시에 소동파의 이름으로 당호로 삼는 이들이 많이 나타난 것도 역시 소동파 문화의 지속으로 판단된다.[5]

이로 보면 소동파의 문집이 들어온 지 1세기 정도 지나 동파 열풍이 일어났고, 2세기 쯤 지나 한편에서 소동파를 극복하려는 움직임이 일어나면서 점차 모범의 대상에서는 멀어져갔다. 그럼에도 그가 남긴 문화, 시작詩作에서의 전고 사용 등은 그대로 지속되어, 소동파는 11세기부터 한문학이 끝나가던 19세기까지 우리 의식의 일부를 점령해온 셈이다.[6]

(2) 소동파와 소동파 문학에 대한 인식

동파 열풍의 이면을 살펴보면 동파 문학보다 소동파와 그의 삶에 대한 경도가 더 깊었던 것처럼 보이기도 한다. 신흠의 「동파의 글을 읽고 우연히 적다」讀東坡偶書(『상촌집』 제5권)라는 시는 우리나라 문사들이 왜 소동파에 경도되었는지 그 일면을 보여준다. 그는 무엇보다 소동파의 인물됨을 말한다. "지금까지 수백 년이 지났건만 그 호기 아직도 없어지지 않았네"라고 하면서 동파가 벼슬에 나아가고 물러나는 일에 초연했고 부귀를 뜬구름처럼 여겨 상관하지 않았음을 묘사한다. 만년에는 선학에 참예하여 수많은 불법을 다 깨치어 "마음에 옳고 그름 다 떠나버리고 수많은 세월을 순간처럼 여기었네"라고도 했다. 만고의 정화로 전해지는 작품들도 물론 한몫했지만 신흠의 이 동파 찬예는 모두 그의 인물됨에 모아졌다.

그렇다면 소동파 문학은 어떻게 인식되고 있었을까. 소동파 문학을 말하는 사람들은 한결같이 그 기운이 호매豪邁하고, 뜻이 깊고, 말이 풍부하고, 시세계가 매우 넓음을 거론한다. 그러나 이러한 점은 배워서 할 수 있는 것이 아니었으므로 실제 저작에는 동파를 고사 사용과 연결해서 받아들인 면이 있다. 이인로는 "지금의 후진들은 동파집을 읽는 것이 그 풍골을 본받아 얻고자 함이 아니고 다만 용사의 도구로 삼으려는 것뿐"(『파한집』)이라 했다. 장유張維는, 옛날 양대년楊大年(楊億)과 소자첨은 글을 지으면서 전고를 인용할 때에 반드시 자제로 하여금 그 고사를 검토해 보게 하였다 하는데 자신도 역시 평소 글을 지을 때 의심스러운 고사는 감히 쓰지를 않았다고 했다.(『계곡만필』 제2권) 김창협金昌協은 옛날에 동파가 문장을 지을 때 전고를 사용하게 되면 반드시 자제와 문생으로 하여금 그 출처를 상고하게 했으니 대개 반드시 이와 같은 연후에야 마음에 흡족했기 때문이었다고 하면서, 자신이 쓴 시어의 근거가 불분명해서 불편했던 마음을 적고 있다.(『농암잡지』 88조)

다산茶山 정약용丁若鏞은 시에서의 용사를 두보·한유·소동파의 세 유형으로 나누면서 그 사용 방식에 따라 두보가 시성詩聖이 되고, 한유가 대현大賢이 되며, 동파가 박사가 되는 이유로 보았다. 두보의 용사는 겉으로 드러나지 않고[無跡], 한유는 매 글자의 법도가 모두 근본이 있고 출처가 있으나 시구는 스스로 창작한 것이 많다. 동파의 시는 구절마다 전고를 인용하였는데, 흔적이 남아 있어 얼핏 보면 의미를 깨닫지 못하고 반드시 이리저리 고찰하고 검사해서 그 근본을 캔 뒤에야 겨우 그 뜻을 통할 수 있다. 두보·한유·소동파 세 작가의 성·현·박사의 귀속은 위 세 종류가 용사법의 특성에 따른 유형이면서 동시에 수준 또는 등급일 수도 있다.

다산은 위 세 가지 방식 중 비교적 접근이 가능한 소동파의 용사법도 자신과 두 아들이 죽을 때까지 전공하여야 다소나마 미칠 수 있을 것이라 했는데, 이것은 두보와 한유의 용사 방식을 좇는 것은 불가능하다는 의미일 것이다. 다산은 "사람이 이세상에 살면서 해야 할 일이 많은데, 어찌 그 짓을 할 수 있겠느냐"라고 하면서도, 시골 촌부자의 시와 다르기 위해서는 앞으로 시를 지을 때에는 모름지기 용사를 위주로 하여야 할 것이라고 했다.(『다산시문집』 권21) 우리나라에 들어와 모의 선풍을 일으킨 동파의 시세계는 결국 그가 보여준 고사 사용의 엄밀함으로 그 초점이 모아졌는데, 이 역시 수용이 보여주는 굴절의 양상으로 볼 수 있다.

(3) 열풍의 배경 요인과 성과

소동파 열풍은 소동파의 반反고려적 태도와 주자의 반反소동파를 넘어서 일어나고 지속되었다는 점에 관심이 간다. 잘 알려진 대로 소동파는 고려에 대해 매우 적대적인 감정을 갖고 있었다. 그 원인은 송나라를 힘들게 한 거란족과 그들이 세운 요나라와 고려가 관계를 유지하고 있었기 때문이지만, 소동파가 고려 사신들과 관련해서 조정에 올린 차자에는 개인적인 편견과 편협함이 보인다.

그럼에도 소동파 문학의 수용에는 바로 소동파 그 사람에 대한 호감이 바탕에 깔려 있고, 여기에는 그동안 공적·사적 목적으로 송나라에 갔던 이들이 전파한 소문의 역할도 있을 것이다. 덧붙여 11~12세기 당시에 송 문화에 대한 고려의 경도 역시 큰몫을 했을 것으로 보인다. 고려가 송에 보낸 표문을 보면 정치적인 사대관계만으로는 설명할 수 없는 송에 대한 지극한 숭모가 들어 있었다. 그러한 배경에는 거란족과 그들이 세운 요나라, 그리고 여진족과 그들이 세운 금나라의 위협 앞에 시달리며 가졌던 피해의식이 정통 중화 왕조로서의 송에 대한 모화의식으로 좀 더 강화되고 확대되었을 가능성이 엿보인다.7 소동파는 거란과의 관계로 고려를 적대시했지만 이 점은 고려 문사들에게 오히려 우호적으로 작용했을지도 모른다.

더 중요한 것은 고려 전기 문사들에게 나타난 당대 문학에 대한 싫증과 이에 따른 비판적 인식이다. 그들은 한편으로 문장에서 조충지기雕蟲之技를 반성하고 시에서도 지나친 화미華美를 추상하는 문풍에서 벗어나려는 흐름을 보여주었으나, 그럼에도 11~12세기는 만당 풍류의 유미적인 시문들이 주조를 이루고 있었다고 볼 수 있다. 응제應製 문화가 번성해서 연회에서 지어진 작품들이 많았고, 시의 주제도 모란과 같은 것들이 자주 읊어졌다. 이러한 때에 들어온 소동파 문학은 그 주제 영역의 광범위함과 시풍의 호방함이 이전에 체험하지 못한 또 다른 문학세계였을 것이다. 이와 함께 동파집이 들어온후 예종·인종을 거쳐 의종 일대까지 당대를 주도할 만한 대大 작가가 없었던 것도 또 한 가지 이유였을 것으로 추측된다. 귀화인의 경우처럼 외래 요인들은 내적 공백기에 더 크게 자리잡기 때문이다.

이러한 논의들은 소동파 열풍이 아마도 고려 전기의 단조로운 문학계를 극복하는 동인이 되었을 것임을 보여주지만, 만당풍류의 유미를 추상하던 문학에서 벗어나 소동파 문학만의 '오로지' 숭상은 또 다른 다양성이 배제된 획일적인 문풍을 지향하게 만들었을 것이다. 소동파 마니아의 출현에서 가장 문제가 되는 것은 그 시대의 문학을 몰개성적인 것으로 만들 가능성이 있다는 것이다. 소동파 열풍이 가져온 또 다른 문제점은 '표절'의 부각이다. 소동파를 좋아하는 것과 그의 문학세계를 본받는 것은 다른 문제로, 임춘林椿은 이인로에게 보낸 편지에서 소동파의 풍골을 얻어 쓰기는 어려워서 모방과 표절로 끝난다는 점을 강조했다.(『서하집권』 4) 이는 동파 열풍이 모의나 표절을 양산했음을 의미한다.

이를 보면 한국 문학사에서 표절·모의 등의 평어가 지속적으로 거론된 것이나, 최근 학계와 대중문화에서 자주 그리고 지나칠 정도로 벌어지는 표절 논쟁은 그 뿌리가 소동파 열풍에 있었던 것처럼 추측되기도 한다. 그 이전 당에 머물렀던 빈공 제자나 송나라 문사와 창화했던 우리 사신들에게는 모의나 표절이 언급된 적이 없었다.

3. 모의와 재생산: 명나라 이동양의 악부시

(1) 서애악부의 특성과 수용

『서애악부』西涯樂府에 대한 조선 문사들의 적극적인 수용에는 전술한 대로(2장) 김일손이 일으켰을 서애西涯 이동양李東陽(447~1516)에 대한 관심과 관계가 있을 수도 있다. 그러나 『서애악부』를 단서로 새로운 한국 악부의 출현과 번성을 가져온 것은 그의 악부시가 우리 문사들의 잠재된 역사의식을 자극했기 때문으로 간주된다. 『서애악부』는 우리나라 문학사에서 서적 수용의 의의를 보여주는 중요한 자료이다.

『서애악부』 서두에 놓인 서애악부 인引은 1504년에 쓴 것이다. 악부시들은 현재 그의 문집인 『회록당집』懷麓堂集 100권의 권1,2에 수록되어 있으나 전서 후서가 없다. 사고전서 총목(권170)에서 그의 의고악부가 본래 문집에 들어갈 것이 아닌데 후인이 옮겨놓은 것이라고 한 것을 보면 『서애악부』는 문집과는 별도로 간행되어 독립적으로 유통된 것으로 보인다. 『서애악부』는 작품의 소재가 수록된 문헌의 내용을 기록한 전서, 본시, 그리고 그 소재에 대한 작가의 평을 담은 후서로 구성되었다. 처음 악부시가 시언지詩言志의 의미가 있었으나 후에 와서 많이 바뀌었다고 보고 악부시를 쓰게 되었다는 그의 저술의도에 근거하건대 그는 악부시를 언지言志의 시 갈래로 규정하고, 특히 충·의·열을 구현하거나 그렇지 못한 인물이나 사건을 주제로 미의微意를 함축하는 것을 갈래적 특성으로 규정한 것이다.

다음은 조맹부를 읊은 이동양의 악부시「조승지」趙承旨이다. 전서에는 『원사』元史에 기재된 '조맹부전'을 요약했다.

　조승지는 어느 집 자제인가

　왕유의 시와 그림 종요의 글씨를 가졌으나

　출처만은 두 사람이 비슷하지 않네

　문천상의 아들이 원나라 신하되었고

　임천의 선비 오징도 성균관 관직을 가졌다네

　명가 대유도 또한 이와 같은데

　정거정의 무리로 어찌 족히 나란히 할 수 있으랴[8]

이 시에서 이동양은 조맹부의 시와 그림이 뛰어남을 인정하면서도 그가 송나라 왕손으로서 원나라에 벼슬한 그의 출처관을 문제삼고 있다. 그러나 이동양은 그를 직접적으로 비판하지는 않고, 대신 충절의 상징인 문천상의 아들이나 대유학자인 초려草廬 오징吳澄이 모두 원나라에서 벼슬했으니 조맹부의 변절은 말할 가치도 없는 것이라고 평가절하한 것이다. 정거부程鉅夫는 숙부가 건창의 통판이었는데, 원나라 세조 때 성이 함락된 후 질자質子가 되었다가 황제의 마음에 들어 벼슬이 계속 올랐다. 조맹부는 정거부의 추천으로 원 조정에 들어갔고 그가 한림학사 승지로서 치사致仕할 때 조맹부가 그 자리를 대신했으니 그는 정거부의 무리일 뿐이라는 것이다. 송시열이 조맹부에 대한 이동양의 비난을 긍정적으로 언급한 것도 바로 이 악부시에 근거한 것이다.[9]

후서에서는 원나라 우감虞堪이 조맹부의 「초계도」苕溪圖를 보고 쓴 시[10]를 소개하면서 "조자앙趙子昂의 일로 아마도 당시 사람들은 마음에 불만스러움이 있었다"는 구절로 자신의 비판을 대신했다. 우감의 시는 조맹부의 「초계도」가 왕유의 「망천도」輞川圖와 유사하나 왕유는 망천 별장에서 한적한 생활을 했는 데 비해 조맹부는 그가 그린 그림의 "양쪽 기슭 푸른 산 단풍나무 아래에 어찌 오이 심을 작은 땅이 없었겠나"라 반문하여, 그가 마음만 먹었으면 몸을 부치고 살 땅을 찾아 절의를 지켜 은거할 수 있었을 것이라는 내용이다. 조맹부가 끝까지 관직에 있었던 것은 자신의 변명처럼 가난해서라기보다 그의 뜻이 관직에 있었지 은거에 있지 않았음을 풍자한 것이다. 이 점에서 "어찌 족히 나란히 할 수 있으랴"라는 마지막 구는 조맹부와 왕유가 비록 시서화가 뛰어난 시인으로 함께 거명되기는 하지만, 절의의 측면에서 볼 때 조맹부는 왕유와 이름을 나란히 할 수 없음을 비판한 것이다.

이와 같이 『서애악부』는 과거의 사실을 다루면서 대상 인물들의 충·효·열과 같은 윤리에 초점을 둔다. 이것은 이 악부집의 시작이

진 헌공의 아들을 다룬 「신생원」申生怨이라는 데에서도 드러난다. 서모의 모함을 알면서도 그를 사랑하는 아버지를 생각해 죽음을 택하는 신생의 이야기는 진정한 효가 무엇인지 생각하게 한다. 이 점은 이동양이 이미 『서애악부』의 서문에서 충·효·열을 내세웠던 것과 무관하지 않거니와, 그의 악부시가 열녀전의 인물들이나 버림받은 여성들을 주제로 한 작품들을 다수 포함한 데에서도 나타난다. 역사를 바르게 이끄는 힘은 윤리라는 의식의 반영일 것이다.

중국에서 서애악부의 계승자는 별로 많아 보이지 않는다. 의고악부는 많으나 『서애악부』처럼 과거 역사를 제시하고 여기에 미의微意를 포함시키는 본시와, 직접적인 사평을 후서로 하는 형식의 작품은 찾기가 쉽지 않다. 명나라 호찬종胡纘宗이 서애의 의고악부를 모의한 의고악부시를 지었고, 명의 황순요黃淳耀의 의고악부에 아주 짧은 시서를 붙이고 있다.[11] 명나라 왕세정은 처음에는 『서애악부』가 너무 의론이 지나쳐 이를 자르면 열에서 하나도 건지기 어렵다고 함부로 말했으나 이제 보니 비록 관현에 입힐 수는 없으나 그 또한 천지간 일종 문자로 그것을 작게 볼 수 없다고 했다.[12] 왕세정이 처음 이 악부시를 폄하했다는 데에서 드러나듯이 『서애악부』시와 같은 형태의 글은 명나라와 청나라 문인들에게 잘 받아들여지지 않은 것이 아닌가 한다.

『서애악부』는 우리나라에 일찍 들어온 것 같다. 현재 규장각, 국립도서관, 여러 대학도서관에 수장된 것은 대부분 간행지와 간행 시기가 미상인데, 충남대 도서관 소장본은 광해군 5년(1613)이라 했고, 고려대 도서관 소장본은 미상이라 하면서 옆에 명종 연간이라 했다. 『서애악부』가 확실하게 알려진 것은 심광세沈光世(1577~1624)가 1617년(광해군 9년) 계축옥사로 경상도 고성에 유배 가 있으면서 지은 『해동악부』에서였다. 심광세의 『해동악부』는 과거 우리나라 역사, 인물, 제도, 설화 등을 소재로 새롭게 지어진 작품들이고, 그 체제에서 소재의 출전과 내용을 적는 것이라는 새로운 특성으로 그후 지속적인 전통을 형성했다.

이 악부시의 출현이 이동양의 『서애악부』에 있다는 점은 심광세의 『해동악부』에서부터 분명히 제시되고 있다. 심광세는 유배생활에서 우연히 『서애악부』를 읽고 그 말의 뜻이 아주 적절하고, 사실을 이끌어 견준 것이 경계가 명백하여 능히 사람들로 하여금 감발하여 떨치고 일으켜 초학자들에게 도움이 된다는 점을 사랑하여 우리나라 역사 중 '감계'가 될 만한 것들을 가져다 악부시를 지었다고 했다. 이복휴李福休(1729~1800)는, 서애가 처음 역사적인 내용으로 노래를 지었는데, 언어 표현에 포폄을 함축해서 은근히 춘추의 의미를 띠고 있으며 후세에 계승한 이들이 간혹 이 사례를 채용하고 있다고 하면서 자신은 본장의 다음에 별도로 역사적 평가를 붙여서 선을 좋아하고 악을 징계하는 뜻을 나타냈다고 했다. 정약용 역시 원교圓嶠 이광사李匡師(1705~1777)의 악부집의 발문에서 악부시가 이서애의 악부체를 모방한 것임을 확인했다.

이로 보면 한국 악부시는 소재를 명시하고 포폄을 명확히 한다는 점을 『서애악부』에서 받아들였으나 이를 기반으로 후술하는 바와 같이 영사악부詠史樂府의 유형과 내용을 새롭게 재탄생시켰을 뿐만 아니라, 더 나아가 민가를 채집해 민정을 살피던 악부의 정신을 중시함으로써 영사詠史와 함께 기속紀俗, 음악, 지역 악부 등 다양한 유형으로 재생산한 것이다.

(2) 민족문학으로서의 한국 악부의 재탄생: 영사악부를 중심으로

앞 장에서 조선통신사들에게 시문을 받기 위한 열풍이 일어났던 17세기 말 18세기 초에 일본에서는 주변국에 수록된 자국의 자료들을 모아 이를 재평가하면서 일본 민족의 자부심을 키우고 있었음을 서술한바 있다. 조선의 문사들 역시 17세기 이후 민족사에 대한 관심을 제고시키면서 과거의 역사를 당대의 현실에 비추어 재인식하고 재평가하려는 의지를 보여주었다. 단지 조선 후기 작가들은 이를 문학작품으로 형상화하고자 했을 뿐이다.

무엇보다 조선조 후기 영사악부의 의의는 민족의 역사를 재인식하고 당대의 시대의식을 반영하는 유형적 특성을 보여준다는 데에 있다. 심광세는 『해동악부』의 서문에서 악부 창작의 두 가지 의의를 제시했다. 하나는 우리나라 역사에 대한 무지함을 질타하는 것인데, 그렇기 때문에 그중 악을 행하는 자들이 멋대로 행하면서 심지어 누가 『동국통감』을 보겠느냐는 말을 하는 자들까지 있게 되었다는 것이다. 여기서 주목되는 것은 자국 역사에 대한 무지와 무시, 그리고 악을 행하는 이들의 제멋대로의 행동이 서로 연관되어 있다는 점이다. 우리나라 역사를 소중히 여기는 것은 바로 선으로 나아가는 길인 것이다. 또 하나는 초학자를 위한 교육적 의의로, 그냥 읊조리는 것이 아니라 노래처럼 부르면 그 가사와 배경 역사가 쉽게 이해되고 암기된다. 그의 악부에서 특히 여말선초 사대부들의 절의 문제가 강조된 것은 아이들에게 그 정신을 쉽게 체득시킬 수 있고, 그것이 바로 선으로 나아가는 것이라는 교육적 의도에서 기인된 것으로 보인다.

한국 악부시는 먼저 우리나라의 어느 시대 어떤 역사로 시작하는지부터가 중요한 의미를 갖는다. 심광세와 이학규는 기자조선이 위만에게, 마한왕이 백제 온조왕에게 땅을 빌려주었다가 망한 역사적 교훈을 앞세웠고, 이익(1681~1762)은 신라 유리왕이 백성을 위한 정치를 베풀어 민속환강民俗歡康하게 되었음을 노래한 「두솔가」로 시작하여 민본정치의 중요성을 보여준다. 이광사는 신인이 3천 명을 이끌고 태백산 단목 아래에 신시를 베풀고 후에 임금을 세워 조선이라 부른 사실을 그린 「태백단」으로 시작하여 단군왕검을 우리나라 역사의 시조로 보는 입장을 드러내고, 이복휴는 환웅이 하강해서 단군왕검을 낳고 나라를 세운 「환웅사」로 시작함으로써 우리나라가 천손의 나라라는 민족적 자부심을 내세웠다.

한국 악부시는 단순히 소재가 되는 인물이나 사건에 대한 포폄만이 아니라 작가 당대의 가치관, 역사의식, 또는 작가 자신의 삶과 연관된 현실인식 등을 보여준다는 점도 『서애악부』와 다르다. 동일 소재를 다룬 악부시들이 계속 창작됨으로써 악부 작가 개인에 따라 또는 시대에 따라 차이를 더 분명히 드러낸다는 것도 한국 악부시만의 특성이다. 예로 김유신의 누이 문희가 비단치마를 주고 언니 보희의 꿈을 산 이야기를 소재로 한 「금군몽」錦裙夢을 들어보자. 신라의 삼국통일은 김유신과 김춘추의 제휴에서 시작되었다고 할 수 있지만, 여기서 꿈의 매매와 혼전임신이 신라의 통일에 갖는 의미는 무엇일지에 대해 악부 작가들 역시 궁금했던 것 같다. 다음은 심광세의 악부시 「금군몽」이다.

어젯밤 언니가 꿈을 꾸었지
오늘 아침 언니가 비로소 말하네
언니가 말하기를 꿈이란 소용 없는 것
동생은 어째서 비단치마와 바꾸려는가
비단치마 찬란하나 길몽은 이루어지는 것
언니는 복이 없고 동생은 인연있네
자신은 국모되고 아들은 왕의 귀한 자리 올랐으니
아! 꿈이 단지 치마 몇 벌에 해당하겠는가.[13]

이 시에서 심광세는 금군몽의 궁극적 가치와 의미를 물질적 가치의 극복에 둔 것으로 보인다. 심광세는 꿈을 사서 얻은 행운을 문희 개인에게 귀속시켰으나 결국 그의 아들 문무왕이 신라를 통일했으므로 그가 포기한 비단치마는 신라통일의 정신적 배경이 된 셈이다.

이와 달리 이익은 그의 「금군몽」에서 특히 문희와 김춘추의 만남을 중시하여 총 18행 중 6행을 할애했다. 문희가 받은 남편과 자녀의 축복에는 문명왕후가 물질을 아끼지 않은, 인간의 적극적인 노력이 있었음을 암시한다. 비단치마는 물질이기보다 노력을 의미한다는 관점이다. 비록 문희, 유신, 춘추가 하늘의 세 별이기는 하였으나 본래 축복의 예정이 보희에게 있었고 문희에게 주어진 것이 아니었음에도 불구하고 그의 노력으로 본래 예정된 신의 방향도 바뀔 수 있었다는 관점이다.[14]

이복휴는 제목을 '분매음'梵妹吟이라 해서 문희를 불태우는 것처럼 위장한 사실에 초점을 두었다. 문희를 불태우겠다고 연기를 내어 선덕여왕으로 하여금 혼사에 개입하게 한 부분은 『삼국유사』에만 있다. 아마도 김부식은 신라가 통일로 가는 과정에서 이러한 사건은 별로 중요하지 않다는 입장이어서 이를 생략했을 수도 있다. 그러나 이복휴는 시의 첫 구부터 "네 누이 섬기는 일이 무엇인고 네 누이 행동한 게 무엇인고"라 하여 문희에 대한 책망으로 시작했고, "대낮 남산에 붉은 연기 생기네/ 나라에 이야기 자자해 군왕이 놀래고/ 군왕이 놀라니 공자가 달려간다/ 여자의 목숨 중하나 낭군 몸은 가벼워라/ 태중에 성골 자손 있음 알고 아까워하니/ 태우던 연기 아직 꺼지지 않았는데 먼저 신부를 친영하네"라 하여 총 14행 중 6행을 이 사건의 묘사에 썼다. 이 점은 다른 악부 작가들이 이 부분을 한 줄도 묘사하지 않은 것과 대비되거니와, 특히 후서에서는 작가의 관점을 적나라하게 드러냈다.

생각건대 보희는 정도를 지켜 남의 집 남자를 가까이 하지 않았고 문희는 사사로이 사모하던 자를 좋아하여 즐거이 남의 찢어진 옷을 꿰맨 것이다. 비록 위가 중전에 이르렀다 하더라도 탁문군의 류가 아니겠는가. 하물며 유신이 그 친우를 이끌어 몰래 누이동생과 관계를 맺게 하니 이는 옛날 음란하고 더러운 풍속이다. 이제 사람이 그 일을 보면 장차 그 찌꺼기도 먹지 않을 것이다.[15]

그동안 보희는 꿈을 이해하지 못하는 어리석은 인물이자 비단치마를 탐하는 세욕적 인물로 그려졌으나, 이복휴는 보희의 선택이 옳았다고 옹호하면서 신라의 삼국통일 이면에 이렇게 부도덕한 일이 있었음을 암시한다. 이학규李學逵 역시 문희가 받은 행운이 그의 요구를 응해 준 보희의 '인색하지 않음'〔不吝〕 때문이라고 묘사하여 보희를 옹호했다. 말하자면 김춘추와 문희의 결혼과 삼국통일이 이와 같은 개인의 관대함 속에서 이루어질 수 있었던 것임을 보여준다. 한국 악부시는 의고시가 아니라 작가 당대의 시대정신과 가치관이 반영된 당대의 문학갈래로 재생산되고 있었다.

한국 악부시는 역사에 대한 다양한 해석을 가능하게 하는 문학 갈래였고, 이 악부시가 지속적으로 창작된 것은 이러한 갈래에 대한 조선 문사들의 호감, 적성 등이 오히려 중국보다 앞섰음을 말해준다. 후술하겠지만 이 점은 『서애악부』를 모범으로 했으나 국수주의적 시각을 강하게 드러낸 일본 악부와도 다른 점이다.(제6장) 한국의 악부시는 서애악부와는 전혀 다른 조선시이고 조선의 갈래로 재생산된 것으로, 한국 영사악부가 장편 서사 한시를 발전시킨 것도 그 한 예이다. 예컨대 『삼국사기』 열전의 짧은 「설씨녀」는 이광사에 의해 장편의 서사 한시 「파경합」으로 재창조되었다. 원 출처인 『삼국사기』에서는 설씨의 딸과 결혼을 약속하고 설씨 대신 군대에 나간 가실이 6년이 되어도 돌아오지 않자 설씨는 몰래 다른 사람과의 결혼을 진행시킨다. 이에 대해 딸은 "신의를 버리고 식언하는 것이 어찌 사람의 정리라 할 수 있습니까"라고 반대하면서 도망을 가려했으나 뜻을 이루지 못하자 마구간에 가 눈물을 흘린다. 이때 가실이 돌아와 두 사람은 결혼한다.

악부시 「파경합」은 총 208행의 오언 장편거제로 가실과 설씨녀가 결혼한 첫날 밤 신랑에게 울면서 지난 일들을 이야기하는 내용으로 전개된다. 『삼국사기』의 내용이 완전히 서사적으로 그 골격이 확장되었고, 등장인물들의 심리와 처경이 상세히 묘사되었으며, 3인칭 객관적 시점이 사용되었다. 가장 눈에 뜨이는 내용상의 차이점은 가실이 떠나간 지 6년이 되도록 소식이 없자 아버지가 좋은 혼처를 주선한 것과 이에 대한 딸의 항변과 설득으로, 딸의 결혼을 진심으로 바라는 아버지의 모습과, 신랑감과 그 집안의 완벽함을 제시하여 갈등요인을 좀 더 심화시켰다. 양가가 서로 흡족해 하며 혼사를 서두르고 있을 때 설씨녀는 자신은 이미 가실낭군과 결혼한 것이어서 아버지의 결혼 주선이 떳떳하지 못함을 당당한 논리로 항변한다.

소녀 일어나 다시 말하는데
태도가 황망하지 않구나

그 사람 누구 때문에 간 것입니까

아버지를 대신한 것이 아닙니까

그가 늙어지는 것은 바로 아버님이 늙어지는 것이며

그가 죽으면 바로 아버님이 죽으시는 것이니

아버지가 늙어지고 죽으셔서

딸이 신랑을 맞이함 보실 수 있거니와

두 경우 모두 보실 수 없게 되면

차라리 신의를 지킬 따름입니다

남은 능히 나를 대신해 죽는데

저는 어찌 차마 맹약을 어길 수 있나요

사람에게 신의가 없으면

돼지, 양과 어떻게 구분하겠습니까

육 년은 말할 것도 없고

저의 마음 외로운 과부처럼

백 년이라도 기다릴 수 있으니

느리고 빠름을 어찌 헤아리겠습니까

말은 아직 내 마구간에 있고

거울은 아직 내 상자에 있으니

나를 다른 사람에게 시집보내고저 하시면

저를 북망산에서 찾으십시오[16]

여기서 아버지 설씨를 향한 딸의 항거는 가부장에 대한 무조건의

순종이 효가 아님을 보여준다. 『삼국사기』의 내용과 달리 만일 가실이 돌아오지 않았다면 설씨가 자결을 택했을 것이라는 점이 분명히 암시된다. 조선조 후기 '열녀불경이부'烈女不更二夫의 이념과 열녀들의 양산에 따른 사대부 문사들의 다양한 열녀전 저술이라는 시대적 풍조 역시 투영되어 있음이 보인다. 「파경합」은 이미 『서애악부』의 틀을 벗어난 고유한 한국의 악부시로 재탄생된 것이다.

4. 변형과 재창조: 명 단편소설
「등대윤귀단가사」藤大尹鬼斷家私의 수용

(1) 명대 단편소설의 수용과 전개

국내의 독자들이 '외국'을 체험하는 매우 손쉽고 중요한 매체는 번역문학이다. 고전문학 시기에 번역은 원본에 가깝게 재현하기보다 일단 우리나라 전통에 크게 어긋나지 않도록 조종하는 것이 중요했다. 따라서 번역 중 어떤 부분이 조종되었는지를 살펴보면 외국과 조선이 만나 갈등하는 내용과 이유를 알 수 있다. 그러나 조종은 부분적일 수밖에 없으므로 조종되지 않은 부분을 통해, 새로이 전통 안으로 접근하는 이질적 요인들이 흡수되거나 변형 또는 거부되는 양상이 드러난다. 구체적인 예를 통해 그 양상을 살펴본다.

명나라 단편소설이나 소설집이 언제 어떤 경로로 우리나라에 들어왔는지는 정확히 알기 어렵다. 내외 사신들을 통해서라기보다는 영리에 목적을 둔 이들에 의해 들어왔을 가능성이 크지만 임란 시 우리나라에 온 명 장수들이 당시 유행했던 통속 소설들을 갖고 들어왔을 가능성도 완전히 배제하기는 어렵다. 1762년 서의 날짜가 기록된 완산 이씨의 『중국소설회모본』中國小說繪模本과 윤덕희尹德熙(1685~1766)의

『소설경람자』小說經覽者에 『금고기관』今古奇觀이 수록되어 있어 1760년대까지는 『금고기관』이 조선에 유입되어 있었던 것으로 보인다.

『금고기관』은 통칭 삼언이박三言二拍으로 알려진 명나라 단편집들 중 인기있는 작품 40편을 선정하여 재편찬한 책으로, 중국에서도 『금고기관』이 나온 이후 삼언이박의 존재조차 불분명할 정도로 인기를 모았다고 한다. 그중 상당수 작품들이 한국에 번역되거나 번안되었고 이를 바탕으로 신소설로 재창조되기도 했다. 이들 명대 단편들은 처음 번역되거나 번안될 때 이미 원문을 우리의 전통에 맞게 조종함으로써 '다시쓰기'의 실마리를 마련했다. 여기서 살펴보려고 하는 「행락도」는 본래 명대 단편집 『유세명언』喩世明言에 수록되었다가 후에 『금고기관』에 재수록된 「등대윤귀단가사」藤大尹鬼斷家私가 조선에 들어와서 「등대윤귀단ㄱ사」로 번역되고,[17] 다시 신소설 「행락도」로 번안 내지는 재창조된 작품이다. 아들 부부와 손자를 둔 79세의 홀아비 예태수가 17세의 여인을 소실로 맞이하고 살면서 아들까지 얻으나, 이를 뒤에서 험담하는 정실 아들 내외 때문에 심기가 불편하여 병들어 세상을 떠나게 되는데, 소실 모자의 안위를 염려하여 재산은 모두 큰아들에게 주고 이들에게는 유언을 적은 행락도 한 폭을 남겨 준다. 후에 그 고을에 부임한 등대윤이 소송문제를 잘 해결하는 명판관임을 알고 모자가 행락도를 바치자 태수가 그 족자 안의 글씨를 읽고 숨겨둔 재산을 이들에게 찾아준다. 그러나 그 재산에 욕심이 생긴 태수는 그중 일부를 자기 것으로 한다는 내용이다.

이 소설의 표제가 "'등대윤'귀단기사"로 되어 있다는 점에서 이 작품이 주목한 것은 착한 사람들의 수난과 극복, 그리고 행복의 성취보다는, 오히려 자기가 다스리는 백성의 집안일을 잘 처리해주는 선관의 지위에서 한순간 견물생심의 잘못에 빠지는 인간의 어리석음이다. 아버지가 지키려 했던 재산의 많은 부분을 끝내 제삼자에게 탈취당하게 한 가족 간의 다툼과 탐욕 역시 작가가 이 소설을 통해 전해주고 싶었던 메시지였을 것으로 보인다. 이 작품은 우리 고소설 가운데 영웅소설이나 처첩 갈등을 다룬 가정소설에서, 충신과 현숙한 아내를 모해하는 악인의 말을 믿고 그들에게 고난을 안겨 준 어리석은 임금이나 남편과 달리, 죽어서도 아내와 어린 아들의 목숨과 재산을 지켜준 새로운 아버지상을 보여준다.

(2) 번역에 의한 조종과 변형

자신의 주관에 의한 것이든 시대적 압력에 의한 것이든 작가가 자의적으로 수행한 조종이 가장 명확히 드러나는 것은 근대 이전에 이루어진 '언번' 諺翻에서이다. 번역본 「등대윤귀단ㄱ사」에서 번역자의 조종이 이루어진 부분은 먼저 '명분'에 관한 내용이다. 79세의 예태수가 18세의 매씨와 결혼하는 부분에서 비록 원전의 17세가 번역본에서는 18세로 바뀌기는 했으나 두 사람의 결혼이 부자연스럽기는 마찬가지여서 번역자는 여기에 매우 마음을 썼음이 나타난다. 원본에는 예태수가 여인을 보고 '노흥' 老興이 일어났고, 그의 환심을 사려는 농장 관리인의 과장으로 여인의 할머니가 이를 허락해서 결혼이 성립된 것으로 되어 있는 것을, 번역본에서는 먼저 예태수가 부인 생존시부터 아들을 낳기 위해 애썼다는 점을 첨가시킴으로써 일단 그가 젊은 여인에게 마음을 둔 것이 단순히 노인의 일시적 풍정 때문이 아니라 후사를 잇기 위한 것이었음을 보여준다. 후사를 갖는 것은 그 시대 모든 가문의 절대적인 명제였으므로 비록 예태수의 나이가 많아도 젊은 여인과의 결혼이 별로 문제시되지 않을 수 있다.

번역자는 예태수뿐만 아니라 여인 편에도 섬세한 배려를 했다. 원본에서는 매씨가 부모가 돌아가신 후 외할머니와 살았고 할머니는 예태수와 손녀를 결혼시키면 호사할 수 있다는 농장 관리인의 말을 듣고 결혼을 허락한다. 번역본에서는 매씨가 의탁하고 사는 사람은 단순히 타인인 '늙은이'여서 아무 주저 없이 매씨를 79세 노인과 결혼시킬 수 있었던 근거로 제시했다. 이것은 번역자가 두 사람의 결혼이 야기시킬 사회적·문화적 갈등을 매우 염려하고 있음을 보여준다.

예선계가 원본에서는 예태수의 아내 진씨가 낳은 적자였는데, 번역본에서 이를 양자로 고친 것 역시 당대 사회의 주도적인 이념과 조화를 이루려는 번역가의 조종이었을 것이다. 매씨가 정실은 아니더라도 그가 낳은 아들은 예태수의 핏줄이어서 양자보다는 혈연적으로 앞서는 것은 분명해 보인다. 번역본에서는 예선계의 악함을 모두 그가 양자이기 때문인 것으로 귀결시킨다. 그를 파양하고 싶으나 양자로 받아들인 지 여러 해가 되어 하지 못한다는 말과, 매씨에게서 아들 선술을 얻은 후 일찍 낳지 못했음을 애달파하면서 선계의 악행이 들릴 때마다 매번 그가 혈육이 아닌 탓으로 돌리고 있는 구절 등을 첨가시켜, 역으로 선술의 적통성을 부각시키고 있다.

이와 함께 번역본에서는 이 작품을 전통적인 악인모해 소설의 유형으로 귀속시키려는 역자의 의도가 드러난다. 예선계가 원본보다 더욱 악한 인물로 강화되고 과장된 것은 주인공과 갈등하는 인물은 '절대 악인'이라는 시각에 기인된다. 원본에서 예선계 부부는 아버지가 젊은 여인과 결혼한 후 이를 뒤에서 험담하지만, 그의 이야기가 모두 그른 것은 아니었다. 노인이 젊은 여자와 결혼한 것은 "그 여인의 청춘을 그르치게 하는 것은 말할 것도 없고 게다가 자기의 여생을 재촉하는 것"이라는 이야기나, "이 여자가 늙은이를 따른 것을 후회한 나머지 정상 아닌 짓을 저질러 추한 일을 드러내면 어찌 가문의 흠이 되지 않겠는가"라는 염려는 아버지의 건강과 가문의 명예를 위해 마땅히 한번쯤 고려해 볼 만한 중요한 이야기이기도 하다. 단지 매씨가 아양떠는 모습이 마치 기생 같아 양가집 법도가 없으니 그를 대접하지 말고 거리를 두어 "뒷날 그래도 한 걸음 물러설 수" 있도록 하자는 선계 부부의 말은 부모보다 그 재산을 염두에 둔 발상이어서 자식답지 않음을 보여준다. 이에 비해 번역본에서는 젊은 여인이 늙은 남편을 버리고 반드시 '간부', '젊은 놈'을 사귀어 도망가 가문을 더럽힐 것이라는 선계의 장황한 사설이 있어 그의 악인으로서의 면모가 강화되었다.

번역본은 악인모해 유형과 함께 한국 고소설의 대표적 유형인 영웅의 일대기로의 변모도 암시된다. 원전에서는 "선술이 어느새 장성하여 14세가 되니"〔善述不覺長成一十四歲〕로 묘사되었을 뿐인데, 번역본에서는 "션슐이 십ᄉ셰라 영긔과인ᄒ며 긔재늠쥰ᄒᄃᆞ라"로 바뀌어 그의 영웅성이 첨가되었다. 어떤 의미에서 역자는 이 작품을 예선술이라는 영웅의 일대기로 보고 싶어하는 마음을 드러낸다. 매씨와 예태수의 기이한 결혼, 선술 모자의 고난과 행락도의 비밀을 밝히기 위한 과정 등이 영웅소설의 기아, 수난, 원조자, 그리고 행복한 결말이라는 구조와 매우 닮아있는 것도 사실이다. 이러한 조종을 통해 번역소설은 원본에 비해 독자들에게 좀 더 편안히 다가갈 수 있었을 것이다.

(3) 신소설 「행락도」의 창작

「행락도」는 1912년 4월 10일 동양서원 발행으로 저자겸 발행자가 '민준호'로 되어 있고 처음 소설 제목 앞에는 "가뎡신소설"이라 적혀 있다. 「행락도」는 「등대윤귀단가사」와 주요 플롯은 일치하나 부수적인 플롯이 상당히 많이 첨가되면서, 소설 자체를 원작과 다른 유형으로 변형시켰다.[18]

특히 신병사(예태수) 사후 모자가 받는 모해가 복잡하게 다원적으로 구성되고 이에 따라 새로운 인물들, 특히 선악으로 갈린 하인들이 새롭게 등장한다. 즉 원식(예선계) 내외는 임씨(매씨) 모자를 초막으로 쫓아낸 것에 만족하지 않고 그들의 생명까지 모해하려 하는데, 극악한 인물로 하인 간난어멈이 등장하고 주인공 측 인물로 신병사의 친우 이강녕 내외와 그의 딸 국향소저, 충복으로서 간난아범 금돌이와 정서방 등이 새로이 첨가되었다. 원식 내외는 간난어멈의 부추김을 받고 금돌이를 통해 만득(예선술)을 죽이려 하나 이를 피하려던 만득과 정서방은 중도에서 화적에 의해 청나라로 끌려가게 된다. 뒤따라 길을 나선 임씨는 온갖 수난을 겪은 후 이강녕의 집으로 피신하여 그곳에서 아들의 소식을 애타게 기다린다. 5년 후 청나라에서 고용인으로 고생하던 만득이가 인천 개항과 더불어 배를 타고 들어와서 돈벌이를 하러 온 금돌이를 만나게 되고 마침내 일가가 단합한다. 만득은 이강녕의 딸 국향소저와 결혼한다. 만득과 함께 길을 떠났던 정서방이 만득을 찾기 위해 중국천하를 주유하다 결국 자살을 기도하는 순간 청나라에 동지사로 간 만득 일행에 의해 구함을 받는다는 것이 또한 첨가되었다.

신소설 「행락도」는 번역본 「등대윤귀단ㄱ사」가 보여준 명분의 제시와 악인모해 플롯이 좀 더 강조되고, 여기에 새로운 시대상을 첨가하여 재창조된 작품이다. 만득이는 후에 높은 벼슬을 받고 위기에 처한 하인의 구원자가 되기는 하지만 영웅의 일대기로서의 구조는 약화되었다. 이것은 이 작품을 가정소설로 재창조하려는 작가의 의도와 관련된다. 먼저 「행락도」는 번역본이 마련해 준 명분을 좀 더 강화시켰다. 원본에서 예태수와 매씨의 결혼은 쉽게 성립된다. 그러나 「행락도」에서는 신병사가 중매를 부탁한 소작인과의 대화에서 원식의 불량성을 강조하여 집안을 보존할 수 있도록 후사를 얻을까 하는 마음에서 결혼하려 한다는 명분이 첨가되고, 임씨 편에서는 노인의 구혼에 대한 할머니와 손녀 두 사람의 의론이 장황하게 펼쳐진다.

가장 크게 변화된 것이 악인의 모해이다. 원본에는 예선계가 자기 아들을 소실의 아들 선술과 동방에서 글을 배우지 못하도록 한다는 내용은 있으나 그의 위인에 대해서는 전혀 언급이 없다. 그러나 「행락도」에서 원식의 아들 장손이는 성미가 강폭하여 만득이가 그로 인해 큰 고통을 받는 것으로 되어 있다. 또 원본에는 예태수 사후에 선계가 매씨 모자를 후원 삼간잡옥에 살게 했고 여러 가지로 매씨를 괴롭히나 그녀의 인내로써 별일없이 지냈다. 유언대로 매씨 모자에게 할당된 동장東莊에 있는 다 허물어진 오두막집으로 쫓겨난 것은 선술이 열 네 살 때 형 선계와 사리를 따지다가 매맞은 직후이다. 모자는 이사 후 곧 그곳 태수에게 행락도를 바치고 사정을 호소한다. 「행락도」에서는 만득이 10세가 되던 해에 신병사가 죽었고 얼마 후 만득이가 원식에게 사리를 따지다가 매를 맞은 후 곧 초막으로 쫓겨난다. 그리고 5년 후 행락도의 비밀이 그 고을 태수에 의해 해결될 때까지의 사건은 악인모해 유형을 강화하기 위해 새롭게 첨가된 것이다.

「행락도」는 제목의 변경에서 보이는 것처럼 예태수 집안의 일로 중심이 옮겨졌고, "가뎡신소설"이라는 표제대로 모든 플롯을 가정소설로 집중시켰다. 신병사와 소실의 나이가 각각 71세, 19세로 재조정된 것은 임신의 실제가능성 때문이었을 것이고, 신병사의 결혼이 바로 후사 때문임을 강조하기 위해서일 것이다. 아들은 번역본과 달리 친자로 그려졌으나 집안을 유지하기 어려운 악인이라는 것을 중매하는 사람의 입을 통해 확인시킨다. 임씨는 양반집 규수로 데릴사위를 얻어 집안을 일으키기를 원했던 아버지의 유언을 받들기 위해 결혼이 늦어진 것이다. 등대윤과 달리 옹진 수사는 재물을 탐하지 않는다는 것과, 풍화에 힘을 기울이는 선관이 등장하는 것은, 악한 인물이 아니면서도 탐욕을 억제하지 못하는 보통인간의 사실적 묘사라는 성과에서 후퇴한 것이지만 가정의 화평 유지도 국가의 통치가 잘 이루어져야 가능하다는 점만은 분명히 보여준다.

가정소설로서 「행락도」는 고전소설의 처첩 간의, 또는 계모와 전실자식 간의 악인모해형의 틀을 계승하면서 내용상으로는 오히려 전실자식이 후처와 그의 아들을 모해하는 형식으로 바뀌었다. 악인모해형으로의 방향설정은 이미 번역본에도 드러난 것으로, 「행락도」는 이를 좀 더 확대했다. 이러한 모해가 원작에서 아들 내외와 소실모자 간의 단순한 대립이 아니라, 악인과 선인 양측에 모두 보조인물들이 있어 모해가 입체적으로 이루어진다. 이처럼 선악을 완전히 대립시켜 「행락도」를 우리나라 고전소설의 전통에 근접시켰다. 반면 전술한 대로 「행락도」는 우리나라 고전소설의 대표적 유형인 영웅소설의 특성을 약화시킴으로써, 중국명대 소설에 기반했으면서도 한편으로는 전통과 접맥시키고 다른 한편으로는 고전소설의 전형성은 탈피한 신소설로 출현하게 된 것이다.

이 작품에서 무대는 국제화되었고 국제적인 범죄조직이 개입된다. 청나라의 화적에 의해 만득이와 정서방이 끌려가는 것은 상당히 근대적인 설정이다. 만득이가 인천 항구에 배로 도착하여 귀국하게 된 것도, 인천은 먼저 개항된 세 항구 중 하나이고 청나라 사람들이 많이 드나들던 곳이기 때문이다. 구출자로서 노복 금동이가 등장하는 것도 변화된 내용이다. 만득이를 원식 부처의 모해로부터 구출한 것도 금돌이고, 임씨가 피신 중 훼절의 위협을 당했을 때 구해준 사람도 금돌이며, 만득이가 5년간의 중국 유랑에서 돌아왔을 때에도 금돌이를 만나 모친과 무난하게 단합하게 된다. 본래 원조자는 고소설의 초월적 도사이거나 신소설의 개화인으로 모두 강자였다. 반면 금돌이는 신분상 가장 천하고 약한 입장에 있는 인물이기에 어떻게 보면 '신분 타파'라는 개화기의 시대정신과도 부합되며, 더 나아가 당시 일본에 주권을 빼앗긴 조선에서 가장 필요로 하는 인물로 간주되기도 한다. 단지 주인을 구출하는 인물이면서도 '충성스러운 노복'으로서의 금돌이나 정서방의 설정은 이 작품이 갖는 중세적인 한계를 드러낸다. 말하자면 이 점은 신·구가 공존하고 갈등하는 개화기의 '실상'이면서, 동시에 개화사상에 대한 지식인들의 모순적인 시각의 투영일 수도 있다.

그러나 이러한 개화기의 양면성이 소설 속에 구조적으로 잘 융해되어 그려진 것은 아닌 것처럼 보인다. 그럼에도 한 가지 주목되는 것은 남편으로서 또는 어린 아들의 아버지로서의 신병사의 역할이다. 그는 자신의 친자를 잘 키우는 데 실패한 아버지로, 그 아들을 교화시키기 위한 노력보다 다시 더 나은 아들을 얻어 집안을 보존하겠다는 생각을 했다는 점은 낡은 것을 미련 없이 버리려 했던 개화기적 인물의 표상이다. 겉으로 드러난 재산을 아들 내외에게 수고 나이 어린 부인과 아들에게는 전혀 주지 않은 것처럼 해서 그들의 안전을 지키려 한 것도 우리 전통소설에서 보기 어려운 남편상이고 아버지상이다. 만득은 집과 나라를 떠나는 위기를 겪으면서 강해진 것이 아니라, 집으로 돌아와 행락도의 비밀이 해결된 후 재산을 얻고 과거에 급제하는 것이다. 구원자는 개화인도, 외국인도 아닌 가정이었고, 가정을 지키려고 애쓴 부친의 노력을 상징하는 행락도였다.

이러한 점에서 한국 문학사적으로는 「행락도」가 단순한 번안소설로서보다는 고소설의 전통을 유지하면서 개화기의 변모와 시대상을 반영하여 재창조된 작품으로서, 중국소설이 한국소설로 수용되는 한 양상을 보여준 것으로 평가된다. 그러나 수용자의 측면에서 볼 때 이 소설은 한국 문학사에 새로운 '가부장' 상을 첨가해 준 것으로 볼 수 있다. 과거 조선은 한 집안에 두 어른이 있을 수 없다는 점에서 어머니의 위상을 낮추고 아버지의 존재를 높였으나, 고전소설에서는 첩에 매혹되어 처와 자식을 극한상황에까지 몰고가는 가부장을 그림으로써 가부장 사회의 문제점을 보여주었다. 뒤늦게 잘못을 깨닫고 가문을 바로잡기는 하지만 예태수처럼 미래를 예지하는 강력하면서도 지혜로운 가부장을 그린 작품들은 별로 나타나지 않았다. 번역과 번안을 통한 또 다른 아버지상의 출현은 문학사가 전통과 수용의 교직으로 이루어졌음을 보여주는 한 예가 될 것이다.

주

1 金安國, 『慕齋集』 권9, 「赴京使臣收買書册印頒議」.

2 허균은 이를 자기 집 돈으로 구입했다고 했으나 강명관은 조정에서 받아간 공금을 쓴 것으로 보았다. 강명관, 『책벌레들 조선을 만들다』(푸른역사, 2007), 158쪽.

3 정조실록 16년(1792) 8월 6일자, 평안도 관찰사 홍양호가 평양의 武烈祠에 參將 駱 尙志를 모시기를 청한다. 김영진, 「조선후기의 명청소품 수용과 소품문의 전개양상」 (고려대 박사논문, 2003), 26쪽.

4 정선모, 「고려시대 소동파 시문집의 수용과정에 대하여」, 『한문학보』 15(우리한문학 회, 2006), 146~149쪽.

5 신지원, 「당호를 통해서 본 19세기 초 소동파 관련 서화 소장문화와 대청문화 교류」, 『한국문화』 45(서울대 규장각 한국학연구원, 2009), 78쪽. "이 시기 소장의 주된 대 상이 된 것은 '천제오운첩'이라는 소동파의 글씨를 담은 서첩, 동파의 초상과 동파의 시집 등인데 또 소장문화에서 파생된 것이 동파의 생일을 기념하여 지내는 동파제의 유행, 인장이나 현액에서 알 수 있는 '蘇'자 돌림의 당호이다."

6 소동파 수용은 고려 및 조선 문사들뿐 아니라 현대의 연구자들에게도 영향을 미치고 있다. 김영진은 연암의 「伯姊贈貞夫人朴氏墓誌銘」을 소동파의 「別文甫子辯」과 관련 이 있다고 본다. "「伯姊贈貞夫人朴氏墓誌銘」 같은 서정 산문의 경우 역시 소동파로부 터 명대 작가들로 이어지는 서정소품들을 적극 흡입한 것으로 볼 수 있다"고 했다 (「조선후기 명청소품 수용과 소품문의 전개양상」, 고려대 박사논문, 2003, 130~131 쪽). 그러나 적어도 연암의 이 묘지명과 소동파의 「별문보자변」은 이별하는 상황의 유사성이지 글쓰기의 수용이라는 측면에서 접근될 것은 아니다.

7 이혜순, 『고려전기 한문학사』(이화여대출판부, 2004), 261~264쪽.

8 李東陽, 『西涯樂府』, 「趙承旨」, 한국 악부사 자료집 7(계명문화사), 688~691쪽. "趙 承旨誰家子, 王維詩畵鍾繇書, 不獨行藏兩相似, 文山令子燕京臣, 臨川貢士官成均, 名

家大儒亦如此, 雪樓之徒安足齒".

9 宋時烈, 『宋子大全』 제147권, 「趙孟頫蔡文姬別子圖跋」.

10 虞堪, 『希澹園詩集』 권3. 문연각 사고전서 전자판.

11 胡纘宗, 『擬涯翁擬古樂府』 권2. 이 책을 보지 못해 의고악부의 형태를 확인하지 못
했다. 호찬종은 이동양과 동시대 사람으로 그와 매우 가까웠다고 한다. 반면 황순요
(黃淳耀)는 명나라 말기 숭정(1628~1644) 연간 사람으로 그의 의고악부시는 시서
가 매우 짧으나 주제에 대한 시각을 분명하게 보여주는 것이 특색이다. 예로 「易水
行」에서 "형가를 꾸짖은 것이다. 형가는 진왕을 산 채로 잡아 약속을 이루어 태자에
게 보답하고자 했으니 잘못이다"라 했다(『陶菴全集』 권9, 사고전서 전자판). 따라서
그의 시서는 작품의 원천 소재를 밝힌 서애의 것과 달리 주제의식을 밝힌 후서에 해
당한다. 중국에서는 호찬종 이외에는 서애악부의 성과가 확대 발전되지 않은 것은
물론 그 형식이 별로 이어지지 않은 것 같다.

12 王世貞, 『讀書後』 권4, 「書李西涯古樂府後」.

13 沈光世, 『休翁集』 권3, 海東樂府, 「錦裙夢」, "昨夜姊有夢, 今朝姊始言, 姊謂夢無用,
妹何換錦裙, 錦裙燦吉夢圓, 姊無福妹有緣, 身國母子王貴, 嗟夢直錦裙幾".

14 李瀷, 『星湖全集』 권7, 海東樂府.

15 李福休, 『漢南集』, 海東樂府, 「焚妹吟」, 『近畿實學淵源諸賢集 5』, 성균관대 대동문
화연구원 편.

16 李匡師, 『圓嶠集』 권1, 東國樂府, 「破鏡合」.

17 이 작품에 대해서는 이혜순, 「한국고대번역소설연구서설」, 『한국고전산문연구』(장
덕순 선생 회갑기념, 동화문화사, 1981), 217~230쪽과 「번역 작품 연구의 방향과
의의-비교문학적 시각에서」, 『어문연구』 제28권 제1호(한국어문교육연구회,
2000), 128~143쪽에서 서술한바 있다.

18 이혜순, 「신소설 행락도 연구-중국소설 藤大尹鬼斷家私와의 관계를 중심으로」,
『국어국문학』 84(국어국문학회, 1980), 102~119쪽. 본고에서는 「행락도」의 '가정
소설'적 측면과 개화기 시대사상과의 관련 부분을 보충했다.

5장

—

교류의 양방향과 수수 관계

우리가 외국에 준 문학·문화 자원들

1. '수용하기'와 '수용되기'

(1) 수용에 익숙한 우리나라

한자가 지식인 계층의 글쓰기 매체였던 한국 문학사는 수용의 역사로 간주되었다. 말할 것도 없이 한자는 한문화권이 공유하는 문자이지만, 한자를 처음 발명하고 이를 사용하여 역사적으로 귀중한 저작물들의 전통을 만든 중국이 그 소유권을 주장해왔기 때문에 중국을 제외한 각국의 한문학은 언제나 '수용'이라는 굴레 속에 갇히게 된 것이다.

더 중요한 것은 이것이 우리의 의식을 물들여온 것 같다는 것이다. 과거 신라 시대부터 고려 조선조까지의 문사들의 기록에도 우리의 귀한 작품이 남겨져 중국인들에게 사랑을 받았다든가, 우리 시인의 작품이 중국의 어느 시인과 비교해서 못하다고 할 수 없다는 식의 글을 남긴 것은 보이나 우리 것이 그곳에 어떠한 영향을 주었을지에 대해서는 관심조차 보이지 않았다. 말하사면 우리는 '수용되기'보다는 '수용하기', 다시 말해서 '수용하는' 주체일 수는 있으나 '수용되는' 대상은 되기 어렵다는 것이 의식의 일부를 형성하고 있었다. 반면 두 나라 문사의 시구에 쓰인 한 두 글자나 의미가 유사할 때 그것을 주저없이 점화·모의·표절로 단정했다.

그러나 우리나라 고전문학의 경우 수많은 문사들이 중국과 일본을 방문해서 그곳 문사들과 교유하거나 작품을 통해 접촉했다는 것은 역으로 상대국 문사들이 우리 문사들과 그들의 작품을 접하고 체험했다는 의미이다. 그동안 우리 유학생 사신들이 그 나라에 남겨놓거나 중국의 사신들이 가져간 문학·문화 유산이 많았을뿐더러 그중에는 소위 인구에 회자하거나 '화국'華國했다는 평가를 받은 것들이 적지 않다. 일반적으로 이러한 자료들을 우리 문학사에서는 관련 문사들의 재능이나 성취를 평가하는 데에만 사용했으나, 회자나 화국은 일차적으로 그 나라 '수용'으로서 다루어져야 할 것이다. 조선통신사들이 일본에 남겨놓은 문화적 자원은 그 자체만으로도 대단하지만 이들이 단지 일본에서 지하자원처럼 숨겨진 채 어떤 역할도 하지 못했다고 보기는 어렵다. 그것은 이러한 자원의 축적과 보존에서 중요 역할을 한 이들이 일본인들이었기 때문이다.

따라서 먼저 일차적인 작업은 중국이든 일본이든 그곳에 보존된 작품들의 전모를 밝히는 것인데, 아직 일부분이기는 하지만 현재 학자들의 노력에 의해 상당한 성과를 거둔 것으로 알려지고 있다. 이와 함께 작품의 잘못된 귀속 문제에도 관심을 기울여야 할 것이다. 조선인이 지은 「공무도하가」가 중국인이 편찬한 악부집에 수집되어 수록되었다는 점에서 그들의 문학으로 다룬 것도 그 한 예이지만, 중국인이 자기 나라 문사의 작품을 우리나라 사람의 것으로 잘못 알고 혹

독한 비판을 내린 것도 있다.[1] 우리나라에도 「호구전」好逑傳처럼 중국소설의 번역본이 우리 고소설로 잘못 알려졌던 것도 있고, 심각한 표절이나 모의가 논의된 것도 있다. 유교와 불교의 이동을 다룬 「시립자설」柴立子說은 허성이 일본 유학을 중흥시킨 등원성와藤原惺窩를 위해서 쓴 것인데 정상철차랑井上哲次郎은 일본주자학파의 철학에서 이를 등원성와의 문장으로 잘못 알고 그에 기반해서 성와의 사상을 논했다.[2]

이것은 수용 연구를 위해 적어도 한·중·일 삼국의 자료 발굴을 위한 상호협력이 필요함을 의미하지만, 이와 동시에 이들이 그 나라 문학 또는 문화에서 어떤 역할을 했는지에 관한 고찰도 병행되어야 할 것이다. 수용된 자료의 전모를 밝힌다는 것은 그 시기를 가늠할 수도 없거니와 때로 환상일 수도 있기 때문이다. 영향을 미치는 데에는 상호관계가 전제된다는 사실에 주목해야 할 것이고, 이러한 점에서 수용 연구의 방향전환이 필요한 시기이다.

(2) 발신자 또는 보편적 유사성에 대한 관심

한국 고전문학과 현대문학의 수용 일변도의 시각은 이제 많이 교정되었다. 중국과 일본 그리고 서구문학의 포위망 속에 우리 문학이 어떻게 자생력을 발휘했는지, 또는 전통 문학의 대응 속에 굴절과 변형, 고유성의 강화가 어떻게 이루어졌는지는 상당부분 밝혀진 것으로 보인다. 예를 들면, 1980년대부터 출현하기 시작한 조선통신사

문학 연구는 최근 국제적 시각에서의 문학 연구로 가장 많은 관심을 받는 영역이 되었고, 여기서 우리 문학이 언제나 일방적인 수용자가 아니었음이 확인되었다. 그럼에도 우리는 통신사 문학이 우리에게 어떤 역할을 했는지에 대한 관심 때문에 반대로 일본에 수용된 조선 통신사 문학이 일본 문학·사상, 일본인들의 의식에 어떤 역할을 했는지에 대한 고찰은 하지 못했다. 이것은 일차적으로 일본의 문제일 수 있으나 동시에 우리가 수행해야 할 작업이기도 한데, 그동안 우리 문학사 연구는 외부 영향을 받은 것에 초점을 맞추었다. 몇 가지 예를 통해 이러한 점을 확인해보자.

① 허균의 『성수시화』에 이인로李仁老의 시를 구우의 시에 비긴 것이 있다.

한림별곡에서도 유원순의 문, 이인로의 시를 일컬었으니 이 대간의 시는 참으로 당시의 제일이었다. 그의 "한밤중 닭울음에 일어나 춤을 추고[夜半聞鷄聊起舞], 몇 번이나 이 문대며 좋은 도략 일렀던고[幾回捫蝨話良圖]"라는 구절은 썩 훌륭하여 구종길瞿宗吉의 "후에는 범 바위 쏜 이광을 따르고[射虎他年隨李廣], 한밤중 닭울음에 유곤의 춤을 추리[聞鷄中夜舞劉琨]"라는 시와 비슷하며, 그 팔경시八景詩 또한 아름답다.

허균이 여기서 말한 '비슷하다'[似]의 의미가 무엇인지는 분명하지 않을뿐더러, 또한 이 문장에서 허균이 이인로(1152~1220)의 시가 구종길(瞿佑, 1341~1427)의 시와 유사하다고 쓴 것도 이해되지 않는다. 이인로는 12~13세기를 살았고 구우는 14~15세기 인물이니 구우의 시가 이인로의 것과 유사하다고 해야 맞을 것이다. 또한 두 사람의 시구가 전체 시의에서 작용하는 기능도 주목해 보아야 할 것이다. 여기서 거론한 이인로의 시는 다음과 같다.

이웃 담너머로 술 한병 사다 놓고
화로를 마주 대하여 수염을 쬐며 앉았네
낙사의 새 소년들 좇아다니기 싫어서
고양의 옛 술친구 생각하네
한밤중 닭의 울음에 일어나 춤을 추고
몇 번이나 이 문대며 좋은 도략 일렀던고
여보게 내 가슴속에 용도가 꿈틀대니
정남장군 군교 한 자리 제발 시켜주게나[3]

이인로의 시는 한가하고 유락적인 분위기에서 어쩌면 그간 마음속에 은장되었던 벼슬에 대한 욕망을 토로한 작품일 수도 있다. 그러나 그것이 농담이었건 진심이었건 시의는 개인적인 것이다. 반면 구우는 세상과 격리되어 산 모든 세월과 삶에서 국가에 헌신하고 싶은 마음으로 가득 차 있음을 보여준다.

관사에서 심사心事를 쓰다

봄이 다하도록 홀로 문 닫고
물 뿌리며 부질없이 술단지를 채우네
홀로 등불 앞에서 빗소리 들으니 느낌이 많은데
칼 한자루 가을 빗기는 기개 여전히 있네
언제 사호 장군 이광 장군 같은 사람 따라
새벽 닭울음 소리 들으며 유곤처럼 춤출까
평생 나라 생각 마음 속에 얽혀 있어
푸른 소매 온통 적신 건 모두 눈물 흔적이라오⁴

여기서 구우가 초점을 둔 것은 벼슬이 아니라 국가였다. 따라서 한
밤중 닭소리를 듣고 조적祖逖과 유곤劉琨이 춤추는 상황의 묘사가 이
인로와 구우 두 사람의 시에 동일하게 나오고 있지만 이 시구가 암시
하는 화자의 지향은 서로 다르다. 그러나 만약 두 사람의 시대가 서
로 바뀌었다면 틀림없이 모의나 도습과 같은 용어로 규정하지 않았
을까. 이 점은 허균이 이인로의 시가 구우의 시와 유사하다고 한 서
술방식에서 이미 드러나고 있다.

서술방식이 아니라 만약 허균이 지적한 '유사성'〔似〕에 초점을 둔
다면 문제는 구우가 이인로의 시를 접한 적이 있었는지, 아니면 이러
한 시구가 자연스럽게 시기를 전후해 고려와 명나라에서 동일하게
지어진 것인지에 있다. 유곤과 조적을 전고로 쓴 시는 매우 많다. 무

엇보다 구우가 이인로의 시를 접했을 가능성부터 따져볼 필요가 있다. 박지원은 이인로가 원나라에 사신으로 가서 사관의 문에 춘첩을 지어붙여 중국에 이름을 드날렸고, 명나라의 학사가 우리나라 사신을 만나면 그 시를 외어서 들려주는 자가 있었음을 기록한바 있다.(『열하일기』 피서록보) 박지원은 단지 "옛 역사를 상고하건대"라고만 썼기에 그 자료의 출처는 분명하지 않다. 이덕무 역시 『청비록』(『청장관전서』 권33)에 같은 내용을 적었으나 사신으로 간 나라(원나라)와 그 시를 외운 사람의 나라(명나라)를 모두 삭제했다.

이인로는 홍간洪侃과 함께 명나라 사신 주지번에게 허균이 뽑아서 보내준 우리나라 과거 문사들 작품 중 "가장 아름답다"는 평가를 받은바 있어, 이인로의 시가 중국 문사들에게 호감을 준 것으로 보인다. 이인로는 31세 때인 1182년 한 차례 서장관으로 금나라 하정사賀正使를 수행했고, 몽고가 원을 세우기 전에 세상을 떠났다. 이덕무가 여기서 원나라를 삭제한 것으로 보아 그가 연암의 글을 옮기면서 이인로의 생애가 원나라가 세워지기 전임을 확인한 듯하다. "명나라 학사" 역시 "중국의 학사"〔中朝學士〕로 바꾸어 썼다. 그러나 구우가 이인로의 시를 읽었을 가능성은 여전히 남아 있다.

②「수호후전」은 수호전에서 살아남은 사람들이 금나라를 거부하고 바다로 나아가 이상왕국을 건설하는 내용으로, '바다'가 등장한다. 일본의 전중우자田中優子 교수는 17세기 동아시아에서 새로운 근대의 출발로 같은 시기의 '바다'가 나오는 공통성을 지닌다고 보면

서 이를 "수호전의 근세적 개변"으로 규정했다. 그가 대상으로 한 작품은 중국의 「수호후전」, 일본의 「여수호전」과 그 밖의 일군의 수호 계열 작품들, 그리고 한국의 「홍길동전」이다. 전중우자 교수는 "「홍길동전」 역시 바다로 나아가 섬에 이상국을 건설한다. 따라서 「홍길동전」은 확실히 수호전 풍의 이야기지만 「수호후전」의 영향을 받은 것은 아니다라고 할 수 있고, 오히려 그 반대의 가능성조차 발생하거나 혹은 「수호후전」의 동시대 소설이라고 생각해도 무방할 것 같다"고 분석했다.[5]

「홍길동전」의 저작에 「수호전」이 영향을 미쳤는지 아닌지는 아주 오래된 문제이지만, 「수호전」이 「홍길동전」보다 먼저 지어졌고 두 소설 모두 기존 체제에 저항한 아웃사이더를 그린다는 점에서 이들을 같은 유형으로 묶는 것이 크게 문제될 것은 아니다. 「홍길동전」과 「수호후전」의 저작 시기는 분명하다. 「수호후전」은 일반적으로 그 중심 무대가 정성공이 대만을 점령한 1661년 이후로 간주되고 있으며, 작가 진침陳忱(1612~1670)은 허균(1569~1618)보다 50년 뒤의 사람이다. 유사성이 반드시 영향에 의해서만은 아니기 때문에 연구자가 제시한 두 가지 가설, 즉 「홍길동전」이 「수호후전」에 영향을 주었거나 혹은 우연히 유사성을 보여준 동시대 소설로 볼 수 있다는 관점 모두 고려의 대상이 될 수 있다. 그러나 「수호후전」이 「홍길동전」 창작에 어떤 영향도 주지 않았다는 점은 분명하거니와 그럼에도 두 작품이 동시대 소설일 수 있다는 제시에는 중국이 한국에서 영향 받았을 가능성이 크지 않다는 필자의 회의가 함축되어 있을 것이다. 만약 두 작품의 저작 시기의 선후가 바뀌었다면 한·중·일 어느 연구자든 틀림없이 이를 영향관계로 묶지 않았을까.

③ 창작이나 의론에서 보편적 유사성에 대한 관심 역시 진지하게 이루어져야 한다. 김창업은 도연명이 팽택령을 그만둔 것이 표면에 나타난 대로 보잘 것 없는 한낱 독우督郵에게 머리 굽히기 싫어서라기보다 장차 남조 송의 유유劉裕가 나라를 빼앗을 것을 알고 두 왕조를 섬길 수 없어 미리 독우를 핑계로 사직한 것이라는 「귀거연서」歸去淵序를 쓴바 있다.(『농암잡지』 90) 그는 후에 명나라 왕위王褘의 「여산기」廬山記에서 유사한 내용을 보고 소견이 서로 어긋나지 않음을 크게 기뻐했다는 것이다. 농암은 "무릇 후세 사람이 스스로 독창적인 견해나 논리라고 생각했던 것도 이전 사람들이 설파했던 것을 거치지 않고서는 시작될 수 없는 것이다"라고 했다. 이전 사람들이 쓴 것들을 전부 섭렵하기 전에는 자신의 논리가 최초라고 말할 수 없다는 것이다.

이 글은 왕위의 문집인 『왕충 문집』 권9와 『명산승개기』에 수록되어 있어 농암이 어디서 이를 보았는지는 확실하지 않다. 그러나 후자일 가능성이 큰 것은 농암 형제들이 이 책에 수록된 유산기遊山記들을 모두 익숙하게 인용하고 있었기 때문이다.[6] 이 책은 농암뿐 아니라 그의 백부 세대에도 친숙했던 책으로 보여서 농암이 이전에 여기에 수록된 왕위의 글을 읽었을 수도 있으나[7] 「귀거연서」를 쓸 당시 그는 이러한 논의의 존재를 전혀 자각하지 못했던 것은 분명해 보인다. 또한 『명산승개기』를 읽었다는 것과 그 안에 수록된 수많은 글들을 친숙하게 알고 있다는 것을 동일시할 수 있을지도 의문이다. 반면 이미 오래 전에 경험한 것이 무의식적으로 작품에 나타나 표절이 되는 경우도 있어 농암이 이러한 예에 속할지도 판단하기가 쉽지 않다.

어느 경우에나 도연명에 대한 그의 관점이 왕위에게서 받은 영향에 기반한다고 보기는 어렵다. 무엇보다 도연명의 치사의 배경 원인에 대한 비슷한 인식 외에는 이를 표출하는 방식이나 문의의 전개가 매우 다르다. 도연명과 연관된 부분만 비교해보자. 왕위는 여산 아래를 지나는 노정에 도연명이 살던 율리에서 그가 술 취해 누웠었다는 바위를 보게 되고, 농암이 글을 지어 떠나보내는 이백상李伯祥이 노년을 보내겠다고 간 곳은 귀거연歸去淵 근처였다. 먼저 왕위의 글이다. 그는 도연명이 한낱 일개 독우 때문에 이처럼 성내어 벼슬을 그만두고 왔겠느냐, 그가 온 것은 장차 진나라가 유송으로 바뀔 것을 미리 감지하고 도씨가 대대로 진나라 신하이므로 두 임금을 섬길 수 없어 미리 떠나 장차 그가 받을 죄를 적게 하려 한 것으로 보았다. 왕위는 도연명이 고향에 돌아가서 술로 정을 펴고 살았음을 인정하면서 단지 사람들이 그가 술을 즐기며 산 것은 알고 그러하게 된 까닭은 규견窺見하지 못했다는 점을 문제로 제기한 것이다. 도연명의 은거가 자발적인 것은 아니지만 그 삶을 즐겼다는 인식은 확실히 보여준 것으로, 따라서 왕위가 본 그 바위는 도연명이 즐겁게 술에 취해 누웠던 곳이라는 시각이다.

농암의 견해는 좀 다르다. 그는 이백상이 자신의 선조가 광해군 시기에 은거하던 귀거연에 돌아가 부모님을 봉양하면서 책을 읽거나 자연에 노닐고자 하는 뜻을 보고 그가 귀거연 이름에 부끄럽지 않다고 말하다가 도연명의 치사에 대한 그의 관점을 밝힌다. 그가 독우에게 절하기를 피한 것이 관직을 위해 비굴한 행동을 하지 않겠다는 의지에서 나온 것이 아니라는 점에서는 왕위의 시각과 같다. 그러나 농암은 왜 그것이 그러한지에 대해 상세히 설명함으로써 자신의 주장이 정확한 논리에 기반한 것임을 보여준다. 도연명은 가난한 선비였고, 공자나 유하혜柳下惠가 낮은 관리됨을 마다하지 않은 것처럼 그 역시 그럴 형편이 아니었다. 그는 장차 진나라가 망할 것을 알고 다른 왕조를 섬길 수 없어 그 일을 핑계삼아 벼슬을 떠날 수밖에 없었던 것으로, 그의 출처 사이에는 숨겨진 깊은 뜻이 있다고 본다. "그가 우려한 바는 전원의 황폐해짐에 있는 것이 아니었다"라든지, 귀거래 이후 그가 끝내 다시 그곳에서 벼슬에 나아갈 수 없었다고 한 것이나, 벼슬을 버릴 수밖에 없었던 그 뜻은 '슬프다' 할 수 있을 것이라는 점 등은 도연명의 뜻이 은거에 있지 않았고, 귀거래 이후의 삶 역시 행복한 것이 아니었다는 시각이다.

　두 사람의 견해는 도연명의 삶에서 전환의 계기가 된 점에 대해서는 인식을 같이 하나 그들이 지향한 삶과 출처관에 대해서는 분명히 견해를 달리한다. 이와 함께 문장에도 동일한 표현이 보이지 않는다. 특히 농암은 자신의 문의를 설득력있게 제시하기 위해 반드시 다른 신빙할 만한 인물들의 이야기를 거론한 것도 왕위와는 다르다. 더 큰 차이는 농암은 도연명을 통해 선비들의 절의에 의한 은거에는 모든

삶의 기반을 포기해야 하는 개인의 비애가 깔려있음을 보여주고 있
다는 것이다. 특히 그는 '가난'이라는 인간의 생존에서 가장 기본적
인 경제 문제를 들고나옴으로써 절의와 은거라는 고고한 탈속적 이
미지 속에 미화된 은사들에 대한 환상을 불식시킨다. 은거는 현실인
것이다. 이것은 왕위가 단지 도연명 개인의 귀거래 배경의 진실을 논
하는 것과는 다른 차원이다.

농암과 유사한 논의가 그에 앞서 있었다는 점에서 도연명의 귀거
래 배경에 대한 그의 관점이 독창적이거나 선구적이라고 하기는 어
려울 수는 있으나 이것은 수용이나 영향의 입장에서 간주될 필요는
없을 듯하다. 이 점도 한·중, 한·일 문학 관계에서 얼마든지 나올
수 있는 자료인데, 이 경우 수용이라는 범주에 무조건 귀속시킬 수
있는지는 좀 더 신중할 필요가 있다.

2. 해외에 남아 있는 고전문학 유산

(1) '화국'의 시문들

화국華國은 '나라를 빛낸다'는 의미여서 보통 외교 사행을 하는 사람이나 외국에 보내는 외교 문서를 미화할 때 사용하지만, 더 나아가 문사들의 문재나 작품을 미화하는 수사로 확장되었다.

화국이라는 말이 부각된 것은 이규보가 신라 말 최치원, 박인범, 박인량의 시구 중 중국에서 회자한 것으로 알려진 작품을 거론하면서 글로 우리나라를 빛낸 것〔以文華國〕이 이 세 사람으로부터 시작했다고 쓴 데서부터일 것이다. 박인범과 최치원은 당나라 유학생이었고 박인량은 송나라에 사신으로 갔었다. 이규보가 제시한 화국의 시구는 최치원의 「등윤주자화사상방」登潤州慈和寺上房 중 함련 "화각 소리 속에 아침저녁으로 이는 물결이요〔畫角聲中朝暮浪〕, 푸른 산 그림자 속엔 고금의 사람일세〔靑山影裏古今人〕", 박인범의 「경주용삭사」涇州龍朔寺의 함련 "반딧불처럼 반짝이는 등불은 험한 길을 밝히고〔燈撼螢光明鳥道〕, 무지개처럼 구부정한 사다리는 바위문에 놓였네〔梯回虹影落巖扃〕"와 박인량의 「사천귀산사」泗川龜山寺의 경련 "문 앞 손의 돛대엔 큰 물결이 일고〔門前客棹洪波急〕, 대나무 밑 중의 바둑엔 백일이 한가하구나〔竹下僧棊白日閑〕" 이다.

여기서 최치원과 박인범의 시구가 화국이라는 평가를 받았음을 입증하는 중국 측 문헌을 찾지는 못했다. 단지 최치원의 경우는 귀국 시 당의 시인 고은顧隱이 증송한 시에 "열 두 살 때 배를 타고 바다를 건너오니, 문장 솜씨 중국 땅에 감동 물결 일으켰네"〔文章感動中華國〕라는 구절이 보인다. 증송 시가 갖는 미화나 과장을 감안하더라도 최치원의 문학적 위상이 없었으면 쓰기 어려웠을 내용이다. 박인량의 것은 그가 송에 사행했던(1080, 문종 34년) 거의 비슷한 시기에 송나라 사람의 책과 이 책을 출전으로 재수록한 남송 문사의 책에 나온다. 처음 박인량의 시가 기재된 책은『승수연담록』澠水燕談錄으로 그 책의 저술연대는 확실하지 않다. 이 책을 쓴 왕벽지王闢之는『송사』宋史 예문지에 "왕관지"王關之로 잘못 기록된 사람인데(『사고전서』제요 참조) 치평 4년(1067, 고려 문종 21년) 진사로 알려졌다. 그는 여러 곳에서 벼슬하면서 현 사대부들과의 연담에서 가히 취할 만한 것들을 곧 기록해 두었다는 것이다.(권10) 왕벽지는 박인량의 이 시구를 인용하면서 "중국 선비들 역시 그 시를 칭찬했다"라고 한 것을 보면 그 시가 그곳 지식인 사회에서 회자하고 있었음을 알 수 있다. 남송 시기에 소우少虞는 이를『사실유원』事實類苑(권42)에 재수록했다. 저자의 생애는 분명하지 않으나 이 책은 "소흥 15년"(남송 고종, 1145, 고려 인종 23년)에 이루어진 것으로 나온다.

이러한 기록들은 사신들의 송 체험 역시 송 문화에 대한 일방적인 경모나 수용을 의미하는 것이 아님을 보여준다. 『고려사』 박인량 열전에서는 "송인이 인량과 근이 지은바 척독과 표장과 제영을 보고 칭찬하기를 마지 아니하여 두 사람의 시문을 간행함에 이르러 이름을 '소화집'小華集이라고 하였다"(권95)라고 했다. 『보한집』에 의하면 박인량이 중국에 사신으로 가 지나가는 곳마다 시를 남겼는데, 행차가 월주에 이르렀을 때 악조 가운데 새로운 소리를 연주하는 것을 들었다. 옆에 있던 사람이 "이것은 공의 시다"라고 했다는 것이다. 박인량 외에 정극영 역시 일찍이 평장사 최홍사를 따라 송나라에 들어갔는데(1104) "그 저술이 중국인의 칭찬을 받았다"라고 했다.(『고려사』 권98) 이러한 자료들은 고려 사신들이 가져 온 것만큼 송나라에 남긴 것도 적지 않았으리라는 추측을 가능하게 한다.

위의 인물들처럼 화국의 이름을 붙이지는 않았으나 명성을 얻은 이들도 많다. 『동인시화』와 「백운소설」에는 송나라 사신 구양백호가 이규보의 시가 전파되었을 뿐 아니라 아름다운 족자로 만들어놓고 본다고 한 말이 수록되어 있다. 최부崔溥가 표류하여 중국에 머물 때 만나는 중국 문사들마다 필히 서거정의 안부를 물었다고 한다. 학사 동월董越이 사신으로 와서 우리나라에 조서를 반포할 때 서거정을 보고 심히 존경하면서, "일찍이 학사 예겸倪謙의 「요해편」遼海編을 보고 또 호부 기순의 『황화집』을 보고, 높은 풍도를 흠모한 지 오래되었다가 이제 상면하니 매우 다행스럽습니다"라고 하였다.

단순한 명성의 전파뿐만 아니라 우리나라 문사들의 글에 대한 이국 독자 역시 형성되고 있었음이 드러난다. 다음은 『패관잡기』(2권)

의 한 구절이다.

고(구)려 사람의 「인삼찬」이 『본초강목』에 실려 있는데, "인삼과 잣이 양에는 안 맞고 음에는 맞는다"〔三椏五葉背陽向陰〕는 말을 당나라 이후로 시인들이 많이 썼다. 이규보, 김극기, 김구, 이제현, 박인범, 이곡 부자와 우리나라의 신숙주, 성삼문, 서거정의 시가 모두 중국에 널리 퍼졌다. 근대에 또 전하기를, "우리나라에서 중국 서울에 간 사람이 동파의 시를 사려고 하니, 중국 사람이 말하기를, '어째서 당신 나라의 이상국의 시를 읽지 않는가' 하였다" 한다. 또 전하기를, "중국이 『향시록』鄕試錄에 김일손의 「중흥대책」中興對策 전편이 실려 있는데 그것은 시험장에서 몰래 베껴서 관원을 속였던 것이다" 하였다. 이로써 보건대 우리나라의 인재가 반드시 중국에 못지는 않다.

이러한 기록들이 어느 정도의 신빙성을 갖고 있는지는 알 수 없으나 일단 다른 나라로 들어간 우리나라 작품들 역시 그곳에서 수용되고 영향을 미치거나 표절되기도 했음을 알려준다. 서거정이 북경에 갔을 때, 글씨 품팔이를 하는 어떤 서생이 이숭인의 시 두어 수를 외우면서 그 작품을 조선의 재상에게 받았다고 했고, 정인지가 일찍이 말하기를, "전에 북경에 갔더니 한 선비가 말하기를, '당신 나라 것으로는 『목은집』이 가장 좋다. 가히 소동파, 황산곡과 더불어 오르내릴 것'이라 하면서 역관에게 문집을 받았다고 했다"는 것을 기록했다.(『필원잡기』 2권)

왕사정은 『향조필기』香祖筆記에서 그가 김부식의 문장을 좋아하고, 그 형제의 이름이 '소식' 형제들의 이름과 유사한 데 의문을 품고 있었다고 했다.

내가 전에 『고려사』를 읽다가 그 신하인 김부식의 문장을 좋아하게 되었다. 또 형제의 이름이 한 사람은 식軾이고 한 사람은 철轍이었으므로 선화 시대는 원우 시대와 멀지 않은데 어떻게 미산 이공의 이름을 절취할 수 있었을까 하고 의아하게 생각하였다. 「환유기문」宦遊記聞을 읽다가 서긍이 선화 6년에 사신으로 고려에 가서 몰래 그 형제가 이름지은 뜻을 물었더니 '대개 미산 이공을 사모한바가 있었다'고 했다고 말했다. 문장이 만맥을 감동시켰다는 말이 거짓이 아니라고 하겠다.[8]

왕사정은 아마도 『고려사』를 통해 김부식을 알게 된 후 그가 저술한 『삼국사기』의 독자로서 그의 문장을 좋아하게 되었을 것으로 추측된다. 「인삼찬」이 고구려인의 작품이라는 주장이 맞는다면(『해동역사』 예문지) 삼국시대부터 고려를 거쳐 조선조에 이르기까지의 문사들의 글이 꾸준히 이국의 독자층을 형성하고 있었음을 알 수 있다.

(2) 외국인 문학선집에 수록된 시문과 외국에서 간행된 저서들

외국 사신들을 통한 사행국의 문화 전파 가운데 시대와 공간을 초월할 수 있는 확대된 전파는 아마도 시선집의 편찬일 듯하다. 임진란 이후 명에서 온 사신들이 공식적으로 또는 개인적으로 조선의 자료를 얻으려고 노력하는 모습들이 자주 나타난다. 선조 28년(1595) 6월 7일 예조가 선조에게 과장의 시·부·논 등의 작품을 보고 싶다는 명나라 사신의 말을 아뢸 때의 내용을 보면 그러한 행사는 그 이전에도 있었던 것 같다. 이러한 경우 전부터 반드시 학문이 뛰어난 신하가 추려내어 결정한 뒤 조정에 보내면, 조정이 승문원으로 하여금 잘 베껴쓰고 제본한 뒤에 증정하게 하는 것이 예라는 것이다.

그 이후 조선에서는 중국의 요청에 따라 몇 년간에 걸쳐 『해동시부선』을 편찬하고 개정한다. 선조 34년(1601) 12월 2일자 『조선왕조실록』에는 "홍문관이 마침 중국 사신에게 주기 위해 우리나라 사람의 시문을 뽑고 있다"는 구절이 보인다. 선조 39년(1606) 4월 19일 홍문관의 건의 내용을 보면 중국 사신이 요구한 시문 선정은 끝났고 하루 이틀 사이에 급히 다 쓰도록 하여 중도에 뒤쫓아 보내도록 하자는 것이었다. 그 이후에도 명나라와 청나라 사신들의 이러한 요구가 이어진다. 숙종 39년(1713) 3월 15일자에는 청나라 황제가 우리나라의 시부를 보고자 했다는 기사가 나오는데, 그 결과로 나온 것이 현재 『별본 동문선』이라 부르는 것이다.[9] 중국의 공식적인 요청에 의해 만들어진 것은 시의·시어에서 기휘할 것들을 빼고 대가로 인식되는 이들의 것을 뽑는 등, 정치적인 고려나 관료의 시선이 작용해서 어떤 면에서는 오히려 조선 역대 문학의 진수라 보기 어려운 면이 있다.

그러한 점에서 개인적으로 조선 문사들과의 광범위한 접촉을 통해 시문을 얻어 편찬한 오명제吳明濟의 『조선시선』朝鮮詩選 같은 것이 더 의의가 있을 수도 있다. 오명제는 선조 31년, 32년 두 차례에 걸쳐 조선에 오면서 계속 조선의 역대 시들을 수집했다. 오명제의 『조선시선』은 1997년 북경대 도서관에서 발견되었고, 그 교주본의 간행과 함께 이 책에 대한 연구가 다각도로 수행되었다. 박현규는, 명나라 말기와 청나라 초기에 편찬한 조선시문집으로 남방위藍芳威의 『조선시선』, 오명제의 『조선시선』, 전겸익錢謙益(1582~1660)의 『열조시집』, 손치미孫致彌(1642~1709)의 『조선채풍록』, 주이존朱彝尊(1629~1709)의 『명시종』明詩綜을 들고 있다.[10] 이들 시문집과 그밖의 명·청 연간에 이루어진 문집, 선시집들에 수록된 자료들이 총정리되어 만들어져 17세기와 18세기에 중국에 전해진 조선의 한시 목록을 보면 특정 작가와 시기에 편중되거나 작가와 작품 선정에는 문제가 있으나 한국 문학사에서 중요한 인물들의 작품이 어느 정도는 망라되어 있다.[11]

18세기 후반부터 19세기에 들어서면 연행사들과 청나라 문사 간의 교유와 창화가 활발해지면서 이들을 수록한 시선집들이 청나라 문사들에 의해 편집되고 간행된다. 일본과의 통신 사행과 양국 문사 간의 교류가 실질적으로 1763년 제11차에서 끝났다고 본다면, 그 이후 국제교류는 주로 연행사와 청나라 문사들 간에 이루어지고 있었다고 볼 수 있다. 최근의 연구결과에 의하면 동문환董文煥(1833~1877)과 청 문사들이 조선 문사들과 주고받은 시문을 정리한 『한객시존』韓客詩存,[12] 동문환이 교유한 조선 문사의 시를 모아 편찬한 『한객시록』韓客詩錄(미간), 그밖에 주로 청대의 시문집을 편찬하면서 18세기 말부터 연행했던 우리나라 문사들의 작품들을 수록한 부보삼^{符葆森}의 『국조정아집』國朝正雅集(편자 서문, 1857),[13] 손웅孫雄의 『도함동광사조시사』道咸同光四朝詩史(1911년 간행), 서세창徐世昌(1855~1939)의 『만청이시회』晚晴簃詩匯 등이 주목을 받고 있고, 양국 문사들의 시사 결성에 대한 자료도 제시되었다.[14] 앞으로 또 어떤 자료가 발견될지 알 수 없으나 이 시선집에 수록된 연행사들의 작품에 대한 고찰없이 19세기 조선의 한문학사를 이해하기 어려운 것은 물론, 19세기 청나라 문학사도 조선 문사들의 작품과 그들과의 교류를 주목하지 않으면 안 될 것으로 보인다.

따라서 중국에 들어간 또는 남겨진 작품들은 이미 우리에게는 '수용된' 것들의 범주에 포함되고, 중국에는 '수용한' 자료에 속한다는 점은 분명한 것이다. 이들 수용된 자료가 그 나라 문학이나 작가들에게 어떤 작용을 했는지는 앞으로 다루어야 할 과제이지만, 그 중 오명제의 『조선시선』은 중국에서 조선 시의 열기를 일으킨 것으로 고찰되었다. 오명제 자신이 '동국의 소리'를 전하려고 시선집을 편찬한다고 말하고 있거니와, 『조선시선』의 교주집을 출간한바 있는 기경부祁慶富는 이 책의 출간을 시작으로 명나라 말기부터 청대까지 여러 종류의 조선시선집들이 편찬되었고, 그후 연행사들이 청의 문인들과 교류하게 된 배경에는 『조선시선』을 통해 중국인들이 조선시의 진정한 수준을 알게 된 데에 있다고 보았다. 특히 기경부는 『조선시선』이 조선조 여성작가의 시들을 전파하는 추동작용을 했다는 점을 주목하고 있다.[15]

『조선시선』의 중국 수용을 명나라 말기 문학사조와 연관해서 접근한 고찰도 있다. 명나라 초기부터 청대까지 중국 문학은 '복고'라는 명제 하에 모방과 표절을 일삼는 의고주의 이론과 성정과 창조를 주장하는 반복고주의 문학이론의 반복적인 대립이 있었다. 그 와중에 지식인들은 진정한 문학의 길을 찾고자 고민하고 노력하면서 시문에서 수많은 실험을 시도했고 때로는 전혀 새로운 경지를 모색하였는데, 『조선시선』은 바로 그들에게 하나의 신선한 충격이었을 것이라는 추측이다. 그 근거 중 하나로 제시된 것이 오명제의 서문이다. 오명제가 잠시 장안으로 돌아갔을 때 장안의 선비들이 듣고는 모두가 조선 시인들이 읊조린 것과 허난설헌의 유선시들을 보기를 원했고, 본 사람들은 그 작품들이 아름다운 옥돌 같은 뛰어난 작품〔琳琅〕이라 했다는 것이다.[16]

　허난설헌의 한시는 여러 시선집에 수록되어 있는데, 그중 가장 많은 작품을 수록한 것이 반지항潘之恒(1556~1622)의 『긍사』亘史에 포함된 『취사원창』聚沙元倡으로 총 169수가 수록되었다. 아들 반필량潘弼亮의 서문에는 "조선 군신은 물론이고 중국 대륙 사대부 여성이라도 누가 이와 견줄 수 있겠는가. 그런고로 내가 말하기를 경번이 혜녀慧女가 아니면 천인天人이다"라는 구절이 있다.[17] 조선 후기 연행사들이 확인한 허난설헌의 중국에서의 문명은 『조선시선』이나, 주로 그 수록자료에 의존해서 편찬된 『열조시집』과 『취사원창』과 같은 그밖에 다양한 시선집 등에서 기인된 바 클 것으로 보인다.[18] 그러나 난설헌의 작품 가운데 123수를 동일시제 동일운을 사용하여 시를 지은 소설헌의 경우 시선집보다는 주지번이 가져가 간행한 『난설헌집』을 직접 접했을 가능성이 크다.[19] 소설헌은 조선인 역관과 중국인 부인 사이에서 중국에서 태어났고, 조실부모하여 외가 사씨 집에서 자랐다고 한다. 허난설헌의 원시와 이 시제를 그대로 쓰면서 차운한 소설헌의 작품을 예를 들어 비교해본다. 먼저 허난설헌許蘭雪軒(1563~1589)의 시이다.

> 울적한 심사를 풀며
> 나에게 비단 한 필이 있어
> 깨끗이 닦아내니 반지르르 윤이 났어요
> 봉황새 한 쌍을 마주보게 수놓으니
> 그 무늬가 얼마나 찬란했는지
> 몇 해를 상자 속에 고이 간직하다
> 오늘 아침 당신께 드리옵니다
> 당신 바지 만드는 건 아깝지 않지만
> 다른 여인 치마로는 만들지 마세요[20]

이 시에 함축된 여성 화자의 마음은 질투이다. 그는 낭군이 다른 여인에게 갈 것을 감지한다. "몇 해 동안 상자 속에 고이 간직"했던 '비단 한 필'은 곧 그녀의 마음이지만 낭군은 그 비단 한 필을 다른 여인에게 주어버림으로써 그 마음을 짓밟는다. 그럼에도 그는 그의 질투를 직접적으로 토로하지 않을뿐더러 다른 여인을 마음에 두는 그에 대한 원망이나 분노도 표시하지 못한다. 이것은 그녀가 끝까지 지키고 싶은 자존의식 때문이라고 볼 수도 있고, 직접화법보다는 시의를 간접적으로 보여주는 여성적 시작詩作 방식으로 이해될 수도 있다. 그러나 허난설헌의 시가 많은 사대부들에게 지탄의 대상이 되고 "방탕함에 흘렀다"라는 평가를 들었던 것을 기억한다면 난설헌이 본심을 가릴 수밖에 없었던 배경이 드러난다.

　다음은 이 시에 대한 소설헌의 차운시이다.

　손에 가위를 잡으니
　저의 마음 자못 어수선하네요.
　원앙 한쌍 그려진 한 폭의 비단
　펼쳐보니 번쩍번쩍 빛이 납니다.
　상자 속에 감처두지 않고
　저고리 만들어 두 마음 가진 낭군께 드리려 합니다.
　낭군께서는 장차 나의 뜻 미워하여
　쯧쯧 혀를 차며 아래 옷과 어울리지 않는다 하시겠지요[21]

　이 시에서는 남편의 부정에 대한 확신을 직설적으로 드러낸다. 낭군은 이미 두 마음을 가졌고, 선물해 보았자 감사나 칭찬은커녕 오히려 불만을 보여줄 사람이다. 이 두 시는 두 나라의 문화적 차이나 사대부와 역관의 딸로서의 계층적 차이 모두가 함축되어 있다. 조선에서 여성의 문학작품은 대부분 그들의 본심보다는 어려서부터 교육

받아온 규범화된 마음을 표출한다. 허난설헌의 시 역시 두 마음을 가진 낭군의 행위를 폭로하는 소설헌의 시와 달리 화자의 본심을 드러내지 않고 소극적인 타협을 시도한다.

중국과 일본에 들어가거나 외국 문헌에 기재된 우리 문사 자료들, 그리고 외국에서 간행된 문집들은 이미 조선조 때부터 많이 정리되고 고찰되었다.[22] 수요자가 가장 많은 것은 『동의보감』이지만, 18세기 말에서 19세기에 들어가면 최근에 발굴되는 자료로 볼 때 비교적 많은 조선의 책들이 간행된 것으로 보인다. 예들 들어 역관 이상적의 문집인 『은송당집』恩誦堂集은 본집이 1847년, 속집은 1859년 북경의 유리창에서 목판본으로 간행되었는데 이는 중국의 강남 지역에까지 유포되었다고 한다.[23] 이덕무의 『청비록』清脾錄, 유득공의 「이십일도 회고시」, 『난양록』灤陽錄, 『연대재유록』燕臺再遊錄, 박제가의 『정유고략』貞蕤稿略도 간행된 것으로 학계에 보고되었다.[24] 이들이 어떻게 수용되고 어떤 역할을 했는지도 자료의 발굴과 병행해서 반드시 고찰되어야 할 과제이다.

3. 상대국 자원으로서의 인적·문화적 유산들

(1) 사신들과 인적 교류의 실상

해외 사신들의 사행국 문사와의 교류, 그리고 이를 통해 이루어지는 수용의 문제는 앞에서 다룬바 있다. 그러나 두 나라 문사의 접촉은 상호교류이고, 수용은 양방향에서 이루어진다는 점이 고려되어야 할 것이다. 우리나라 통신사가 일본 문화에 끼친 역할에 대해서는 한·일 연구자들에 의해 어느 정도 성과가 축적되어 있는 듯하다. 그러나 왕인처럼 우리나라 역사에서 오래 잊혀진 인물들, 신라 사신들을 위해 연회에서 시를 읊었던 백제와 고구려계 귀화인들처럼 아직도 인적 교류의 기초적인 실상조차 정리되지 못한 인물들이 많다.

영향이란 전통적·내재적 특질과 혼합되어 미묘하게 변형되어 나타나기 때문에 그 형태를 단정짓기는 어려운 것이다. 단지 여기서는 교류에서 가시적으로 보여준 몇 가지 예를 통해 그 가능성을 점검해보고자 한다. 양국의 접촉이 가져온 변화의 의미는 앞으로 여러 측면에서 고찰되어야 하겠지만, 우선 주목되는 것은 강호 시대의 주요 학자나 문사가 조선 문사와 밀접하게 교제했다는 사실이다. 통신사행

이전에도 발해 사신 배정裴頲과 일본 문사 관원도진菅原道眞의 교류가 매우 깊이있게 대를 이어 이루어진바 있다. 통신사행 때에는 그중 몇 몇 중요 인사들만 거론해도 권칙權侙과 석천장산石川丈山, 홍세태와 야학산野鶴山, 성완과 신정백석新井白石, 엄한중嚴漢重과 삼택관란三宅觀瀾, 이현과 주남周南, 목인량木寅亮, 실구소室鳩巢, 신유한과 우삼동雨森東, 박경행과 학주鶴洲, 산근청山根清, 이봉환李鳳煥·유후柳逅 등과 석천인주石川麟洲,[25] 성대중成大中·원중거元仲擧·남옥南玉과 합리合離, 롱학대瀧鶴臺, 귀정로龜井魯, 나파사중那波師曾, 김선신金善臣과 고하정리古賀精里, 이현상李顯相과 삼택귤원三宅橘園 등이 특별한 교유를 한 것으로 보아, 강호 한문학사에 등장하는 많은 저명한 인물들이 거의 통신사와 연관되어 있는 것으로 보인다. 권칙은 장산을 '일동日東의 이백·두보'라 칭한 것이 문학사에서 거론되고 있고,[26] 신정백석은 성완이 그의 『도정시집』陶情詩集의 서를 쓴 것이 인연이 되어 목하순암木下順菴의 제자로 막부에서 일을 하게 되었다. 성완은 유진택柳震澤의 『삽계문고』霅溪文稿의 서도 썼다. 이현은 송정원규松井元規의 『동암시집』東菴詩集의 서序[27]와 당금흥륭唐金興隆의 『수유당서』垂裕堂書의 서, 신정백석의 『백석시집』白石詩集의 서, 지원남해祇園南海의 『백옥시고』白玉詩稿의 서 등을 썼다.[28]

특히 일본 문사들 중 젊은 나이에 조선의 사신들을 만났던 사람들은 당시의 감동을 잊지 않고 있는 것을 볼 수 있다. 임술사행 시 스물여섯 살이었던 신정백석은 성완을 만났고,[29] 주남은 "어린 나이"에 동곽을 비롯한 신묘 사신들과 문학적 교유를 했으며, 화양華陽은 "약

관의 서생"으로 신유한을 비롯한 조선 문사를 접대하고 그들과 창화
했다. 이들은 그 이후의 사행 시에는 뛰어난 제자들을 거느린 당대
일본의 저명한 학자가 되어 있었거니와, 여기에는 젊은 나이에 조선
사신과의 접촉이 그들에게 준 지적 충격과 영향이 감지된다. 이것은
후대로 갈수록 일본 한시의 창작이 눈에 띄게 좋아진다는 통신사들
의 언급에서도 어느 정도 규견되거니와, 여기에 통신사와의 교류 경
험이 상당히 중요한 역할을 했을 것으로 보인다. 통신사들이 일본에
남겨준 유·무형의 자원에 대한 연구가 필요한 이유가 여기에 있다.

(2) 상대국에 귀속된 문화 교류의 자원들: 조선통신사의 경우

먼저 사행국에 남겨놓은 문화자료에 관한 것이다.[30] 조선통신사의
일본 사행과 그곳에서 만난 소위 문화열풍은 수많은 문화자원들을
일본에 남겨 놓았다.

조선 사신이 내빙할 때마다 필담 창화를 하였다. 1682년과 1711년경부
터 이런 文事가 성행하게 되어 서책을 이룬 것이 백 수십 권에 달하여 이
를 매거할 수는 없다.[31]

1682년과 1711년은 일본의 대학자들이 참여했던 양국 문사의 교
류에서 매우 중요한 해이고, 1719년 신유한이 제술관으로 참여할 때
에는 전국에서 온 문사와 함께 일반인들까지 일종의 문화열풍이 극

에 달한 시기였다. 그 후에도 문사들 간의 교류는 1763년 계묘사행까지 여전히 줄어들지 않아서 창화, 필담 등의 소중한 자료를 남겼다. 이 모든 자료들이 이루 매거할 수 없을 정도로 일본에 축적되었을 뿐만 아니라, 일본이 새로운 시대로 넘어가는 동력으로서의 질적 축적을 이룩했을 것으로 간주된다.

그러나 통신사가 일본에 남겨놓은 문화자료는 1682년부터가 아닌, 훨씬 그 이전부터 있었다. 1636년 제4차 때 부사로 사행했던 김세렴金世濂의 『해사록』을 중심으로 통신사들이 문화자원들을 남겨주게 된 과정들을 검토해보자. 당시 일인들은 금빛 종이, 꽃무늬 종이를 미리 준비한 것은 물론, 자주 가리개나 병풍에 쓸 대작을 요구하기도 했다. 제4차 때 대마 도주와 두 승려의 갈취는 지나치다 못해 강요의 기미마저 든다. 11월 12일 일기에는 두 승려가 연이어 김세렴과 종사관 황감에게 공책 두 권을 바치며 연로에서 지은 시편을 달라고 조르므로 처음에는 볼 만한 것이 못된다고 사양했으나, 그들의 끈질긴 청에 못 이기어 박지영朴之英을 시켜 100여 편을 써보냈다. 또 도주와 두 승려가 금빛 병풍과 금빛 종이를 바치며 다른 대관들을 위해 시와 글을 구하는 등, 가는 곳마다 권축이 쌓여 거의 접대하기 어려웠다고 기록하고 있다. 그 이후에도 동일한 상황이 계속 반복되고 있었다.

이와 같이 우리 사신들이 고행 속에 남긴 유묵은, 일본의 귀중한 문화적 유산이 되어 그들의 문화 수준을 높이는 데 큰 역할을 했을 것이다. 그 중에서 주목되는 것이 김세렴이 찬을 쓴 「역성대유상찬」歷聖大儒像讚이다. 12월 26일자에는 도춘이 관백의 명으로 와서 말하기를 "저희 나라의 지보는 이것일 뿐인데 찬贊을 써 주시는 것을 얻지 못하였으니 흠입니다" 하며, 세 겹으로 비단보에 싸서 금궤에 담은 복희, 신농, 황제, 요, 순, 우, 탕, 문왕, 무왕, 주공, 공자, 안자, 증자, 자사, 맹자, 염, 낙, 관, 민, 소요부의 초상화를 가져 왔다. 모두 스물 한 장의 족자인데 상아 축에 비단으로 꾸몄고 모발이 움직일 듯하였으니 참으로 천하의 드문 보배라고 김세렴은 기록하고 있다. 이 그림은 스물 한 폭 중 열 다섯 폭이 동경 국립박물관에, 나머지 여섯 폭은 축파대학筑波大學 부속 도서관에 소장되어 있다고 한다. 그 그림은 김세렴의 찬으로 더욱 빛나게 된 것이다.[32]

다음으로 이국에 자료로 봉사한 우리 기록들 역시 상대국에 귀속된 우리의 문화자원이다. 그것은 사행록의 내용이 일본의 당대 문화 파악에 큰 도움을 주는 것이 많기 때문이다. 사행록뿐만 아니라 이국인들의 견문록은 그것이 어떻게 이루어진 체험의 기록이든지 모두 과거 자국의 현실 파악에 가장 귀중한 자료이다. 최부가 표류자로서 친히 체험한 15세기 중국 강북과 강남의 생활 풍습의 동이점들은 15세기 생활사의 일면을 보여준다. 그중 동일한 생활 풍습으로 "말할 때는 반드시 손을 흔들고 성낼 때는 반드시 입을 찡그리면서 침을 뱉고, 음식은 거친 음식도 탁자에 같이 차리고 그릇에 같이 담아서 번갈아 젓가락질을 해서 먹으며, 이는 반드시 입에 넣어서 씹고, 다듬잇돌과 방망이는 모두 돌을 사용" 한다는 기록도 다른 문헌에서 쉽게 찾아보기 어려운 것이다. 최부가 황가갑黃家閘에서 미산만익비眉山萬翼碑를 보고 기록해 놓은 비문은 당시 갑문 설치의 역사가 담겨

있으나 현존하지 않아 『표해록』이 유일한 그 자료의 소장처가 되어 있다.[33]

특히 일본에 다녀온 통신사들의 사행록에는 일본 누선의 구조, 도시의 거리, 성곽, 가옥의 모습, 시장, 다정, 일본인의 생활 습속, 의례 등의 모든 양상을 세밀하게 묘사하고 있어 일본의 강호 시대 연구에 일조하고 있다. 조선 사신들의 사행록은 17,18세기 이들 대도시들의 200년간의 통시적 변화 양상을 보여 주는 소중한 자료들로, 실제로 중촌영효中村榮孝는 「조선의 일본통신사와 대판」을 기술하면서 '대판성과 도시의 변화', '도시문화관'이라는 소항목을 설정했는데, 대부분의 자료를 조선 사신의 사행록에 의지하고 있다.[34] 특히 대마도는 조선 사신들의 사행이 시작되는 곳이어서 대부분의 사행록에는 이곳의 풍속이 비교적 자세하게 기록되어 있다. 제9차 기해사행 시 사신들이 대마도에 머물렀던 7월 15일 명절의 풍속, 제11차 계미사행 시 강호에서 연회 이후 보게된 '잡희'雜戲의 모습, 제12차 신미사행 시의 대마도의 단오 행사도 그러한 예 중 하나이거니와, 이것은 당시 사신들이 직접 견문하고 기록한 것이어서 매우 정밀하고 생생하게 재현된 소중한 기록들이다.

4. 우리 문화의 전파와 사행록에 나타나는 문제들

(1) 강항의 경우

수은垂隱 강항姜沆(1567~1618)은 일본에 주자학 내지는 퇴계학을 전한 인물이다. 아베요시오는 일본에 유학을 중흥시킨 등원성와藤原惺窩가 강항으로부터 처음 주자학을 배웠던 것은 아니나 강항과 사귀면서 자신을 심화시킨 것이 사실이고, 따라서 등원성와의 스승은 강항과 조선에서 전래된 책이라고 해도 좋겠다고 했다.[35] 등원성와는 강항에게 일본의 유학이 한나라 유학만 알고 송나라 이학을 모름을 지적해 준 것과 자신이 어려서 스승없이 사장을 암송하며 겨우 음훈을 주석한 데 불과했음을 고백한다. 그는 이제 강항이 사서오경의 경문에 송유의 뜻으로 글자 옆에 일본 훈을 달아 후학이 공부하기 편하게 해주고 일본에서 송유의 의리를 창도할 때에 이 책을 원본으로 삼기를 요청했음을 밝히면서 강항에게 그 사실을 써서 발문에 남겨주기를 바라는 편지를 쓴바 있다.[36]

강항은 임란 이전 처음 벼슬에 나아갔을 때부터 「현종개수실록」에서 재평가가 나올 때까지 극심한 비판에 시달렸다. 「선조실록」에 나오는 강항에 대한 평가는 나라를 위한 의리는 생각하지 않고(선조 29년 7월 7일자) 선한 사람을 모해하는 인물이라는 것이다.(선조 29년 12월 22일자) 귀환 이후 조정에 받아들여지지 않은 것도 역시 격화된 당쟁 때문인 것으로 보인다. 현종 13년에 이단하의 요청에 의해 김인후, 강항, 김덕령이 추증되었는데, 이에 대한 사관의 기록이 「현종실록」과 「현종개수실록」 사이에 현격한 차이를 보인다. 「현종실록」에서는 강항이 왜적에게 항복하지 않은 것은 사실이겠으나 '절의'를 일컬을 만한 것은 없는데, "이단하는 당론에 병들어서 감히 추증하기를 청하였다"(현종 9년 4월 13일자)는 것이다.

그러나 같은 날짜의 「현종개수실록」에서는 수은을 긍정적으로 기록하고 있다. 회답사 여우길 등이 일본에 갔을 때 왜인들이 그의 절의를 몹시 칭찬하여 한나라 때의 소무와 송나라 말기의 문천상과 비교하기도 했다는 것이다. 김장생이 이를 듣고서 가상히 여겨 조정에 그를 천거했으나 당론이 한창 성한 때라 끝내 폐기된 채로 생을 마쳤다는 것이다.(현종 9년 4월 13일자) 「현종개수실록」에서 언급된 여우길이 일본에 간 것은 선조 40년(1607)이고 이것이 조선조 후기 있었던 열 두 차례의 조선통신사행의 첫 번째였다. 정사 여우길과 함께 간 부사 경섬慶暹이 쓴 『해사록』에는 "강항이 포로되어 온 지 5년 동안 형체를 고치지 않고 의관을 변하지 않으면서 방에 조용히 앉아 책이나 보고 글을 짓기만 일삼고 왜인들과 상대해서 입을 연 적이 없었다"라고 하면서 감탄한 일인들의 말이 들어 있다. 경섬은 소무나 문천상을 언급하지는 않았지만, 일인들이 강항의 절의를 칭찬하고 감탄했다는 것은 그가 일본에서 직접 확인한 사실이다. 1763년 계미사행 시 정사였던 조엄도 『해사일기』에서 백제가 경전과 박사를 보내준 후 다시 임진란 때 우리나라 사람 강항이 4년 동안 잡혀 있었는데, 그때 순수좌(등원성와)라는 승려와 교유하면서 일본이 비로소 문교를 열었다고 했다. (1764년 6월 18일자)

1682년 일본 문사 롱천창락瀧川昌樂은 통신사들과의 필담에서 일본의 유학이 기자-조선의 이씨-강항-등원성와-송말창삼松末昌三(창락의 스승)과 임라산林羅山-송영창역松永昌易, 송영삼松永三, 목하순암木下順庵이라고 하면서 강항의 후손에 대해 묻는다. 이에 대해 사신들은 "강항의 후사는 지금은 망했습니다. 중엽에 그 후손은 이름을 팔고 학자인 체하여 유형을 받고 관록을 박탈당했고, 죽을 길에서 사면을 받아 오직 더러운 이름을 남겼을 뿐입니다"[37]라고 헐뜯었다. 그들이 일본 유학사에서 차지하고 있는 강항의 위치와 공로를 몰랐던 것인지, 아니면 실록이 보여주는 것처럼 정치적 입장에서 강항을 비판한 것인지는 분명하지 않지만 일본유학의 원조가 되는 강항을 통해 자긍심을 보여줄 수 있었던 귀한 기회조차 그들은 사용하지 못했다.

사신들의 이러한 편견은 심지어 이황에 관해서도 드러난다. 일본 문사들은 임진왜란 시 강항을 매개로 퇴계학이 전수되면서 이황에 대한 관심이 많았던 데 비해, 이이에 대해서는 1748년 무진사행 때부터 구체적으로 언급되기 시작했다. 일본에서 간행되고 있는 서적으로 『퇴계집』, 『율곡집』, 『징비록』 등이 언급되고, 이이, 이언적, 권근을 거론한 일본 문사도 있었다. 제11차 사행시 일본 학자 롱장개瀧長愷

(룡학대)가 이황과 이이의 우열을 묻자, 부사 서기 원중거는 이황에 대해서는 답하지 않고 이이를 주자와 비견한다. 계속되는 질문에도 그는 선현이 여러 성인을 모아 대성한 사람은 공자이고, 여러 현인을 모아 대성한 사람은 주자이며, 조선의 여러 현인을 모아 대성한 사람은 이이라 했음을 강조한다.(『승사록』권4) 그는 심지어 자기보다 먼저 사행을 다녀 온 인물들이 일본에는 집집마다 모두 『퇴계집』이 있다고 한 사실은 와전임을 주장한다.[38] 집집마다 이황을 알고 있다는 일인의 말을 기록한 사람은 신유한인데, 이것은 이황이 그만큼 널리 알려져 있다는 의미였을 것이다. 아베요시오 역시 이황의 저술이 거의 대부분 에도 시대에 출판되었고, 조선에서 망일된 책도 에도 시대에 몇 차례나 번각되었다고 했다.[39]

원중거의 이러한 견해가 반드시 정치적 입장과 유관한 것인지는 모르겠으나 일인들은 자국 유학의 성립에 큰 역할을 한 조선 학자와 문사에 대한 관심에서 질문한 것이기에 조선 사신들의 그러한 답변에는 확실히 문제가 있어 보인다. 특히 일본인들은 박제상, 이순신, 강항처럼 자국에 적대적이었던 인물이라도 절의를 지키고 충성을 다한 인물들에 대한 호감을 보여준다. 해외에 수용된 우리 자원에 대한 계속적인 관심이 요구된다.

(2) 금강산의 경우

금강산은 조선통신사들이 일본에 남겨준 무형의 문화적 자원이었다. 그러나 일본에서 조선통신사와 일본 문사 간에 유일하게 시와 필담에서 동시에 강한 대결의식을 보인 금강산과 부사산의 상호우열에 관한 논쟁을 보면 우리의 문화자원에 대해 사신들이 보여준 문제점이 드러난다.[40]

금강산과 부사산의 상호우열 논쟁을 가장 치열하게 벌였던 제8차 사행 시의 일본 문사 강도박岡島璞은 "부사산 외에 다시 어떤 산이 있을 수 있습니까"라고 금강산과의 대결의식을 보여주었고, 1719년 기해사행 시 비전주 학관 화전성재和田省齋는 제술관으로 간 신유한과 부사 서기 성몽량成夢良에게 "준주 부사산은 우리나라 제일의 명악인데 선생님께서는 어찌 뛰어난 작품이 없을 수 있겠습니까"라고 시 짓기를 강요했다.[41] 이러한 예들은 일본 문사들에게 부사산이 어떤 존재인지를 분명히 보여주는 것이거니와, 조선통신사들이 부사산의 우열 의식 앞에서 금강산을 거론한 것은 아마도 당연할 것이다.

조선통신사들의 이에 대한 대응에는 두 가지 문제가 보인다. 하나는 상대국에 대한 배려가 부족했다는 것이다. 일본 문사들에게 부사산은 자기 민족의 성산이어서 그들이 이를 세계에서 가장 훌륭한 경치를 지닌 산이라고 생각하는 것은 자연스러운 일인데도, 문제는 조선 사신들이 부사산을 너무 평가절하하려고 했다는 것이다. 부사산의 칭찬에 가장 인색했던 사람이 제6차 사행에 종사관으로 갔던 남용익南龍翼이다. 그는 삼도를 지나며 쓴 「부사산가」富士山歌에서 첫 구와 마지막 구를 "오호, 위태롭다 기특하다 이상하다 부사산"이라 하여 이 산에 대한 시인의 불편한 마음을 보여주었다. 그는 부사산을 이무기, 악어 등이 있는 반신성적이고, 사람의 발자취가 끊어진 반인간적인 산으로 묘사했다. 항우가 칼을 들고 적군을 쳐부수는 무력적인 산으로, 늙은 중의 불룩한 배처럼 둥글다는 등의 희화적인 이미지로 묘사했다. 그는 부사산이 백두산과 조선의 삼신산(금강산, 지리산, 한라산)은 물론이고 구월산, 삼각산, 태백산, 오대산, 속리산에 비교해도 하늘과 땅 사이처럼 아득하다고 하면서 이 산이 중국의 오악과 조선의 삼신산에 굴복하지 아니하고 우뚝하게 방외에 서 있는 것이 "마치 무엄하고 건방진 남월왕 같다"고 화를 냈다. 한마디로 부사산이 일본 땅에서 천하제일의 명산처럼 자부하고 있는 것이 마치 남월왕 위타가 반역하여 황제를 참칭한 것 같아 기분 나쁘다는 것이다.

이처럼 한편으로 부사산을 비하하고, 다른 한편으로 부사산이 하늘과의 거리가 한 자 정도이기에 사람의 발길이 끊어졌다고 하면서 "어찌 방장의 삼한 밖에 옥처럼 서 있는 금강산 일만 이천 봉을 당하리"라고 부사산이 금강산과는 비교도 할 수 없음을 읊었다. 남용익의 작품에는 전란을 겪은 지 반세기가 겨우 지난 시기에 스물 일곱 살이 된 조선의 젊은 청년 문사가 일본에 대해 갖고 있었던 적대의식이 그대로 묻어 나오고 있다. 그러나 이러한 시각은 1763년 제11차 계미사행 때까지도 계속 나타나고 있었다. 정사 조엄은 부사산을 "다만 민民도 없고 보輔도 없는 형상이라서 항룡亢龍의 슬픔을 부른 일본의 황제와 흡사하네"라 읊었다. 조엄은 부사산이 여전히 권위적이고 덕이 없으며 교만해 보인다고 생각하고 있는 것이다. 항룡은 『주역』에서 지극함을 지나쳐 후회가 있게 되는 용이니, 이미 높은 곳까지 올라가서 떨어질 것밖에 없는 상태를 의미한다. 이들에게서 공통적으로 드러나는 것은 부사산이 유덕해 보이지 않는다거나 더 나아가 인간적이지 못하다는 점이어서 '인자요산'仁者樂山의 유가적 관점이 이들에게 크게 작용하고 있는 것으로 보인다.

부사산에 대한 이러한 비판적인 시는 당연히 일인들에게 거부감을 불러일으켜서 그들은 부사산의 모습을 정밀하게 묘사하면서 반대로 조선 문사가 내세우는 금강산이 어떠한 모습이냐는 쪽으로 화살을 돌렸다. 여기에 조선통신사들의 대응이 보여준 두 번째 문제가 나타난다. 조선 문사들은 부사산에 대한 금강산의 우위를 내세우면서도 전혀 그 실경을 그려내지 못하고 있는 것이다. 예를 들어 치열한 논쟁을 벌였던 제8차 신묘사행의 정사서기 홍순연洪舜衍과 일본 문사 강도박의 금강산과 부사산의 묘사를 보면 그 차이가 드러난다. 홍순연은 "우주 명산에는 이 산과 그 아름다움을 다툴 만한 산이 없습니다"라고 자부는 했으나 그가 제시한 금강산은 일만 이천 봉우리가 모두 옥을 깎은 듯하고, 중국인이 금강산을 보고 죽는 것이 소원이라 했다는 것이었다. 이에 비해 강도박은 "부사산은 공중에 솟아 팔주를 걸터앉았으며 금빛을 발하고 옥화를 흐트립니다. 정상에는 못이 있는데 맑은 물은 거울 같고 허리에는 나무가 없고 백운이 둘러 있어 실로 금을 깎고 옥을 쌓은 것"으로 그 산의 실경을 구체적으로, 그리고 화려하게 묘사한다.[42]

이와 같이 우리 사신들은 부사산을 내세우는 일본 문사들 앞에서 비록 민족적 자만심을 보이기는 했으나 우리나라 국토산하의 인간적이면서 종교적인 미를 감동적으로 그들에게 전파하는 기회로 살리지 못했다. 통신사들이 부사산을 인정하면서 금강산의 우위를 내세우는 변화가 보이는 것은 1763년 남옥에게서였다.

아들 손자 벌여 세워 네 홀로 으뜸이 되니
산마루 저 구름은 신룡을 보호하는 듯
아침해는 함지에서 맨 먼저 비쳐주고
여름에도 태초의 눈이 항상 덮여 있다오
우뚝이 홀로 솟아 우주를 지탱하고
꾸밈없는 천연색은 깨끗한 연꽃송이
이 땅 사람 억지로 금강산과 맞서고자
만 이천 봉 모두가 다른 모양 아니라고[43]

이 시에는 조선 문사들이 자랑한 금강산 절경이 일만 이천 봉우리가 모두 모양이 같지 않다는 것이고, 일인들은 일만 이천 봉우리의 모습이 어찌 다 다를 수 있겠느냐고 맞섰던 상황이 드러난다. 이에 대해 남옥은 부사산의 신성함과 권위, 웅장함과 자연미를 확인시켜 주면서 부사산은 부사산대로 아름다운데 왜 이를 억지로 금강산과 우위를 다투려 하느냐는 가벼운 나무람을 하고 있는 것이다. 여기에는 상대방을 감싸안으면서도 금강산에 대한 자부심을 버리지 않는 넉넉함과 여유가 보인다.

해외에 심어준 무형의 문화자원은 실제로 작품으로 남겨진 문화

유산과 마찬가지로 이국에서도 문화적 역할을 한다. 중국인들이 금강산에 대해 가졌던 마음처럼 금강산은 이웃나라 또는 세계의 사람들이 마음에 품고 있는 영산이 될 수도 있을 것이고, 이를 위해서는 일만 이천 봉우리의 모습이 다 다르다고만 하지 말고 그 가운데 적어도 몇 봉우리의 실경을 묘사해줄 수 있어야 했다. 19세기 여성작가 금원은 정양사 헐성루에서 보이는 일만 이천 봉우리가 "혹은 눈더미 같고, 혹은 부처의 가부좌한 모습 같고, 혹은 머리를 쪽지어 단장한 것 같고, 혹은 칼 구멍 같고, 혹은 연꽃 송이 같고, 혹은 파초 잎처럼 하나는 두 손을 마주잡은 듯하고 또 하나는 절하는 듯하며, 하나는 세로로 하나는 가로로, 일어서기도 하고 쭈그려 앉기도 하여 천태만상이어서 입으로 혀로 형용할 수가 없었다"(『호동서낙기』)고 그려낸바 있다. 통신사행을 다녀온 사신들이 금강산에 관한 시를 많이 남긴 이유가 혹시 부사산과의 대결에서 갖게 된 국토에 대한 자각 때문이었는지 모르겠다.

1 錢謙益은『有學集』에서 "『皇華集』 발문에 '본조 시종의 일로 고려에 봉사하면 으레 『황화집』이 있었는데, 이것은 가정 18년(1539) 기해에 황천상제의 태호와 황고의 성호를 올리고 석산 사람 수찬 華察이 조서를 반포하고서 지었다. 우리나라의 문체는 순평하나 사림 제공들이 음조를 폄책하지 않고 받아들여서 먼 나라를 회유하는 뜻을 붙였다. 그러므로 아름다운 문사는 아주 적다. 그러나 배신들의 시편 같은 것은 매양 두 글자〔二字〕가 일곱 글자〔七字〕의 뜻을 포함하고 있는데 '나라 안에 창도 없이 한 사람만 앉았네'〔國內無戈坐一人〕와 같은 것이 곧 저 나라에서 이른바 동파체이다. 그러니 제공들은 그들과 더불어 시를 수작하지 않는 것이 옳다' 했다." 이덕무, 박지원 모두 이 구절에 관해 논의한바 있으나 여기서 거론된 시구의 작가에 대해서는 문제제기를 하지 않았다. 그러나 『황화집』과 『慕齋集』을 보면 "國內無戈坐一人"이 화찰의 시로 나왔다. 두 글자〔二字〕가 일곱 글자〔七字〕의 뜻을 포함하는 것을 시제로 제시한 것도 화찰이었다. 이 기준에 따라 소세양과 김안국이 차운시를 지었다. 『황화집』 권25, 華察, 「頒詔作東坡體一絶 每二字含七字」;『모재집』 권8, 「次正使效東坡體韻」.

2 아베요시오,『퇴계와 일본유학』, 김석근 역(전통과 현대, 2001), 103쪽 각주13 참조.

3 李仁老,『동문선』 권13, 「與友人夜話」, "試問隣墻過一壺, 擁爐相對暖髥鬚, 厭追洛社新年少, 閑憶高陽舊酒徒, 半夜聞鷄聊起舞, 幾廻捫蝨話良圖, 胸中磊磊龍韜策, 許補征南一校無".

4 瞿佑, 「館舍書事」, "過却春光獨掩門, 澆水漫有酒盈樽, 孤燈聽雨心多感, 一劍橫秋氣尙存, 射虎何年隨李廣, 聞鷄中夜舞劉琨, 平生家國縈懷抱, 濕盡靑衫總淚痕", 曹學佺 편,『石倉歷代詩選』 권362, 사고전서 전자판.

5 田中優子, 「'수호전'의 근세적 개변」(일한·한일문화교류기금합동학술의, 比較日韓 近世社會と文化, 1988, 발표 요지), 29쪽. 이 논문은 전중우자 교수의 『근세アジ

7 표류』(조일신문사, 1995)에 수록되었으나 「홍길동전」과 「수호후전」과의 관계 부분은 삭제되었다. 단지 「수호전」의 세계가 조선의 「홍길동전」에도 "대항해 시대, 상업 시대 가운데 기능한다"(165쪽)고 보고 있다. 그러나 「홍길동전」이 갖는 바다를 통한 해외 진출은 「홍길동전」이 저작된 지 약 50년 뒤에 나온 「수호후전」의 세계와 관련된 것이고, 「수호전」과는 무관하다는 점은 확실히 할 필요가 있다.

6 고연희, 『조선후기 산수기행예술연구』(일지사, 2001), 66~68쪽.

7 이러한 점에서 강명관은 김창업이 「귀거연서」를 쓰기 전에 『명산승개기』에서 왕위의 글을 보았을 것으로 추정한다. 강명관, 『농암잡지평석』(소명출판사, 2007), 423쪽.

8 王士禎, 『香祖筆記』 권9, 문연각 사고전서.

9 이종묵, 「별본 동문선 해제」, 『별본 동문선』 1(서울대 규장각한국학연구원, 1998), 5~7쪽.

10 박현규, 『중국 명말 청초인 朝鮮詩選集 연구』(태학사, 1998).

11 이종묵, 「17~18세기 중국에 전해진 조선의 한시목록」, 『한국문화』 45(서울대 규장각한국학연구원, 2009), 47쪽.

12 김명호, 「동문환의 한객시존과 한중문학교류」, 『한국한문학연구』 26(한국한문학회, 2000), 391~416쪽.

13 박현규, 「淸 符葆森의 '國朝正雅集'에 수록된 조선시」, 『중국학보』 51(한국중국학회), 43~57쪽.

14 한영규, 「중국시선집에 수록된 19세기 조선의 한시」, 『한국실학연구』 16(한국실학학회), 261~295쪽.

15 기경부, 「조선시선이 중한문화교류에 미친 영향」, 『아세아문화연구』 제6집(2002), 72~79쪽.

16 전성경, 「중국내 조선시선 유행의 문학배경」, 『아세아문화연구』 제6집(2002), 100~106쪽.

17 박현규, 「허난설헌의 또 하나의 중국간행본 '聚沙元倡'」, 『한국한문학연구』 26집(한국한문학회, 2000), 91~110쪽; 이종묵, 「17~18세기 중국에 전해진 조선의 한시」, 『한국문화』 45(서울대 규장각한국학연구원, 2009)에서는 『聚沙元倡』이 난설

헌의 시를 가장 많이 선발한 중국 문헌이므로 그의 문집을 직접 보고 선발한 것으로 추정했다. 17쪽 각주 9를 참조.

18 1720년, 1732년 두 차례에 걸쳐 연행했던 李宜顯은 명나라 사람들이 우리나라의 시를 좋아하고 특히 허난설헌의 시를 칭찬하여, 선시하는 사람들은 모두 그의 시를 수록했다고 말했다. 『陶谷集』권28, 陶峽叢說.

19 소설헌, 『난설소설집』, 소설헌전략, "대명 만력 병오년 주지번이 조선에 사신으로 와서 허부인의 『난설집』을 얻어 돌아가니 중국인들이 인쇄함이 성행하였다. 경란이 그것을 읽고 사모하여 전편을 이어서 화답하니 전당인 양백아가 편집하고 '해동란' 이라고 이름을 붙인 것이 이것이다." 소설헌의 시는 김명희, 『소설헌 허경란의 시와 문학』(국학자료원, 2000)에 수록된 자료를 사용했다.

20 許蘭雪軒, 『蘭雪軒詩集』, 「遣興」, "我有一端綺, 拂拭光凌亂, 對織雙鳳凰, 文章何燦爛 幾年篋中藏, 今朝持贈郞, 不惜作君袴, 莫作他人裳".

21 許景蘭, 『小雪軒集』, 「遣興」, "手把金剪刀, 妾身頗歷亂, 一幅雙鴛鴦, 披拂光凌爛, 不向篋中藏, 衣與二心郞, 郞將憎我意, 咄咄不稱裳".

22 李德懋, 『靑莊館全書』蠹葉記 六, 東國書入日本.

23 이춘희, 「藕船 李尙迪과 만청 문인의 문학교류 연구」(서울대 박사논문, 2005), 8∼13쪽.

24 박현규, 「중국에서 간행된 조선 유득공 시문집」, 『동방한문학』15(1998);「1998 중국에서 간행된 조선후사가 저서물 총람」, 『한국한문학연구』24(1999).

25 石川麟洲는 小倉藩의 儒者로 제10차 무진사행 시 조선 사신의 객관을 찾아와 제술관 朴敬行, 서기 李鳳煥, 柳逅, 李命啓 등 네 문사와 창화했다. 三宅英利, 「忠基公年譜」. 『근세한일관계사 연구』, 손승철 역(이론과 실천사, 1991), 375쪽에서 재인용.

26 山岸德平, 『近世漢文學史』(汲古書店, 1987), 241쪽. 장산에게는 『朝鮮筆語集』 2권이 있다.

27 『계림창화집』 권6.

28 『계림창화집』 권9.

29 백석은 1711년(제8차 통신사행) 조선 사신들과 가졌던 필담(江關筆談)에서 그 전

임술사행(1682, 제7차) 때 "다행히 객지에서 洪滄浪·洪鏡湖 두 분을 만났다"는 말을 했다. 김태준은 이 구절을 백석이 자서전에서 "학문의 스승도 없고 문학의 교양이 모자라서 서적의 해석에 고생하고 있었을 때 조선 사신을 만났다"고 한 기술과 연결하여 그에게 홍세태 등 조선 사신을 만난 체험이 얼마나 '다행스러운' 것이었던가를 살필 수 있다고 보았다. 김태준, 「18세기 일본체험과 한일문학의 교류양상」, 『논문집』인문과학편 18집(숭실대학교, 1988), 21쪽.

30 이 부분은 이혜순의 『조선통신사의 문학』(이화여대출판부, 1996), 58~60쪽의 내용을 요약했다.

31 『通航一覽』 권108~111, 朝鮮國部 84~87, 필담 창화. 이원식, 『조선통신사』(민음사, 1991), 59쪽에서 재인용.

32 金世濂의 『海槎錄』에는 이것이 관백 소유라고 되어 있으나 『羅山先生文集』 권54에는 "東溟者儒者也, 故以吾家所藏聖賢圖像二十一輻, 請書于圖上"이라 하여 임도춘의 소유로 기술되어 있다. 이원식, 『조선통신사』(민음사, 1991), 101~102쪽 참조.

33 박원호, 「최부 표해록」, 『한국사 시민강좌』 42(일조각, 2008), 51쪽.

34 中村榮孝, 「朝鮮の日本通信使と大坂」, 『日鮮關係史の硏究』(동경 : 吉川弘文館, 1969), 362~373쪽.

35 아베요시오, 『퇴계와 일본유학』, 김석근 역(전통과 현대, 2001), 103쪽.

36 「問姜沆」, 『등원성와』, 일본사상대계 28(암파서점, 1975), 109쪽.

37 『桑韓筆語唱和集』 중 롱천창락과 성완, 홍세태, 안신휘, 이담령의 필담.

38 元重擧, 『乘槎錄』, 갑신년 6월 14일자.

39 아베요시오, 『퇴계와 일본유학』, 김석근 역(전통과 현대, 2001) 112쪽.

40 이 부분은 이혜순, 「18세기 한일문사의 금강산-부사산 우열논쟁과 그 의미」, 『조선통신사의 문학』(이화여대출판부, 1996), 260~279쪽과 「통신사 이야기」, 『조선통신사』(2005년 10월호), 14~15쪽을 요약 재정리한 것이다.

41 『桑韓唱酬集』 권1, 河間正胤(교열)(浪華書店, 1720).

42 『鷄林唱和集』 권3, 1711년 신미사행 창수집, 국립중앙도서관 소장.

43 南玉, 「富士山」, 趙曮, 『海槎日記』(『국역해행총재』 VII), 〔酬唱錄〕, "羅立兒孫爾獨宗,

頂雲長似護神龍, 朝暉先得咸池照, 夏雪尙留太始封, 卓爾不群撐宇宙, 天然去飾濯芙
蓉, 東人强欲爭皆骨, 萬二千峯摠是容".

6장

—

반성과 전망

'수용'의 동아시아적 의의

1. 해외체험과 '문승'文勝에의 의지

　지금까지 우리 고전문학이 동아시아 문학·문화 교류 중 '수용한' 것과 '수용된' 것을 중심으로 그 특성을 살펴보았다. 수용은 동아시아 삼국 내에 주고받은 문화교류의 총칭을 의미하고, 따라서 수용 연구는 바로 동아시아적 접근을 뜻하는 것이다. 여기서 문학은 문·사·철의 한 부분이면서 문·사·철을 통합하는, 문학의 확장된 개념 내지는 인문학과 거의 동일시되는 개념으로 사용되었다. 그러나 외국의 문사가 우리나라에서 가졌던 체험이나 우리 문사가 해외에서 가졌던 체험을 다룬 사행록이나 필담집은 기행시문과 같은 문학작품을 포함한 자료로서 중시될 뿐 아니라 동시에 그 자체가 하나의 완정完整한 문학 텍스트로 간주된다는 점에서 같은 인문학 내의 역사나 철학과 다르다.

　앞에서 거론한 대로 해외에 나간 사람들은 어떤 목적을 가지고 어떤 신분으로 나갔든간에, 그곳에서는 타자였다. 그러나 타자로서의 자기인식이 강한 사람도 있고, 외국과 외국인에 대한 타자인식이 강한 사람도 있음은 물론, 타자와 주체와의 거리 역시 수용자에 따라 다양하게 드러났다. 이것은 어느 경우에나 이들의 수용에는 어느 정도 체험의 내용이 여과되어 이루어졌다는 것을 의미한다. 그러나 의도되지 않은 수용도 소홀히 할 수 없다. 최치원의 도교 의례문이나 김일손이 갖고 들어온 『소학집설』은 그들이 적극적으로 수용하려던 대상은 아니었지만 긍정적이든 부정적이든 국내에서 중요한 역할을 했다. 만약 최치원이 진심으로 도교를 받아들여 이를 천착했다면 한국의 도교사나 도교 문학은 좀 더 다른 성과를 축적했을 것이지만, 그가 직무의 하나로 거리의식을 가지고 쓴 현존하는 의례문 역시 도교사적 위상을 지니고 있다는 점에는 이의가 없다. 반면 우리나라에 들어온 귀화인과 외국 사신들이 자신들이 갖고 있는 문학적 배경을 그대로 전이시키려는 의도는 국내인들의 저항을 받았다. 이와 달리 서적의 경우는 문풍이나 문학 갈래 또는 사상 등에서 비교적 직접 수용이 이루어지지만 이 역시 점진적으로 전통과의 거리를 좁히는 방향으로 굴절된다.

그러나 우리 문학과 해외수용의 만남에서 드러나는 타자의식이나 거리감, 굴절과 변형 역시 전통의 성장과 혁신에 기여한다는 사실은 부인될 수 없다. 단지 해외체험자들이 보여준 여과나 서적에서 새로 수용된 요인들의 변모는 전통의 갑작스런 붕괴나 혼란을 일으키지 않으면서, 이전에 없었던 또는 체험을 통해 재인식하게 된 요인들로 새로운 전통을 형성하게 된다는 의미이다. 이러한 수용 양상이 우리나라만의 고유한 특성이라 보기는 어렵지만 사람이든 서적이든 해외체험의 수용에서 발생하는 거부와 반발, 그리고 굴절의 배경에는 우리 문사들의 강력한 '문승'文勝 의식이 있었다는 점이 드러난다. 문승은 국가적 측면과 개인적 측면으로 나눌 수 있으나 이 둘은 거의 분리하기 어려운 것이다. 소중화小中華의식은 바로 전자에 속하는 것으로 소중화는 모화 사상의 소산이 아니라 강대하고 호전적인 나라들로 둘러싸인 작은 나라가 할 수 있는 최상의 생존방식이었다.

동일한 맥락에서 개인적으로도 어느 나라든 편견, 폄하, 도전을 피할 수 없는 곳에서 의지할 것은 오직 자신의 문학적 우수성뿐으로, 이 문학적 우수성이 바로 '문승'이다. 본래 가장 고전적인 개념의 문승은 '문승질'文勝質을 의미한다. '문'이 문체이고, 꾸밈이고, 형식을 가리킨다면, '질'은 질박함이고, 순수한 바탕이고, 내용이 될 것이다. 주나라 말기 제자백가의 출현을 문승으로 보고, 문의 숭상이 실질을 지나쳐 성군이신 요임금·순임금을 그르다 하고, 지치의 국가였던 은나라·주나라를 세우신 탕왕과 무왕을 가벼이 여기며, 주공과 공자를 배척해서 결국 분서갱유가 일어나게 했다는 주장을 쉽게 찾아볼 수 있다. 제자백가들의 현란한 언설이 결국 알맹이 없는 말장난일 뿐이라는 시각을 반영한 것이다. 그러나 '문' 자체가 부정적인 것은 아니다. 공자는 문승질뿐만 아니라 질승문 역시 바람직하지 않다고 하면서 "문질빈빈"文質彬彬을 가장 이상적인 형태로 제시했고, 주자는 『가례』家禮의 서문에서 예를 근본〔本〕과 형식〔文〕으로 나누면서 이 두 가지를 동일하게 준수하고 강습할 것을 강조했는데, 특히 그 형식의 중요성을 보여준 것이 바로 『주자가례』인 것이다.

그러나 우리 문사들이 해외체험에서 보여준 문승은 '질'과의 비교 개념이 아니라 동일한 '문'에서의 우열 개념이다. 문승으로서 어려움을 타개한 대표적 문사가 최치원일 듯하다. 최치원이 처음 당에서 부딪힌 것은 외국에 대한 차별 정책이었지만, 이를 넘어서면 또 기라성 같은 당 문사들이 포진되어 있던 당의 문학적 수준과 경쟁해야 했다. 만당 시인으로 최치원과 함께 고병 막부에 종사한 고은이 최치원이 귀국할 때 준 시의 구절 "열 여덟에 사원을 누비며 싸웠다"〔十八橫 行戰詞苑〕에서 드러나듯이, 최치원은 당의 문단 내지는 과거시험에서 이들과 싸웠고〔戰〕 우수성을 드러낸 것이다.

최치원의 문승을 보여주는 대표적인 작품이 막부에 들어가기 위해 고병에게 바친 시이다.

태위께 진정함

해내서 누가 해외 사람을 어여삐 여기오리
나루를 묻노니 어디가 통하는 나루이온지
본디 녹을 구함일 뿐 이롭기를 구함은 아니요
다만 어버이 빛내려 할 뿐 제 몸 위함 아니로세
객지의 이별하는 시름은 강 위에 비내릴 때
고원에 돌아가는 꿈은 저 햇가
내 건너다 요행히 은혜 물결 만나서
속된 갓끈 십 년 먼지 다 씻어버리기를.[1]

이 시에서 최치원은 불평등한 당나라를 비판하기보다는 과거에 급제했어도 타자일 수밖에 없는 자신의 위치를 확인하고 있다. 그러나 바로 그 점이 오히려 첫 구부터 이 시를 매우 강력하고 도전적으로 만들면서, 이 불평등한 세계에서 고병이 이를 극복할 수 있는 유일한 길이고 진리라는 다음 구의 의미를 더욱 부각시키고 있는 것이다.

그러나 첫 구의 강력한 도전을 함련과 경련에서는 매우 감성적인 시의로 전환시킨다. 궁핍한 생활, 부모님께 효도하고 싶은 마음, 이방 나그네의 외로움과 고향에 대한 그리움 등은 고병의 감성을 자극하기에 충분한 요인들이다. 따라서 마지막 구에서는 자연스럽게 다시 고병의 은택을 간구한다. 나루터, 강, 비, 파도의 일관된 물의 심상으로 경련의 최치원 자신을 수련과 결련의 고병이 감싸고 있어 그가 곧 진리를 향한 출발이고 목적임을 잘 보여준다.

고병高騈은 재능있는 시인으로, 당나라 말 훈신 중 가장 훌륭한 시인이라는 평가를 받은 사람이었다. 최치원이 고병을 선택하게 된 계기와 과정은 분명하지 않으나 오직 문승으로 승부해야 하는 처지에서 그가 재주있는 문사라는 점이 작용했을 가능성이 크고, 그것은 최상의 선택이었다. 위의 시는 아마도 그에게 자신을 받아달라는 첫 번째 글과 함께 올린 칠언장구시 100수에 포함되는 것으로 보인다. 얼마 후 최치원이 재차 편지를 올린 것으로 보아 위의 시가 곧바로 발탁으로 이어진 것은 아닐 수 있으나, 그가 결국 막부에 들어가게 된데에는 이 작품 역시 적지 않은 역할을 했을 것으로 짐작된다.

최치원이 고병의 막부에 들어간 것이 중화 원년이라고 한다면 그가 들어가자마자 쓴 것이 「토황소격문」討黃巢檄文이었다.[2] 그 격문 중 "천하 사람이 모두 그를 공개로 처형할 것을 생각할 뿐만 아니라, 또한 지하의 귀신들도 이미 은밀히 베어 죽이기를 의논하고 있다"라는 구절이 있었는데, 황소는 그 글을 보고 자신도 모르게 평상에서 내려오고 말았고, 이로 말미암아 그의 이름이 천하에 떨쳤다고 한다. 이 이야기는 『삼국사기』의 최치원 열전에는 보이지 않아서 아마 이규보의 글에 처음 수록되어 있는 듯하다. 조선후기 홍대용은 청 문사에게 이 이야기가 『중국선부』中國選賦에 보인다고 했으나 이 책을 찾지 못했다. 그러나 이 격문으로 최치원의 명성이 크게 높아진 것만은 사실일 것으로, 막부에서 이 글은 그의 첫 시험대였고, 그는 문승으로 시험을 무사히 통과해서 종사관으로서 고병의 막하에 자리잡을 수 있게 된 것으로 보인다.

이제현은 국왕의 인정을 받고 특별히 부르심을 받아 원나라에 가 신하였지만, 그 역시 그곳에서는 타자였다. 충선왕이 만권당을 짓고 그를 부른 이유가 바로 원나라 학자 문사들의 문학적 도전 때문이었다. 『동인시화』에는 어느 날 충선왕이 만권당에서 "닭소리가 마치 문 앞의 버들가지 같구나"〔鷄聲恰似門前柳〕라고 읊은 후 그 용사의 유래를 묻는 원나라 학사들에 의해 곤궁에 처했을 때 이를 도와준 이제현의 이야기가 수록되어 있다. 충선왕의 시구는 청각을 시각으로 전이시켜 다층적인 공감각적 심상을 일으킨 것인데, 아마도 당시 원나라 문사들에게는 익숙하지 않았던 수법이거나, 충선왕을 궁지에 처하도록 하기 위해 제시한 고의적인 질문이었던 것 같다. 이에 대해 이제현은 우리나라 사람의 시에 "지붕 위로 떠오르는 해에 금빛 닭이 우니 마치 수양버들이 늘어져 하늘거리는 듯하네"〔屋頭初日金鷄唱, 恰似垂楊裊裊長〕라는 구절이 있다고 하면서, 닭울음 소리가 가늘게 이어져 가는 것을 버들가지가 가벼이 하늘거리는 것에 빗댄 것으로 충선왕이 이런 뜻을 용사한 것이라고 설명했다.

이제현은 한 걸음 더 나아가 한유가 거문고 소리를 버들개지에 비유한 「금시」琴詩를 들어 청각적인 심상을 시각적으로 전이시킨 예를 구체적으로 제시했고, 이에 자리를 가득 메운 사람들이 감탄하였다는 것이다. 한유의 「금시」는 송나라 구양수가 소동파에게 금시 중 누구의 것이 우수한지를 물었을 때 동파가 지목한 시로, 시화에서 자주 거론되는 작품이어서 원나라 문사들의 질문은 그들의 무지를 드러낸 셈이 되었다. 그러나 서거정의 말처럼 충선왕의 시는 진실로 이제현의 구원이 없었더라면 아마도 평자들의 예봉에서 헤어나올 수 없었을 것임은 분명하다. 그가 구원한 것은 충선왕만이 아니라 자신과 고려였다. 이제현이 30여 세 차이가 나는 조맹부와 교유하게 된 것은 아마도 그의 이러한 문학적 우수성에 힘입은 바 컸을 것이다.

조선조에 와서도 문승을 통해 국가의 위기를 극복하고 개인의 명성을 공고히 하려는 문사들의 집요한 의지를 엿볼 수 있다. 외국에서의 해외체험이든 국내에 들어온 외국인을 통한 해외체험이든, 조선의 문사들에게는 생존을 위한 경연장으로 의지할 것은 오직 그들의 문학성뿐이었다. 거만한 외국 사신들의 생각을 바꾸어 놓은 것도 문학작품을 통해서였고, 이것은 곧장 외국에서의 문명으로 이어져 나라의 위상을 높이는 데에 기여했다. 국내에 들어온 해외 문사와의 교류에서도 그들은 문승으로 승부하려는 강력한 의지가 보였다. 명나라 사신들을 접대하는 우리 문사들이 미리 시문을 준비하기도 했다는 것은 잘 알려진 사실이지만, 조정에서 사장을 강화하려 한 것도 사신들과의 문학적 경쟁에서 그 우수성을 드러내야만 했기 때문일 것이다. '화국', '소중화' 등의 명칭은 단순한 미화가 아니라 국제사회에서 그 입지를 확보할 수 있는 존재기반이 되고 있는 것으로, 따라서 문승은 개인의 명예를 넘어 국제적으로 나라를 지키는 수단이었다.

침략을 억제하기 위한 수단으로서 문승의 노력은 과거 우리나라 역사의 한 전통이기도 했다. 우리나라 최초의 한시로 거론되는 을지문덕의 시는 상대방의 능력을 미화하면서 과도한 욕심을 부리지 마라는 충고의 작품이었다. 신라 진덕여왕의 「태평송」 역시 외교 문서의 구실을 하면서 그 이면에 우리 측의 요구를 상당히 강력하게 응축시켜 놓은 작품이다. 시인은, 이상적인 왕국이란 통치자가 문덕을 닦아 은혜를 비처럼 내리는 나라, 군왕의 덕이 옥처럼 아름답고 밝기가 촛불 같아서 전쟁이 없고 태평한 나라로, 당나라가 그래야만 한다는 의미를 함축해 놓은 것이다.

특히 외적의 침략이 빈번했던 고려시대에는 요·송·금과의 관계 유지를 위한 외교적 표문이 범람하던 시대였다. 당시 '표문'은 문승지효文勝之效를 보여준 도구였다. 박인량의 표문 중 보주를 돌려 달라는 글을 읽고 요나라 황제가 감동하여 그 땅을 돌려주었다는 사실이 그의 열전에 전하고, 고려 후기 이곡은 원나라의 동녀공출 요구를, 이제현은 충선왕에 대한 모해와 고려를 원의 한 행성으로 귀속시키려는 국내외의 모략을 유려하고 간절한 문장으로 막으려 했다. 이러한 문승의 정치외교적 역할은 명나라나 청나라, 그리고 일본과의 관계에서도 지속된다. 양국 간의 오해나 분쟁을 야기할 만한 사건들은 대부분 뛰어난 설득력있는 문장으로 해결된다. 임란 후 일본에 간 조선통신사들에게 문승은 마찬가지로 국가의 안위와 연관된 것으로 간주되었다. 일본에 가는 표면적인 명분이 무엇이든간에 실제 목적은 일인들을 회유시켜 평화를 유지하려는 것임은 이미 앞에서 논한 바 있거니와, 사신들의 문승은 바로 회유의 도구였다.

국가 간의 관계에서 문학적 우수성에 대한 관심은 단지 우리나라만의 것이 아니다. 예컨대 송나라 황제가 고려에 사신을 보낼 때 문장을 시험하고 나서야 보냈다는 사실은 잘 알려져 있지만, 명나라 사신 기순은 중국 사신들이 조선에 남긴 글을 보면서 후일 조선 문사들에 의해 그 경중이 가리어질 것으로 보았다.(『황화집』 권8) 이것은 그가 조선 문사들의 높은 문학 수준을 알고 있어서 장차 자신들이 비판의 대상이 될 수 있음을 인정했다는 의미이다. 일본의 문사들 중에는 조선 사신들과 창화한 자국 문사를 대부분 부화한 무리라고 폄하하여 본래 자신들의 문학적 수준은 그렇게 낮지 않음을 애써 보여주려 한 문사도 있었다. 이것은 모두 문학적 우수성이 갖는 국가적·민족적 의의를 인식하고 있었음을 보여주는 예들이다.

이를 보면 삼국 모두 정치적 관계는 어떠하든 문학적 우위를 지키려는 부단한 노력을 한 것이다. 우리 문학사에 등장하는 이들은 이 문학의 경연에서 작품의 가치로 승부해서 승리했다. 순수히 개인의 학업을 위한 것이든 국가의 공적 업무를 위한 것이든, 시의 창수이든 필담이든, 또는 수용한 것이든 수용된 것이든 그 안에는 언제나 '문승'의 개념이 기반이 되고 있는 것이다. 이러한 점에서 문승은 사신과 유학생들의 해외체험에서 가장 핵심적인 키워드로 볼 수 있다.

2. 문학의 수용에 나타난 문승의 위기

위에서 본 바와 같이 문승은 해외에서든 국내에서든 개인이나 나라가 존재할 수 있는 힘으로 존재했다. 그렇기 때문에 문승은 때로 도전을 받으며 위기에 처하는데, 상세히 살펴보면 그 이면에는 화이華夷 의식이 자리잡고 있다.

전술한 대로 최치원은 당나라에서 타자로서의 자기 위치를 확인하면서 그것을 문승으로 극복했다. 그러나 『당서』가 왜 그를 문예열전에 안 집어넣었느냐는 이규보의 이의제기를 보면 당시 그의 문승이 도전받고 있었음이 드러난다. 최치원은 『삼국사기』에 열전이 있는 신라인이니 『당서』에 수록되지 않는 것이 당연하다 할 것이지만, 이규보가 제기한 몇 가지 의문들을 보면 확실히 문제가 있어 보인다. 먼저 최치원이 외국인이기 때문이라면, 이규보의 말대로 흑치상지, 이정기처럼 고구려와 백제의 망명인들을 전에 열거해서 그 일을 소소하게 기재했으면서 최치원 같은 유명 문사는 배제한 이유가 불분명해진다. 더욱 열전에는 넣지 않고 『예문지』에는 그의 『사륙문』 1권과 『계원필경』 20권을 수록해 놓은 것은 타인의 저작을 자기 것으로 하는 표절과 같은 것이어서 더욱 말이 되지 않는다. 「공후인」이 바로 그러한 예로 최표가 이를 『고금주』에 수록함으로써 후대 문사들이 이를 소재로 계속 작품화하여 중국의 「공무도하가」 전통을 만들어 낸 것이다.

그렇다면 최치원은 이국인이어서가 아니라 열전에 수록될 만한 가치가 없어서 실리지 않은 것일까. 말할 필요도 없이 최치원은 역사에서 기억해 둘 만한 행적을 보여준 인물이다. 12세 소년으로 이국에 와서 6년만인 18세 젊은 나이에 과거에 급제했다. 만당 시인 고은顧隱의 시처럼 "나이 12세에 배를 타고 바다를 건너와서 문장이 중국을 감동시켰다"고 한 것은 최치원의 재능이 범상치 않음을 확인해주는 것이다. 당의 시인 고은은 동년이고 또한 함께 고병의 막하에서 일했기에 그는 최치원을 잘 알고 있었다. 그가 최치원의 문장이 중국을 감동시켰다고 한 것은 무엇보다 그의 「토황소격문」을 둘러싼 반응을 알고 있어서 한 말이었을 것이다. 그도 비슷한 격문을 썼다고는 하나 별로 알려진 바 없기 때문이다. 이규보의 말처럼 당서 『예문지』에 나온 심전기沈佺期, 유병柳幷, 최원한崔元翰, 이빈李瀕에 비해 절대 떨어지는 인물이 아니라는 이야기이다.

이규보는 최치원의 문제에 중국인의 시기심이 끼어 있다는 주장을 내놓았다. 그의 이러한 시각에는 어느 정도 과장된 다분히 민족주의적 정서가 들어있는 것으로 보인다. 무엇보다 빈공과의 상황을 고려한다면 최치원이 당에서 당시의 명인들을 짓밟았다는 것은 맞지 않는다. 빈공과는 당의 주변국 인물들을 대상으로 급제자를 당 진사 급제자들 아래에 부기하는 형태여서 그들과의 직접적인 경쟁이 드러나지는 않는다. '빈공과'라는 명칭은 『당서』 선거지에도 보이지 않는다. 단지 당태종이 유술을 숭상해서 고려, 신라, 백제, 고창, 토번과 같은 주변국[四夷] 자제들의 입학을 허가했고, 다시 중종 시에는 주변국 왕의 자손들 중 입학을 원하는 자들을 국자학에 보내 공부하게 했다는 기사가 보인다. 그럼에도 이규보의 주장이 설득력을 갖는 것은 그 시기심이 단지 '최치원' 개인의 문학적 능력에 대한 것이 아니라 동이족인 '외국인 최치원'에 대한 그것으로 보았기 때문이다. 『당서』에는 양만춘의 이름도 보이지 않는다.

우리나라 문학사에서 처음으로 쏠림 현상을 일으킨 중국 문사가 송나라의 소동파였음을 앞에서 논한바 있다. 그러나 그의 고려에 대한 태도는 이방에서의 문승이 언제나 위기 속에 처하고 있음을 보여준다. 그가 고려 사신들의 접대나 서적 구매를 경계한 것은 고려와 거란의 관계를 우려하고, 실제로 사신 접대에 드는 비용을 문제시한 측면은 있으나 무엇보다 단순히 이적시할 수 없는 고려의 문화적 수준, 말하자면 문승에 대한 경계심도 있었다는 것이 필자의 판단이다. 박지원의 『열하일기』 망양록에는 이 일이 매우 자세히 논의되어 있다. 그는 혹정과의 필담에서 소동파의 상소는 실언으로, 작은 나라가 중국을 사모해서 사간 것을 이해로 따진 점을 비판했다. 이에 대해 혹정은 송이 고려 사신을 다른 나라 사신들보다 높이 대접했으나, 고려가 처음 요나라를 섬기다가 금나라의 신하 노릇을 하는 등 중국에 대한 예의를 많이 저버렸다는 점, 실제로 경비부담이 큰 것이 사실이며, 무엇보다 금나라를 위해 허실을 탐지한 점 등을 거론해서 소동파의 입장을 옹호했다.

이에 대해 박지원은 우리나라가 중국을 사모하는 것은 곧 그 천성으로, 상하 수천 년 동안에 아직 한번도 중국을 침략한 적이 없었고, 존화양이의 정성이 지극했음을 강조했다. 그럼에도 당시 송나라 사대부들은 고려의 본심은 알지 못하고, 도리어 이웃나라의 간첩으로 의심했으니, 또한 원통한 일로 이것은 고려의 원안冤案이라 주장했다. 고려가 송나라와 교류한 것은 거란의 위협을 뚫고 수로 만리를 왕래하는 죽음을 무릅쓴 것인데 어찌 이것을 큰나라에 대하여 잇속을 노리는 짓으로 보겠느냐는 것이다. 부유하고 포용력이 크다는 중국이 주변국 사신과 함께하는 아름다운 모임에 일개 사신의 비용은 아끼면서, 갑자기 조그마한 이익과 다섯 가지 손해를 말하는 것이 마치 장사꾼의 행위와 같다는 비판이다.

역사적으로 두 나라의 교류에서 보여준 중국의 편견, 편협함, 오해를 이렇게 시원하게 비판한 사람이 또 있었는지 모르겠다. 이것은 혹 정 한 사람과의 필담 형식을 빌려서 나온 것이지만 아마도 박지원은 그간 자신이 가졌던 중국이라는 나라, 그리고 대문사로 우리나라 문학에 군림했던 소동파에 대한 비판을 여기에 응집시켜 놓은 것처럼 보인다. 그것은 소동파가 보여준 고려에 대한 경계심을 단순히 거란과의 연합을 우려해서라기보다 오히려 문화적으로 중화에 필적하는 고려의 위상을 인정하기 어려운 그의 화이관에서 기인된 것으로 간주되기 때문이다. 박인량, 김근 등이 송나라에서 이름을 날리고(1080) 그들의 시문이 『소화집』小華集으로 간행된(제5장) 것은 동파가 1차 유배에 들어가던 때였으나 박인량의 시를 송나라 문사들이 즐겨 읽었다는 기록을 보면 그가 이를 몰랐을 리가 없다. 그는 대각국사 의천도 알고 있었다. 대각국사가 송에 갔을 때 소동파는 조정에 있었고, 그가 의천을 배행하던 양걸에게 시를 써 보낸 것이 남아 있다. 이 시는 양걸을 미화하는 시이지만 양걸이 배행하는 의천이 동방의 고승임을 인정하고 있었다. 그는 고려인들이 서적을 좋아해서 송나라에도 없는 서적이나 선본이 고려에 많은 것도 알고 있었을 것이다. 고려는 문승의 나라였고 소동파의 행위는 이러한 문승의 나라 고려를 오랑캐로 여겨 억제하려는 속 좁은 문사의 대표적인 예였다.

문승의 위기는 조선 후기 일본에 갔던 조선통신사에게서도 드러난다. 특히 조선조 후기는 한·중·일 삼국이 각기 자국을 화華로, 외국을 이夷로 간주하던 시기였다. 신유한이 일본 사행에서 "시서로 오랑캐를 가르치겠고"라고 한 것을 보면 조선 사신들의 이러한 화이관은 주로 한시라는 문화적 교양에 기반을 두고 있었음을 알 수 있다. 이것은 정치외교적 관점과는 상관없이 문학적 우위를 바탕으로 다른 나라를 이적시하는 문화론적 화이 의식이다. 그러나 일본 측에서는 한시의 우월의식으로 일본을 이적시하는 조선 사신들에 맞서 한시의 창작 자체를 문제삼지 않으려는 태도를 보여준다. 제8차 신묘사행(1711) 때 조선 사신을 찾아와 필담을 나누었던, 당시 막부의 최고권력자 신정백석은 대마도로 자신의 시집을 미리 보내주어 세 사신들에게 각각 글을 받아 일인들의 작시 능력이 조선에 못한 것이 아니라는 점을 먼저 확인시킨다. 그러나 필담 중 제술관 이현이 1천

년에 한 번 있는 기이한 만남에서 시 한 수 없는 것이 유감스럽다고 하자 백석은 "오늘 우리들의 웃음과 이야기는 비록 금석을 연주한들 이 이상 더할 수 있겠습니까"라고 말하여 이를 거부한다. 조태억이 "오늘 공과 함께 훌륭한 이야기를 나눈 것이 10년 동안 글 읽은 것과 같거늘, 무슨 시를 또 읊을 것이 있겠습니까?" 하니, 백석은 "공께선 10년이라는 말씀을 하셨지만, 저는 1만 년 읽은 것보다 더 훌륭하게 생각합니다"라고 대답한다. 한시 창화는 더 이상 양국 문사의 교류에서 필수적인 위치를 차지할 수 없었고, 따라서 문승의 개념도 유지되기 어려웠다.

18세기 후반에는 많은 일본 문사가 적생조래荻生徂徠의 숭배자로 주자학과 대결하면서 중화사상에 대해 반기를 들었다. 특히 롱학대는 그가 접촉한 여러 나라의 사람들을 통해 중국이 천하의 중심이고 중국의 사상에 의해 나라가 다스려져야 한다는 생각에서 벗어나고 있었음을 보여준다. 각 나라에는 각기 고유의 종교 사상이 있을 수 있는 것으로, 그는 도의 궁극적인 목적을 국치민안에 둔 것이다. 물론 탈중화주의에 의한 자국주의가 일본에서 롱학대에 의해 처음 조선 사신에게 언급된 것은 아니지만, 화이 사상에 대한 정면 도전이 조선 사신에게 직접적으로 전해진 것은 이 시기에 이르러 처음이 아닌가 한다.

이와 같이 조선이 일본을 이적시한 근거인 한시의 교양이나 주자학은 이를 거부하거나 그 의미를 축소시키려는 일인들의 완강한 도전을 받았거니와, 바로 이러한 시기에 일본에 사행한 조엄 역시 문승의 효과에 대해 회의하기 시작한 것은 당시 일본 지식인들의 이러한 변화를 감지했기 때문일지도 모른다. 먼저, 그는 과거 우리 측 사신들이 가장 자만했던 한시 창작의 효능에 대해서 회의하고 있었던 것으로 보인다. 그는 일본이 그동안 장기長崎를 통해 중국의 문적을 많이 들여와서 이를 통해 그들의 문장이 성하게 되었음을 말하고, 이들이 과연 문장으로 인해 도를 배워서 차차 학문의 경계에 들어간다고 한다면 비록 섬 오랑캐라도 중국에 진출할 수 있을 것으로 본다. 다만 오랜 세월 동안 더러움에 물든 풍속만은 큰 역량과 큰 안목이 아니면 창졸 간에 변경하기 어려울 것이므로 구구한 시어로 그들을 앞에서 이끌어갈 수는 없을 것으로 간주했다.(『해사일기』, 갑신 6월 18일자)

문승의 주적은 화이 사상이었고, 화이 의식의 견고함을 극복한 것도 문승이었으나, 문승으로 일본을 흔든 지 2세기가 안 되어 이제 그 위상에 대한 의혹이 우리 내부에서 일어나기 시작한 것이다. 실제로 일본은 대마도까지만 갔던 제12차 통신사행을 끝으로, 1세기도 안 되어 조선을 강점했다. 그렇다면 문승은 동아시아의 평화에 아무 효력이 없는 것일까.

3. 동아시아의 평화와 문승의 재인식

동아시아 삼국의 평화를 가로막는 가장 큰 장애는 과거 삼국의 지배와 전쟁의 역사에 대한 서로 다른 시각이다. 더욱 그 진실은 문인들의 작품 속에서 교묘하게 왜곡되고 있었다. 이러한 점에서 문승이 동아시아 평화를 위해 어떤 역할을 할 수 있을지 회의적이다. 임진왜란은 일본의 일방적인 침략이었으나 일본의 유명 문인 뢰산양賴山陽 (1780~1632)의 악부시에는 그에 대한 반성은 물론 전쟁을 일으킨 원인에 대한 고려가 보이지 않는다. 그는 예순 여섯 편의 작품이 들어 있는 『일본악부』를 남겼는데 대부분이 과거 일본의 위세를 미화하는 데에 초점을 두었다.

이 점은 그가 임진왜란 관련 소재를 선택하면서 특별히 벽제역碧蹄驛을 주제로 선택한 데에서도 드러난다. 『일본악부』를 번역한 대정계월大町桂月은 벽제관에서의 싸움이 가장 통쾌한 전쟁이었다고 말한다.[3]

평양성 벽제역
명나라 군사들 승기타고 자리 말듯 밀려오는데

최후의 한 부대가 칼날을 빗기네

사람 베는 것이 마치 풀 베는 듯 칼 소리 들리는데

말 탄 장수 외국에 와서 지휘하네

아 슬프구나 이 노인을 총대장으로 삼지 않고

두 번씩 모두 젖내나는 아이에게 맡겼다니[4]

뢰산양의 「벽제역」 후서에는 출전의 제시없이 벽제관 전투의 본말이 기록되어 있다. 이여송이 평양성을 회복한 이후 일본군을 경시하고 퇴각하는 그들을 쫓아왔다. 평양성은 화공을 사용하여 함락시켰으나 그후 평양에서의 승리로 오만해진 이여송은 총기를 버리고 가벼이 진격해온 것이다. 당시 일본군은 서울에서 모이기로 하고 점령 지역에서 철수했는데, 소조천융경小早川隆景만은 "나는 늙어서 목숨이 아깝지 않다. 힘을 다해 국가에 보답할 때가 바로 오늘이다. 게다가 적은 승기를 타고 교만해지니 만만하다"고 하면서 퇴각하라는 명을 듣지 않고 수만 명의 명군을 3천 명의 병력으로 맞서 공격하였다는 것이다. 단병접전은 일본군의 장기인데다가 모리수포毛利秀包, 입화종무立花宗茂의 측면 공격이 가세하자 명나라 군사는 대패하고 이여송은 드디어 개성으로 퇴각했다. 그후 화의가 빠르게 진행된 것은 벽제관의 전투에서 당한 명군의 패배가 그 원인이라는 것이다.

일본 작가가 자국의 시각에서 승리를 미화하는 것은 이해할 수 있다. 그러나 진정한 문인이라면 왜 그러한 전쟁을 치루어야 했는지에 대한 날카로운 통찰이나 비판을 보였어야 한다. 「벽제역」 구절 중 "사람 베는 것이 마치 풀베는 듯 칼 소리 들리는데"〔斫人如草刀有聲〕와 같은 구절은 일본의 승전을 자랑하는 것이지만 어느 쪽이 승자이든 전쟁이 가져온 인간의 비극적 상황을 보여준다. 임란 당시 일본의 침입으로 집집마다 전쟁의 피해자가 있었을 뿐 아니라 전 가족이 목숨을 잃어 제사지내 줄 사람도 없는 집이 있었고,[5] 조선에 몰려든 노예사냥꾼들에 의해 마카오, 인도, 포르투갈 식민지로 짐승처럼 팔려나간 무고한 백성들의 수가 헤아릴 수 없을 정도였음을 작가가 모를 리 없다.[6] 그러나 그는 이에 대한 고려 없이 승전만을 자랑스러워하고, 더 나아가 부전수가浮田秀家, 소조천수추小早川秀秋를 "젖내나는 아이"〔乳臭兒〕로 조롱하면서 융경을 대장으로 삼지않은 '태합'을 비판한다.

작가뿐만 아니라 『일본악부평석』日本樂府評釋(1936)의 저자 곡구위차谷口爲次도 "풍신태합은 무슨 까닭에 이 지용겸비의 융경을 조선정벌의 총대장에 임명해서 전력을 다할 수 있도록 하지 않았는가"라 하여 풍신수길이 사람 보는 밝음이 없어서 결국 조선정벌이 실패하는 원인이 되었다고 한탄한다. 그는 뢰산양의 악부시에는 "존왕애국의 뜻을 깃들임이 역력히 징험할 수 있다"고 하면서 그의 일본 악부를 읽고 떨쳐 일어나지 않는 자는 일본인이 아니라고 주장한다. 자신이 그의 일본 악부를 평석한 것도 세교의 바탕이 되기 위해서라고 하여,[7] 독자들에게 이 악부시를 통해 애국심을 부추기겠다는 의도를 보여준다.

이 점은 조선 악부가 민족사에 대한 재인식을 보여준 것과는 차이가 있다. 한국의 악부 작가 대부분이 「살수첩」薩水捷, 「성상배」城上拜처럼 살수대첩이나 안시성의 승리를 소재로 삼고 있지만, 여수·여당 전쟁은 우리가 일방적으로 당한 침략전쟁임에도 불구하고 이들작품은 단순히 우리의 승리만을 읊지는 않는다. 오히려 이러한 전쟁을 일으킨 사람과, 명분 없는 싸움에서 생명을 잃은 수나라 10만 대군의 원한을 대신해서 말해준다. 실제로 임창택林昌澤은 「성상배」에서 "누가 임금에게 권하여 이러한 정행이 있게 했나. 살수에 지금도 원통한 귀신의 부르짖음 있음을 대업황제 그대는 듣지 못하는가"라하여 수나라의 패전에서 교훈을 찾지 못한 당황제와 이를 막지 못한 신하들의 잘못을 상기시킨다. 그는 이 시를 통해 나라의 흥망이 사실은 군주보다도 신하들의 잘못에 있음을 역설하고 있는 것이다. 살수 싸움에서 죽은 수나라 군사들을 '원통한 귀신의 부르짖음'이라 하여 우리의 '적군'에게도 관심을 갖는다. 이광사李匡師는 「동국악부」에서 "만리길 고구려 정벌하러 와/백성을 짓밟고 수없는 물자를 소비하면서/무공을 이루지 못하고 위엄과 덕을 이루지 못했으니/가볍고 무거움 어느 것이 더 나은가/진나라 수나라 망했던 전철을 증험으로 생각하면 쉽게 알 수 있을 것을"이라 읊었다. 우리의 승리보다도 무고한 백성들이 겪어야 했던 전쟁의 폐해들을 엄중히 부각시키고 있는 것이다.

이러한 반성은 심지어 중화의식에 오래 물들어온 중국 측 문사에게서도 나타난다. 다음 시는 성종 7년(1476) 조선에 사신으로 왔던 기

순의 「조선잡영」朝鮮雜詠 10수 중 여수전쟁을 읊은 시이다. 우리나라
에서는 살수대첩이고, 중국 측에는 패전의 기억을 안겨준 역사이다.

> 높고 높은 안주성
> 서쪽에 청천강물
> 외로운 수나라 옛날에 강성함 다투어
> 멀리 수천리를 침략했네
> 군대는 힘썼으나 힘이 미치지 못해
> 적을 만나자 먼저 무너져 버리니
> 당당한 대장군
> 이 땅에서 친히 싸우다 죽었네
> 옛 사람들 탐욕 많은 군대를 경계했는데
> 이를 진정 아는 자 일찍이 그 얼마인가
> 진목공은 효함에서 패했으니
> 지난 일들 동궤라
> 오랜 세월 청천강 물결은
> 바삐 도망가던 부끄러움을 씻어버리지 않네[8]

이 시는 분명히 시인이 수나라의 입장에서 접근한 것이다. "군대
는 힘썼으나 힘이 미치지 못해 '적'을 만나자 먼저 무너져 버렸네"
라 하여 고구려를 '적'으로 표현한 것은, 그가 수나라의 입장에서 여
수전쟁을 바라보고 있음을 보여준다. 당시 고구려 군대의 배후 공격

을 받아 살수에서 전사한 장수는 신세웅辛世雄으로, "당당한 대장군이 땅에서 몸소 싸우다 죽었네"라는 구절은[9] 고구려 승전의 성과를 말해주면서도 이에 대해 아쉬움을 표하는 시적 화자의 의식이 드러난다.

그러나 이 전쟁은 명분 없는 전쟁이었고 그 허물은 수나라 황제에게 있는 것이다. 남의 토지나 재화를 욕심내어 찾는 군대(貪兵)를 경계했으나 이를 진정으로 깨달은 자가 별로 없었다는 비판은 수나라를 염두에 둔 것임이 분명하다. 역사는 이미 흘러가버린 과거의 것이지만 강물이 그 수치를 씻어내지 못하는 것으로 그 부끄러운 역사적 상흔이 현재도 존재한다는 것과 그 물이 존재하는 한 앞으로도 영원히 남아 있을 것임을 암시한다. 이 시에서 수나라의 고구려 침략은 진목공秦穆公의 효함 패전에 비교되었다. 목공의 출사出師가 수나라의 고구려 출병처럼 원정이었다는 점 외에, 무엇보다 열국과의 관계에서 진목공의 이익 추구 일변도의 끊임없는 변신을 주목한 것이어서 의리에 기반하지 않고 자신의 이득만을 내세우던 수나라에 대한 비판을 함축한 것으로 간주된다.

위에 제시된 예에서는 일본의 경우가 가장 강력해 보이기는 하지만, 삼국이 모두 자국의 역사를 중심으로 한 민족주의적 시각이 있음을 부인할 수 없을 것이다. 이로 보면 삼국의 역사와 그에 대한 각국의 집착은 삼국의 미래가 편견과 대립으로 여전히 불투명함을 보여준다. 어떻게 보면 인문학은 그 편견과 대립을 더욱 강화시킬지도 모른다. 그러나 지배와 정복의 탐욕으로 점철되고, 전쟁의 상흔 속에 지속된 삼국의 갈등과 대립의 다른 한편에서는 국경을 넘은 인간애를 보여준 전쟁문학 작품들과 자국의 역사에 대한 반성을 보여주는 지식인들이 있어 평화로운 동아시아의 미래에 대한 한 줄기 희망을 선사한다. 우리나라 포로의 실기인 「간양록」, 「월봉해상록」, 『금계일기』 등을 보면 일인들에 의한 잔인한 폭력과 생명의 위협 중에서도 마음 착한 일인들이 있었음을 증언해준다. 강항과 그의 가족들이 끌려갈 때 먹지 못해 쓰러지는 것을 보고 음식을 가져다 준 왜인이 있었다. 강항은 "그제서야 귀와 눈이 들리고 보였으니, 왜노 가운데도 이와 같이 착한 사람이 있었다. 그들이 사람 죽이기를 좋아한 것은 단지 법령이 그들을 그렇게 하도록 몰아넣은 것이다"라고 쓰고 있는데, 이 왜인은 「최척전」에서 포로가 된 옥영을 구해준 일본 선장 돈우를 생각하게 한다.

임진왜란뿐만 아니라 근대의 조선 침략과 강점에 대해 깊은 반성을 보여준 일본 지식인들이 있기는 하지만, 특히 풍신수길이 일으킨 임진왜란에 대한 비판이 18세기 일본의 무가 가문에서 나왔다는 것은 동아시아 평화를 위해 매우 고무적이다. 뉴이미츠키〔乳井貢〕(1712~1792)는 히로사키번〔弘前藩〕의 감정봉행을 맡아 번의 재정개혁을 단행한 실무가였다고 한다. 그는 무가 출신이었다. 그의 주장 중 가장 흥미있는 부분은 풍신수길에 대한 비판으로 "태합(히데요시)은 다른 나라에 쳐들어가 처자와 하인들을 모두 죽이고 그 나라를 수탈하여 자신의 부로 하려고 하였다. 이것은 크고 작음은 다르지만 실은 도적이하는 짓이다. 대신과 무장이라는 존엄을 앞세워 다른 나라에 대해 우리 신국神國을 도적국으로 만든 것이다"라고 한 점이다.[10] 뉴이미츠키가 조선통신사들과 어떤 연관이 있었는지는 확인하지 못했으나, 저자의 생애로 볼 때 확실히 통신사를 직접 또는 소문으로 체험한 세대여서, 이러한 점에서 조선통신사의 문승지효를 위한 노력이 헛된 것은 아닌 것처럼 보인다.

동아시아 평화에 대한 희망은 동아시아 국가 모두가 동일하게 예·의·악 등을 중시했다는 점에서도 보인다. 우리나라의 역대 왕조는 중국으로부터 언제나 예의의 나라, 소중화라는 평가를 받아왔다. 때로 위기에 처하면서도 그것이 바로 우리나라를 보존한 힘이었다. 조선 전기 왜란 직전 일본에 사행했던 김성일은 일본에 대해 철저히 화이적 사상을 가진 사람이었으나 "예의는 어찌 오랑캐와 중화가 따로 있으랴 그것을 가지면 중화가 되고 그것이 없으면 오랑캐가 되네"(『해사록』)라고 하여 예의를 화이의 판별기준으로 삼았다. 전술한 대로 제11차 통신사행의 정사였던 조엄은 교양이 마땅함을 잃어 화이의 구별이 있는 것이므로 '윤리'와 '강상'으로써 가르치고 '예'와 '의'로써 인도한다면 '이'夷가 변화되어 '화'華가 될 수 있으리라는 믿음을 보여주었다. 조선통신사들에 대한 적개심을 보여주었던 일본 문사들도 일단 조선 사신들의 예의를 문제 삼았다. 예의는 삼국의 평화를 위한 가장 기본적인 코드임을 보여준다.

인문은 본래 예악으로 교화한다는 뜻으로 이러한 예의를 기반으로 한 것이 바로 인문학이다. 인문학이 문승지효文勝之效를 위한 기초가 되기 위해서는 먼저 교류의 주체들이 인문화되어야 할 것이다. 강항이 일본의 포로로서 존경을 받은 것은 5년 동안 형체를 고치지 않고 의관을 바꾸지 않으면서 방에 조용히 앉아 글을 짓기만 했던 그의 태도 때문이었다. 따라서 국제 간 갈등 극복과 평화공존의 길은 인문학적 교양이 구체적인 실천으로서 드러나야 한다는 것이다. 조선 사신들의 무례함이나 교만이 시비의 단서가 된 것이나, 조선 사신들에게 시문, 서화를 무리하게 요구하여 힘들게 한 것 모두 인문학적 반성이 요구되는 문제이다.

전술한(2장) 대로 강항은 전쟁의 피해자이면서도 무력의 증강보다 오히려 인문의 중요성을 강조한바 있다. 왜변이 일어나자 무사들은 오히려 도망가 숨느라 겨를이 없을 때에 자신의 거주 지역에서 서로 호응하며 빈 주먹을 휘두르고 시퍼런 칼날을 무릅쓴 이들은 오히려 선비들이었다는 것이다. 비록 성을 공격하고 진을 깨트리거나 하는 일을 할 수는 없었지만 왜적들이 감히 횡행하여 잠식하지 못하게 한 것은 모두 이 선비들의 힘이었다는 것으로, 그것은 평소 군신·부자·장유의 윤리나 존화양이의 의리를 공부해서 몸에 배었기 때문이라는 것이다.[11]

강항의 이러한 논의는 다산이 「일본론」에서 주장한 문승지효의 논의로 이어질 수 있다. 일본에 대한 위기의식과 구체적인 대응방식을 논한 「민보의」民堡議와 달리 다산의 「일본론 1」이나 「일본론 2」는 국제정세에 대한 인식이 부족한 소장기少壯期의 글이라는 일반적 평가가 틀리지는 않을 것이다. 그간의 학계의 논의가 「일본론」의 문승지효에 맞추어져 있었고, 따라서 이 저작 이후 얼마 못 되어 일본에서 정한론이 거론되면서 결국 1세기도 못 되어 일본이 조선에 대한 정치, 경제, 외교, 군사 등의 전방위 침략을 시작하다가 끝내 강점한 사실에 비추어 보았을 때 다산의 주장이 일본에 대한 인식의 부족을 드러내는 것으로 간주될 수도 있다. 그러나 적어도 「일본론 1」은 「일본론 2」보다는 그 의미를 깊이 고찰할 필요가 있어 보인다.

다산은 일본의 이등유정伊藤惟貞, 적생조래荻生徂徠, 태재순太宰純 등의 경의經義가 "문으로 찬연했다"〔燦然以文〕라고 칭찬했다. 그러나 주의해야 할 점은 다산의 「일본론 1」에서 "일본은 이제 걱정없다"의 초점이, '문채가 찬란했다'는 이들 일본 학자들에 있는 것이 아니라 인문화된 국가에서는 신하가 군주에게 잘못된 결정을 하지 않도록 간한다는 그 아래 문장에 있는 것이다. 말하자면 유학의 발전도 중요하지만 더 중요한 것은 학문의 이론이 아니라 이를 실천하는 실용성이라는 의미이다. 다산의 「일본론」이 흥미있는 것은 그의 문승지효가 조선통신사들처럼 일본인들의 문화열풍에 호응하여 시를 써줌으로써 그들의 침략 근성을 유화시키겠다는 관념적인 판단에 근거한 것이 아니라, 진정으로 훌륭한 학자들이라면 통치자들이 잘못된 판단을 내리지 않도록 구체적이고 직접적인 영향력을 행사해야 한다는 점을 제시했다는 것이다. 강항은 어느 착한 왜인을 언급하면서 통치자들이 만든 가혹한 법령이 그들을 살인자로 만든다고 말한바 있거니와, 따라서 문제는 이러한 통치자들이다. 만약 19세기 말 일본에 진정한 학자들이 있어 그들의 학문을 통치자들에게 전할 수 있었다면 다산의 생각처럼 일단 조선침략을 반대하는 주장이 제기되었을 수도 있지 않았을까.

　이러한 의미에서 주목되는 것은 학문의 이론과 실제의 일치성에 대한 다산의 믿음이다. 경학은 인간의 예의염치를 발양시키는 것이 핵심이고, 따라서 경학의 심화는 예의염치가 밑받침됨으로써 전쟁을 억제하는 길이 될 수 있다는 것이다. 오랑캐를 방어하기 어려운 것은 그들이 '문'이 없기 때문으로 문이 없으면 예의염치로 사나운 마음의 분발함을 부끄러워하도록 할 수 없기 때문이다. 이로 보면 문은 '예의염치'가 밑받침되는 문학이고, 문·사·철이고, 문화인데, 인문학이 바로 이것으로, 인문학은 전쟁을 그치게 하는 수단이 된다는 것이 다산의 주장이다.

　동아시아의 현재는 파고가 높아 그 미래를 장담하기 어렵다. 고구려의 광활했던 역사를 기억하는 우리들 앞에서 중국의 소위 동북공정이라는 역사의 허구화가 여전히 진행중이고, 일본은 과거사 반성도 충분하지 않은 상태에서 오히려 영토 소유권 분쟁을 일으키고 있다. 학자와 문사들이 자국의 이익을 위해 이러한 무모한 국가적 책략을 미화하고 정당화시키기 위한 역할을 담당하고 있는 것도 안타깝다. 이러한 때에 문승을 거론한 것은 지나치게 안이한 발상일 수도 있다. 문승이 평화로 나아가는 최상의 유일한 길은 아니지만, 예와 의, 진실과 중용을 보여주는 인문학이, 그중에도 깊이있고 감동을 주는 문학이 그 실천적 힘을 발휘한다면 동아시아의 미래는 희망이 있지 않을까, 진심으로 기대해 본다.

1 『桂苑筆耕』권20,「陳情上太尉」,"海內誰憐海外人, 問津何處是通津, 本求食祿非求利, 只爲榮親不爲身, 客路離愁江上雨, 故園歸夢日邊春, 濟川幸遇恩波廣, 願濯凡纓十載塵".

2 격문에는 광명 2년으로 되어 있으나 광명은 1년만에 중화로 바뀌었다.

3 『日本樂府』, 大町桂月 역, 114쪽, 국립중앙도서관 데이터베이스.

4 賴山陽,『日本樂府』, 賴山陽全書(廣島: 賴山陽先生遺蹟顯彰會, 1931~1932 추정), 국립중앙도서관 데이터베이스. "平壤城, 碧蹄驛, 明軍乘勝如席捲, 一隊壓尾萬刀橫, 斫人如草刀有聲, 據鞍海外供頤指, 噫不使此翁執鼓旗, 兩度都付乳臭兒".

5 李安訥,『東岳集』권8,「四月十五日」.

6 김태준,「임진왜란과 국외체험의 실기문학」,『임진왜란과 한국 문학』(민음사, 1992), 102~103쪽.

7 谷口爲次,「日本樂府評釋自序」,『日本樂府評釋』(東京: 廻瀾書屋, 1936), 3~4쪽, 국립중앙도서관 데이터베이스.

8 祁順,「朝鮮雜詠」(其一), "峩峩安州城, 西有淸川水, 孤隋昔爭强, 遠略數千里. 師勞力不逮, 遇敵先披靡, 堂堂大將軍, 此地親戰死. 古人戒貪兵, 知者曾有幾, 秦穆敗殽函, 往事同一軌, 千年川上波, 不洗奔亡恥".『皇華集』2(청운문화사 영인본 권9).

9 祁順은「太平館登樓賦」에서도 살수를 지나며 辛世雄을 조상했다. "……鴨江以東渡兮指玄菟與樂浪. 弔世雄於薩水兮謁箕子於平壤……",『皇華集』권8.

10 志學幼弁,『乳井貢全集』제1권, 小島康敬,「乳井貢の實心實學」(제86회 公共哲學京都フォ~ラム, 2008. 11 발표문).

11 姜沆,『睡隱集』권3.「重修文廟記」.

참고문헌

국내 논저

· 『고려사』(高麗史), 『조선왕조실록』(朝鮮王朝實錄)

· 『동문선』(東文選), 『황화집』(皇華集)

· 강항(姜沆), 『수은집』(睡隱集)

· 김세렴(金世濂), 『해사록』(海槎錄)

· 김안국(金安國), 『모재집』(慕齋集)

· 김운초(金雲楚), 『운초당시고』(雲楚堂詩稿)

· 김일손(金馹孫), 『탁영집』(濯纓集)

· 김종직(金宗直), 『점필재집』(佔畢齋集)

· 김금원(金錦園), 『호동서낙기』(湖東西洛記)

· 박지원(朴趾源), 『열하일기』(熱河日記)

· 심광세(沈光世), 『휴옹집』(休翁集)

· 원중거(元重擧), 『승사록』(乘槎錄)

· 유성룡(柳成龍), 『서애집』(西厓集)

· 유수원(柳壽垣), 『우서』(迂書)

· 이광사(李匡師), 『원교집』(圓嶠集)

· 이덕무(李德懋), 『청장관전서』(靑莊館全書)

· 이복휴(李福休), 『한남집』(漢南集)

· 이의현(李宜顯), 『도곡집』(陶谷集)

· 이익(李瀷), 『성호사설』(星湖僿說)

· 이제현(李齊賢), 『익재집』(益齋集)

· 정조대왕(正祖大王), 『홍재전서』(弘齋全書)

· 최치원(崔致遠), 『고운집』(孤雲集), 『계원필경』(桂苑筆耕)

· 한치윤(韓致奫),『해동역사』(海東繹史)

· 허경란(許景蘭),『소설헌집』(小雪軒集)

· 허란설헌(許蘭雪軒),『란설헌시집』(蘭雪軒詩集)

· 허봉(許篈),『하곡선생조천기』(荷谷先生朝天記)

· 홍세태(洪世泰),『류하집』(柳下集)

· 강명관,『농암잡지평석』(소명출판사, 2007).

· 기경부,「조선시선이 중한문화교류에 미친 영향」,『아세아문화연구』제6집(2002).

· 김명호,「동문환의 한객시존과 한중문학교류」,『한국한문학연구』26(한국한문학회, 2000).

· 김영진,「조선후기의 명청소품 수용과 소품문의 전개양상」(고려대 박사논문, 2003).

· 김태준,「18세기 일본체험과 한일문학의 교류양상」,『논문집』인문과학 편 18집(숭실 대학교, 1988).

· 김태준,「임진왜란과 국외체험의 실기문학」, 김태준 외,『임진왜란과 한국문학』(민음 사, 1992).

· 박원호,「최부 표해록」,『한국사 시민강좌』42(일조각, 2008).

· 박현규,「淸 符葆森의 '國朝正雅集'에 수록된 조선시」,『중국학보』51(한국중국학회, 2005).

· 박현규,「중국에서 간행된 조선 유득공 시문집」,『동방한문학』15(1998).

· 박현규,「중국에서 간행된 조선후사가 저서물 총람」,『한국한문학연구』24(1999).

· 박현규,『중국 명말 청초인 朝鮮詩選集 연구』(태학사, 1998).

· 박현규,「허란설헌의 또 하나의 중국간행본 聚沙元倡」,『한국한문학연구』26집(한국 한문학회, 2000).

· 박현규,『19세기 중국에서 본 한국 자료-청말 왕석기(王錫祺) 소방호재여지총초(小 方壺齋輿叢鈔)』(아세아문화사, 1999).

· 신지원,「당호를 통해서 본 19세기 초 소동과 관련 서화 소장문화와 대청문화 교류」, 『한국문화』45(서울대 규장각한국학연구원, 2009).

· 아베요시오,『퇴계와 일본유학』, 김석근 역, (전통과 현대, 2001).

· 우웅순,「월정 윤근수와 명인 육광조의 주륙논쟁-주륙논란을 중심으로」,『대동문화
연구』vol. 37(성균관대 대동문화연구원, 2000).

· 이종묵,「17~18세기 중국에 전해진 조선의 한시」,『한국문화』45(서울대 규장각한
국학연구원, 2009).

· 이종묵,「별본 동문선 해제」,『별본 동문선』1(서울대 규장각한국학연구원, 1998).

· 이춘희,「藕船 李尙迪과 만청 문인의 문학교류 연구」(서울대 박사논문, 2005).

· 이혜순,「신소설 '행락도' 연구-중국소설 '藤大尹鬼斷家私'와의 관계를 중심으로」,
『국어국문학』84(국어국문학회, 1980).

· 이혜순,「한국고대번역소설연구서설」,『한국고전산문연구』(장덕순 선생 회갑기념,
동화문화사, 1981).

· 이혜순,「고려후기 사대부문학과 원대문학의 관련양상」,『한국한문학연구』(한국한문
학회, 1985).

· 이혜순,『조선통신사의 문학』(이화여대출판부, 1996).

· 이혜순,「'皇華集' 수록 명 사신의 사행시에 보이는 조선인식-祁順의 '조선잡영' 10수
를 중심으로」,『한국시가연구』10집(2001).

· 이혜순,『고려전기의 한문학사』(이화여대출판부, 2004).

· 이혜순,「신유한의 해유록」,『한국사 시민강좌』42(일조각, 2008).

· 전성경,「중국내 조선시선 유행의 문학배경」,『아세아문화연구』제6집(2002).

· 정덕희,「양명학의 성격과 조선적 전개」,『대동한문학』14(대동한문학회, 2002).

· 정선모,「고려시대 소동파 시문집의 수용과정에 대하여」,『한문학보』15(우리한문학
회, 2006).

· 진재교,「18세기 조선조와 청조 학인의 학술교류-홍량호와 紀昀을 중심으로」,『고전
문학연구』23집(2003).

· 최영성,「최치원의 도교사상연구」,『도교의 한국적 수용과 전이』, 한국도교사상연구
회 편(아세아문화사, 1994).

· 한영규,「중국시선집에 수록된 19세기 조선의 한시」,『한국실학연구』16(한국실학

학회, 2008).

중국 문헌

· 『新唐書』, 『舊唐書』, 『元史』, 『明史』, 『山西通志』, 『詩話總龜』

· 羅隱, 『羅昭諫集』

· 王士禎, 『香祖筆記』

· 王世貞, 『讀書後』

· 姚燧, 『牧庵集』

· 李東陽, 『西涯樂府』

· 趙孟頫, 『松雪齋集』

· 曹學佺 편, 『石倉歷代詩選』

일본 논저

· 『鷄林唱和集』, 『桑韓唱酬集』, 『桑韓筆語唱和集』, 『和韓唱酬集』, 『長門癸甲問槎』

· 『通航一覽』

· 『日本書紀』, 『古事記』, 『續日本紀』, 『日本史事典』

· 『藤原惺窩』, 일본사상대계 28(암파서점, 1975)

· 大町桂月 역, 『日本樂府』

· 松下見林, 『異稱日本傳』

· 三宅觀瀾, 『支機閒談』, 『七家唱和集』

· 室直淸, 『朝鮮客舘詩文稿』, 『七家唱和集』

· 賴山陽, 『日本樂府』, 賴山陽全書(廣島: 賴山陽先生遺蹟顯彰會, 1931~1932 추정)

· 谷口爲次, 『日本樂府評釋』(東京: 廻瀾書屋, 1936)

· 山岸德平, 『近世漢文學史』(汲古書店, 1987)

· 三宅英利, 忠基公年譜, 『근세한일관계사 연구』, 손승철 역(이론과 실천사, 1991)

· 上田正昭, 「朝鮮通信使と雨森芳洲」, 『江戸時代の朝鮮通信使』, 영상문화협회(동경 매

일신문사, 1979)

· 猪口篤志, 『日本漢文學史』, 심경호·한예원 역(소명출판, 2000)
· 田中優子, 『近世アジア漂流』(조일신문사, 1995)
· 中村榮孝, 「朝鮮の日本通信使と大坂」, 『日鮮關係史の研究』(동경: 吉川弘文館, 1969)

찾아보기

석학
人文
강좌
11